KB010085

괴로운 밤,

우린 춤을 추네

괴로운 밤, 우린 춤을 추네

정진영 소설집

들불

차례

괴로운 밤, 우린 춤을 추네

○

○

"지수가 죽었다."

편의점에서 늦은 저녁을 때우고 자판기에서 커피를 뽑아 독서실로 향하던 나는 갑작스러운 동호의 전화에 발걸음을 멈췄다. 나는 피식 웃으며 요즘 저승사자들 사이에선 정보화 시대에 발맞춰 전화로 죽을 사람에게 예고해주는 게 유행이냐며 핀잔을 줬다. 동호는 말꼬리를 흐렸다.

"너 말고……."

흐려진 말꼬리의 끝에는 시간에 묻어뒀던 얼굴이 희미하게 매달려 있었다. 나는 손에 쥐고 있던 종이컵을 떨어뜨렸다. 바닥에 쏟아진 커피가 회색빛 보도블록을 검붉게 물들였다. 동호는 내게 곧 노량진으로 갈 테니 준비하라며 전화를 끊었다. 나는 한동안 멍하니 거리에 서서 움직이지를 못했다. 오가는 사람들의 짜증 섞인 목소리가 어깨에 몇 번 부딪히고 나서야 비로소 나는 언덕배기의 원룸으로 발걸음을 옮길 수 있었다. 경사가 유난히 가파르게 느껴져 숨이 가빠왔다. 언덕 끝에서 보름달이 위태롭게 흔들렸다. 보름달은 동호의 말꼬리에 매달려 있던 희미한 얼굴과 닮아 있었다. 내가 한 걸음씩 언덕을 오를 때마다 보름달은 점점 부풀어갔다. 팽팽해진 보름달이 나를 원룸 건물 안쪽으로 떠밀었다. 내 방이 위치한 삼 층으로 향하는 계단에서 다리가 풀렸다. 조명에 문제가 생긴 듯 비상 유도등이 삼 층의 좁은 복도를 밝히고 있었다. 나는 두 손으로 벽을 더듬으며 방을 찾으려 애썼다. 이곳으로 거처를 옮긴 지 보름이 지났지만 어둠 속에서 미로 같은 복도를 헤매는 일은 여전히 어려웠다. 나는 벽에 몇 차례 부딪히고 나서야 겨우 방문에 키를 꽂을 수 있었다.

창문이 작아 환기가 잘되지 않는 좁은 방의 바닥은 먼지로 버석거렸다. 하루 대부분을 학원과 독서실에서 보내는 나는 잠만 잘 수 있는 곳이면 어디라도 상관없다는 생각으로 거처를 이곳으로 옮겼다. 물론 저렴한 방값도 큰 이유였다. 환기가 제대로 이뤄지지 않는 방은 수면의 질을 엉망으로 만들었다. 이사한 지 일주일도 되지 않아 기관지에 염증이 생겼다. 밤마다 목에서 가래가 끓었다. 그러나 인간의 적응력은 위대했다. 며칠을 앓고 나자 몸이 좁은 공간에 적응하기 시작했다. 염증은 곧 잦아들었다. 매일 끓던 가래도 가끔씩 끓게 되었다. 그런데 지수가 죽었다. 나 박지수는 여기서 이렇게 꾸물거리며 잘 살아가고 있는데, 어딘가에서 같은 공기로 숨을 쉬던 또 다른 박지수는 지금 숨을 쉬고 있지 않다는 사실이 너무도 낯설었다.

나는 옷장을 열어 빈소에 입고 갈 양복을 꺼냈다. 한 벌밖에 없는 와이셔츠는 세탁 후 다림질을 해두지 않고 옷장에 처박아둔 터라 구겨져 있었다. 와이셔츠 곳곳에 파인 깊은 주름이 눈에 거슬렸지만, 노량진역 근처에 차를 세워둔 채 나를 기다리고 있다는 전화가 더 다급했다. 대충 옷을 걸쳐 입고 방에서 나오려는데, 잡초처럼 질서 없이 솟아난 턱수염이 거울에 비쳤다. 나는 언제부터 써왔는지 기억도 잘 나지 않는 낡은 일회용 면도기로 턱수염을 대충 깎았다. 얇아진 피부가 날카로움을 잃어버린 지 오래된 면도날에 민감하게 반응했다. 따끔한 통증이 느껴졌다. 가느다란 붉은 선이 턱 밑에 그어졌다. 다시 동호의 전화가 울렸다. 나는 지금 가고 있는 중이라고 핑계를 대며 손등으로 턱 밑을 닦았다.

노량진역 근처로 나오자 갓길에 비상등을 켜둔 채 나를 기다리는 동호의 차가 눈에 띄었다. 동호의 전화가 재촉하듯 울렸다. 나는 전화를 받는 대신 조수석 문을 열었다. 동호는 살짝 짜증이 담긴 눈빛으로 나를 바라보며 퉁명스럽게 그동안 잘 지냈냐고 안부를 물었다. 나는 그럭저럭이라고 짧게 대답하며 자리에 오른 뒤 조수석 문을 닫았다. 동호는 무언가 더 하고 싶은 말이 남아 있는지 입술을 씰룩거리다가 핸들을 도로 움켜잡았다.

한참 동안 말없이 차를 몰던 동호가 내게 괜찮으냐고 물었다. 나는 대답 없이 차창에 머리를 기대며 조수석 사이드미러를 바라봤다. 동호는 깊은 한숨을 쉬며 지수의 사인死因이 간암이라고 말했다. 그제야 나는 고개를 돌려 동호의 얼굴을 바라봤다. 동호는 내가 신경 쓸까 봐 지수의 투병 사실을 이야기해주지 않았다며, 당혹감이 어린 내 시선을 피했다. 의사가 남편인 지수가, 소주 한 잔도 제대로 마시지 못하는 지수가 간암으로 죽었다는 사실이 우스워 나도 모르게 입에서 쓴웃음이 흘러나왔다. 지수의 남편은 안과 의사였다. 안과 의사에게는 아내의 눈과 간 사이의 거리가 가늠할 수 없이 먼 거리인가. 나는 하나 마나 한 질문에 관한 답을 찾는 대신, 머리를 다시 차창에 기대며 시간을 뒤로 돌리기 시작했다.

아주 오래전, 초등학교 5학년 여름방학 무렵의 일이다. 언젠가부터 밤 열 시만 넘으면 우리 가족이 사는 임대아파트의 놀이터에서 어김없이 리코더 소리가 들려왔다. 리코더를 부는 사람은 우리 집 바로 아래층에 홀로 사는 할아버지였다. 그는 전직 초등학교 교장이었다. 처음에는 아파트 주민들도 그런 그의 모습을 안쓰러워했다. 그가 리코더를 불기 시작한 때가 부인이 세상을 떠난 후부터였기 때문이다. 주민들도 처음에는 그의 기이한 행동을 참아줬지만, 두 달이 넘도록 밤마다 계속

되는 리코더 소리에 양반 흉내를 낼 사람은 아무도 없었다. 밤 열 시만 넘으면 그가 부는 리코더 소리와 그 소리에 잠을 설치는 주민들의 고함과 욕설이 뒤섞여 임대아파트는 아수라장이 됐다. 가끔 주민들의 신고를 받은 동네 파출소에서 순경을 보내 그를 만류해보기도 했지만 소용이 없었다.

그러던 어느 날이었다. 부모님이 집을 비운 친구의 집에서 늦게까지 만화책을 본 나는 어머니로부터 꾸중을 듣지 않을까 조마조마하며 집으로 뛰었다. 아파트 현관으로 들어서는 순간, 어디선가 익숙한 멜로디를 실은 리코더 소리가 들려와 내 발걸음을 붙잡았다. 그 멜로디는 내가 음악시간에 배운 노래 중에서 가장 좋아하는 〈할아버지 시계〉였다.

나는 무언가에 홀린 듯 멜로디가 들리는 놀이터로 발걸음을 옮겼다. 놀이터에는 벤치에 앉아 리코더를 부는 할아버지가 있었다. 그가 연주를 마치기도 전에 아파트 여기저기서 고함이 터져 나왔다. 그는 연주를 멈추고 씁쓸한 표정을 지으며 벤치에서 일어났다. 그때 나와 그의 눈이 마주쳤다. 평소에 그를 반쯤 미친 사람으로 여겨왔던 나는 두려움에 뒷걸음질 치다 돌에 걸려 넘어지고 말았다. 그는 미소를 지으며 내게 다가와 손을 내밀었다. 나는 두려움을 참지 못해 울음을 터뜨렸다. 당혹스러워하던 그는 슬픈 표정을 지었다. 그는 내게 미안하다며 힘없이 뒤돌아섰다. 멀어져가는 그의 뒷모습은 어린 내 눈에도 무척 쓸쓸해 보였다. 왠지 미안한 마음이 든 나는 자리를 털고 일어나 그에게 달려갔다. 내 발자국 소리를 들은 그가 발걸음을 멈췄다. 그가 내게 다가와 머리를 쓰다듬으며 괜찮으냐고 물었다. 나는 그의 손에 들려 있는 리코더를 가리키며, 밤마다 그걸 부는 이유가 무엇이냐고 물었다. 그는 대답 대신, 방금 전까지 리코더를 불던 놀이터 벤치로 되돌아와 앉았다. 나도 그의 옆에 슬쩍 앉았다. 잠시 후 그는 내게 옛날이야기를 하나 들려주겠다며 입을 열었다.

"얘야, 너는 만파식적萬波息笛에 대해 알고 있니?"

할아버지는 내게 꽤 긴 시간 동안 만파식적에 대해 이야기를 해주었다. 적들을 물러가게 하고, 백성들의 병이 낫게 만들며, 가물 때는 비가 오게 하고, 폭풍우가 몰아치면 그치게 해 세상을 평화롭게 만들어준다는 전설의 피리. 알라딘의 마술램프 같은 물건이 먼 옛날 우리나라에도 있었다는 사실에 가슴이 뛰었다. 그날 이후 만파식적은 나의 꿈이 됐다. 나는 그에게 사라져버린 만파식적을 언젠가 반드시 내 손으로 찾아내 꼭 사람들에게 보여주고야 말겠다고 큰소리를 쳤다. 나는 그날 어머니한테 많은 꾸지람을 들었지만, 아무렇지도 않았다.

그날 밤 나는 꿈속에서 할아버지를 만났다. 나는 그와 함께 바다가 보이는 백사장에 앉아 별들을 바라보고 있었다. 그는 자신이 불던 리코더를 건넸다. 리코더에는 만파식적이라는 글

씨가 새겨져 있었다. 그는 내게 리코더를 불어달라고 부탁했다. 얼떨결에 리코더를 건네받은 나는 〈할아버지 시계〉를 연주하기 시작했다. 그러자 그는 갑자기 거대한 용으로 변해 바다로 뛰어들었다. 곧이어 하늘에서 또 다른 거대한 용 한 마리가 구름을 뚫고 내려와 바닷물 속으로 몸을 감췄다. 잠시 후 두 마리의 용이 서로의 몸을 꽈배기처럼 꼰 채 물속에서 튀어나와 공중으로 솟아올랐다. 한참을 뒤엉켜 하늘에서 춤을 추던 용들은 검은 밤하늘로 솟아올라 밝은 별이 됐다. 다음 날 새벽, 베란다를 가득 채운 매캐한 연기가 가족들의 잠을 깨웠다. 곧이어 소방차 사이렌 소리가 아파트 건물로 달려들었다. 그날 이후 더 이상 그의 리코더 소리는 들리지 않았다.

나는 만파식적 이야기가 실린 책이 『삼국사기三國史記』라는 둘째 형의 말을 듣고 어머니께 책을 사달라고 졸랐다. 책이라고는 만화책밖에 모르던 내가 뜬금없이 역사책을 사달라고 조르자, 어머니는 그 모습이 기특했는지 다음 날 바로 동네 헌책방에서 『삼국사기』 한 권을 사 들고 왔다. 그날 지녁, 나는 방안에 틀어박혀 앉아 밤새도록 책장을 넘겼다. 『삼국사기』는 내 기대와 전혀 다른 책이었다. 읽기 힘든 한자가 많았고 내용도 딱딱했다. 무엇보다도 재미가 없었다. 기대했던 만파식적에 관한 내용도 너무 짧았다. "만파식적에 대한 이야기가 전해

오긴 하지만 괴이하여 믿을 수 없다"는 짧고 무미건조한 내용이 전부였다.

다음 날 나는 헌책방에 찾아가 주인에게 왜 이 책에는 만파식적에 관한 내용이 제대로 실려 있지 않느냐고 따졌다. 초로의 주인은 한 손에 『삼국사기』를 든 채 성난 표정을 짓는 나를 한참 동안 바라보다가 너털웃음을 지었다. 그는 책꽂이에서 낡은 책 한 권을 꺼내 뒤적거렸다. 잠시 후 그는 내게 책을 펼쳐 보여줬다. 그 책에는 분명히 만파식적에 대한 내용이 실려 있었다. 나는 그에게서 책을 빼앗듯이 집어 들어 제목을 확인했다. 그 책의 이름은 『삼국유사三國遺事』였다. 나는 그에게 『삼국사기』와 『삼국유사』는 서로 이름이 비슷한 책인데 내용은 왜 다르냐고 따지듯이 물었다. 그는 미소를 지으며 내게 말했다.

"『삼국사기』는 역사를 기록한 책이지만, 『삼국유사』는 이야기를 기록한 책이거든."

주인에 따르면 사기史記와 유사遺事는 전혀 다른 의미를 가지고 있었다. 사기는 역사 기록을 의미하는 단어였고, 유사는 남겨진 이야기를 의미했다. 그는 내게 『삼국사기』의 저자 김부식은 과학자 같은 사람이어서 말이 되지 않는 내용은 빼고 믿을 수 있는 이야기만 책에 담으려 했다고 말했다. 반면에 『삼국유사』의 저자 일연은 동네 할아버지 같은 이야기꾼이어서 자신이 오래전부터 들어온 옛날이야기를 들은 그대로 책에 담으려 했다는 게 그의 말이었다. 내가 『삼국유사』 대신 『삼국사기』를 손에 쥐게 된 것은 그 누구의 잘못도 아니었다. 형의 말대로 『삼국사기』에도 만파식적에 관한 기록이 있었고, 어머니는 내가 부탁한 『삼국사기』를 사 왔다. 헌책방 주인은 그저 책을 팔았을 뿐이었다. 내가 그에게 따지러 온 것은 잘못된 일이었다. 나는 그에게 죄송하다는 말을 남기며 힘없이 돌아섰다. 그는 나를 불러 세우며 내 손에 『삼국유사』를 쥐여줬다.

"어둠이 있으면 밝음이 있고, 아래가 있으면 위가 있는 법이란다. 밝음만 아는 사람들은 어둠이 있다는 사실을 모르고, 위에만 있는 사람들은 아래가 있다는 사실을 모르고 지나칠 때가 많지. 그래서 싸움이 일어난단다. 서로를 잘 모르기 때문에 벌어지는 일이지. '모른다'와 '미워한다'는 말은 서로 다른 의미인데, 같다고 착각하는 사람들이 너무 많아. 『삼국사기』와 『삼국유사』를 비교해봐도 알 수 있듯이 같은 사건을 바라보면서도 서로 다른 판단을 내리는 경우가 세상에는 많단다. 그런 점에서 너는 현명한 아이로구나. 손에 두 책을 모두 쥐고 있으니 말이다. 『삼국유사』는 내가 네게 주는 선물이다."

생각지도 않게 『삼국유사』를 공짜로 얻게 된 나는 세상을 모두 가진 것만 같아 그 자리에서 펄쩍펄쩍 뛰었다. 그날 저녁 나는 방에 틀어박혀 앉아 『삼국유사』를 읽는 데 모든 시간을 쏟았다. 책을 그만 읽고 자라는 어머니의 목소리가 평소와는 다르게 들떠 있었다. 『삼국유사』는 헌책방 주인의 말대로 역사책이라기보다는 이야기책이었다. 『삼국사기』에서는 볼 수 없었던 단군신화, 연오랑과 세오녀의 이야기를 비롯해 도화녀와 비형랑, 서동과 선화공주의 사랑, 수로부인에게 꽃을 바치며 「헌화가」를 부른 노인의 이야기 등 어느 하나 재미없는 이야기가 없었다. 상식적으로 말이 안 되는 기록이 많았지만, 『삼국유사』가 『삼국사기』보다 훨씬 더 재미있는 책이라는 사실은 분명했다.

『삼국유사』에 재미를 붙이게 된 나는 『삼국사기』도 흥미를 가지고 읽을 수 있게 됐다. 그로부터 몇 년이 지나지 않아 내 책장은 온갖 역사와 관련된 책들로 채워졌다. 특히 헌책방 주인이 해줬던 말은 비판적인 시각을 가지고 역사를 바라보는 데 큰 도움을 줬다. 국사 선생님이 일본이 한반도 남부를 지배했다는 임나일본부설에 분노하며 『일본서기日本書紀』를 위서로 취급할 때, 나는 우리의 역사적 자랑인 백제의 왕인 박사와 고구려의 담징에 관한 기록이 실린 유일한 역사서가 『일본서기』임을 상기했다. 그가 백제가 요서 지방에 진출해 영토를 차지했다는 내용을 가르치며 자랑스러워할 때, 그 기록은 중국 남조의 역사서밖에 없으며 또 요서 지방에서 지금까지 발견된 백제계 유물이 단 한 점도 없다는 사실을 상기했다. 나는 자연스럽게 사학과에 진학하기로 결심했다. 부모님은 내 선택을 별로 마음에 들어 하지 않았지만, 굳이 막지도 않았다. 그러나 곧 대학 졸업을 앞두고 있던 큰형은 어떻게든 내 선택을 바꿔 보려고 설득했다. 다른 사람도 아닌 큰형이 나를 만류하리라고는 생각도 하지 못했다. 큰형은 한때 나보다 역사에 관한 관심이 더 많았던 사람이기 때문이다. 나는 큰형에게 나름대로 학자가 되고픈 포부를 밝혔지만 형은 딱 잘라 말했다.

"현실은 『삼국사기』지 『삼국유사』가 아니야!"

큰형은 자신이 비상경계 전공자이기 때문에 겪는 취업의 어려움에 관해 토로하며 나를 설득하려 했다. 내 눈에 그런 큰형의 모습은 왠지 비겁해 보였다. 결국 나는 내 고집대로 서울의 한 사립대 사학과에 진학했다. 큰형은 유명 대기업에 취직하는 데 성공했다. 더 이상 나도 큰형도 서로를 간섭할 여유가 없었다.

입학 후 첫 수업을 듣던 날, 사학과가 있는 인문대 건물에 들어섰을 때 나는 인디아나 존스까지는 아니더라도 최소한 사학도의 분위기를 풍기는 학생들이 반은 넘을 것이라고 기대했다. 그러나 현실은 내 기대와 정반대였다. 인문대는 남초 현상이 극심한 이 학교에서 남녀 성비가 균등한 몇 안 되는 단과대학이었다. 그중에서도 사학과는 조금이나마 여초 현상을 보이는 귀한 학과였다. 정작 사학도와 비슷한 분위기를 풍기는 학생들은 법학과에 몰려 있었다. 남자든 여자든 나와 몇몇을 제외한 사학과 학생 대부분은 패셔니스타였다. 선배들의 가장 큰 관심사는 취업이어서 후배들을 챙길 여력이 없었다. 교수들조차 연구 활동에 쏟는 시간 못지않게 제자의 취업 알선에 많은 공을 들이고 있었다. 나는 사학과에 사학도의 마음을 가지고 입학한 몇 안 되는 신입생이었다.

그렇다고 캠퍼스 생활까지 무미건조하진 않았다. 정원이 많아 졸업할 때까지 동기가 누군지 잘 모르는 학과와 비교하면 정원이 마흔 명 내외에 불과한 사학과는 그야말로 '가족적'이라는 단어가 잘 어울리는 곳이었다. 그곳에서 지수를 만났다. 1학년 1학기의 특성상 동기들과 함께 들어야 하는 수업이 많았기 때문에 출석을 부를 때마다 나와 지수의 이름이 같아서 벌어지는 해프닝이 잦았다. 해프닝이 잦으면 잦을수록 자연스럽게 엮이는 기회도, 엮으려고 달려드는 사람들도 많아지는 법이다. 결국 지수와 나는 동기들 사이에서 최초로 캠퍼스 커플이 됐다. 여기저기서 동기들이 사귀고 깨지는 와중에도 나와 지수의 사이는 굳건했다. 나와 지수는 칠 년을 함께했다. 내게는 지수가 전부였다. 지수도 나와 같은 마음일 거라 여겼다. 그런데 지수는 아니었던 모양이다.

언젠가부터 지수의 연락이 뜸해지기 시작했다. 나는 별로 신경 쓰지 않았지만, 친구들은 자주 우려의 말을 쏟아냈다. 나는 칠 년의 세월을 함께하며 생긴 믿음의 깊이를 너희들이 알 턱이 있느냐며 콧방귀를 뀌었다. 그때까지 나는 지수가 바빠서 연락을 못 한다고 여겼다. 취업 준비생인 나와 달리 지수는 이미 삼 년 차 직장인이었다. 오히려 나는 지수가 취업 준비에 몰두하고 있는 내게 부담을 주지 않으려 일부러 연락을 자제한다고 생각했다. 나는 지수와 가장 가깝게 지내는 동기인 현주에게 오랜만에 전화를 걸어 지수가 괜찮은지 물었다. 현주의 목소리가 이상했다. 계속되는 나의 추궁에 대답을 주저하던 현주는 지수가 몇 달 전에 선을 본 남자와 결혼을 준비 중이라고 털어놓았다. 지수가 몇 달 전에 선을 봤다니? 그리고 결혼을 준비 중이라니? 혹시 지수가 꾸민 몰래카메라가 아닌가 하는 생각에 나는 다른 여자 동기들에게도 모두 연락을 돌렸다. 대부분 지수가 곧 결혼한다는 사실을 알고 있었다. 지수의 결혼 상대가 일곱 살 연상의 안과 의사라는 사실도 말이다. 몰래카메라가 아니었다. 나는 지수에게 연락해 진실을 들을 용기가 나지 않았다. 다행히 지수는 내게 먼저 연락하지 않았다.

그로부터 며칠 후 나는 농호의 손에 이끌려 오랜만에 열린 동기 모임에 억지로 참석했다. 지수는 참석하지 않았다. 처음에는 내 눈치를 보던 동기들도 술잔이 몇 번 돌자 마치 내가 없는 것처럼 지수를 입에 올렸다. 남자 동기들은 지수에게 극도로 실망하며 분노했다. 하지만 여자 동기들은 그럴 수도 있는 것 아니냐는 반응을 보였다. 서로 의견이 엇갈려 목소리가 커졌고, 몇몇 테이블에선 말싸움으로 번졌다.

수많은 거친 말들 속에서 나는 조용히 소주잔만 기울였다. 나는 서로가 서로를 잘 모르기 때문에 미워하는 것이라던 헌 책방 주인의 말을 떠올렸다. 남들은 모두 아는 지수의 결혼 소식을 나만 모르고 있었다. 세상에서 가장 박지수를 잘 안다고 생각했던 박지수만이 그 사실을 조금도 짐작하지 못했다. 나는 지수를 몰랐다. 몰라도 철저히 몰랐다. 몰랐으므로 미워할 수 없었다. 지수를 욕하는 남자 동기들은 지수에 대해 잘 알기 때문에 욕하는 걸까? 지수를 옹호하는 여자 동기들은 지수에 대해 잘 모르기 때문에 옹호하는 걸까? 그렇다면 나는 지수를 몰랐던 나 자신을 미워해야 하는 게 옳았다. 나는 자리에서 일어나 밖으로 빠져나왔다. 동기들은 나와 지수에 대한 이야기로 설전을 벌이면서도 내가 말없이 술자리에서 사라졌다는 사실을 알아채지 못했다. 그러니 녀석들은 나를 미워하면 안 된다. 집으로 돌아온 나는 인터넷으로 이력서를 넣었던 회사들의 서류전형 결과들을 확인했다. 비상경계 출신, 그것도 사학과 출신 졸업생을 환대해주는 곳은 어디에도 없었다. 얼마 후 나는 동호로부터 지수의 결혼 소식을 들었다. 나는 동호에게 지수가 행복해 보이더냐고 물었다. 동호는 온갖 쌍시옷이 들어간 접두어를 더해 행복해 보이더라는 말을 씹어서 뱉어냈다.

“해마다 푸른 물결 위에 이별의 눈물만 더하네別淚年年添綠派”라는 절창을 남긴 정지상은 김부식에게 참살당했다. 만파식적은 쓰러져가는 신라를 구해내지 못한 채 모습을 감추고 말았다. 그러므로 “만파식적에 대한 이야기가 전해오긴 하지만 괴이하여 믿을 수 없다”던 김부식의 말이 결국 옳았다. 나는 현실은 『삼국사기』지 『삼국유사』가 아니라던 큰형의 말을 그제야 이해할 수 있었다. 현실은 어디까지나 무미건조한 현실일 뿐이지, 『삼국유사』 ‘기이紀異 편’에 나오는 신비로운 이야기가 아님을, 기이는 말 그대로 ‘기이奇異’일 뿐임을 말이다. 결국 취업 재수를 하고도 원하는 곳에 취업하지 못한 나는 공무원 시험으로 진로를 돌렸다. 공무원이란 쓸데없이 국민의 세금을 축내가며 국가 발전을 저해하는 암적인 존재라고 평가절하해왔던 나는 비루한 현실 앞에서 타협했다. 역사를 전공했다는 사실이 나쁘지만은 않았다. 공무원 시험에는 국사 과목이 있었기 때문이다. 그러나 공무원 시험 국사 문제에는 만파식적, 수로부인, 연오랑과 세오녀 이야기가 등장하지 않았다. 대동법 실시, 삼포왜란, 아관파천, 갑신정변, 갑오개혁과 같은 사건만이 나열되어 있을 뿐이었다. 이야기는 없었다.

나는 여전히 ‘기이 편’에 등장하는 신비로운 이야기의 바다에서 허우적거렸다. 나는 지수로부터 직접 이별의 인사를 듣지 못했다. 또한 나는 지수의 죽음을 직접 보지 못했다. 나는 그저 지수와 나눈 추억을 서랍 속에 잠시 넣어두었을 뿐이다. 그러므로 나와 지수는 아직 이별하지 않았다. 나는 말도 안 되는 억지 논리를 펼치며 지수의 죽음을 받아들이지 않았다. 동호의 차는 장례식장 건물 지하에 위치한 주차장으로 빨려들어가고 있었다.

삼 년 만의 재회다. 나는 향을 사르며 영정 사진 속 지수의 얼굴을 바라봤다. 지수는 가늘게 미소 짓고 있었다. 지수의 입술 사이로 치아가 살짝 보였다. 지수가 그토록 싫어했던 덧니는 결혼 후 교정한 듯 가지런히 정리돼 있었다. 치아 교정의 영향으로 미묘하게 달라진 지수의 턱선을 눈으로 훑으며, 나는 지수가 이미 오래전에 나를 떠난 여자임을 실감했다. 나는 상주의 자격으로 서 있는 지수의 남편과 맞절하고, 그에게 의례적인 위로의 말을 건네며 일어섰다. 그런데 그가 뜻밖의 말로 나를 놓아주지 않았다.

"당신을 압니다."

나를 안다고? 안경 너머로 보이는 그의 눈빛 속에는 부끄러움과 자괴감, 그리고 나를 향한 노골적인 적의가 담겨 있었다. 나는 그 적의의 원인이 무엇인지 가늠할 수 없었다. 가늠할 수 없는 것을 가늠하는 일은 어리석은 일이라는 생각에 나는 아무런 대꾸 없이 자리에서 일어나 동기들이 모인 자리로 향했다. 등 뒤로 그의 눈빛이 느껴져 신경이 거슬렸지만 거슬리는 대로 뒀다. 동기들 모두 침통한 표정으로 말없이 술잔을 기울였다. 나와 지수의 관계와는 상관없이 모두 사이가 각별했던 만큼 동기들이 느끼는 비감도 만만치 않은 듯했다. 이미 술을 많이 마신 듯 얼굴이 붉어진 동기 하나가 맥주잔에 소주를 가득 부으며 말했다.

"술을 안 먹어도 간암에 걸려 죽고! 술을 먹어도 간암에 걸려 죽고! 그렇다면 나는 먹고 죽을란다!"

녀석의 어이없는 말에 모두들 허탈한 웃음을 지으며 잔을 비웠다. 어이가 없는 말이든, 있는 말이든 간에 녀석 덕분에 침울했던 분위기가 조금이나마 풀렸다. 다른 테이블에 앉아 있던 현주가 다가와 내 앞의 빈 잔을 채웠다. 갑작스러운 현주의 태도에 잠시 주춤했던 나는 쓴웃음을 지으며 현주의 빈 잔을 채웠다. 현주는 잔을 비우며 울음 섞인 목소리로 말했다.

"지수가 마지막에 네 이름만 부르더라."

현주는 지수의 마지막을 지켜본 모양이었나. 난감하게도 지수는 간성혼수상태에서 남편 대신 내 이름을 계속 불렀고, 지수의 남편은 지수가 혼수상태에서 부르는 또 다른 지수가 누구인지 이미 알고 있는 듯 무척 괴로워했다는 게 현주의 말이었다. 그제야 나는 지수 남편의 눈빛 속에 담겨 있던 노골적인 적의를 조금이나마 이해할 수 있었다. 그러나 이해하는 것과 받아들이는 것은 별개의 문제다. 나는 누구에게 적의를 담은 눈빛을 던져야 하는가? 마지막까지 내 이름을 부르고 떠났다는 지수에게? 아니면 지수의 남편에게? 홀로 그런 눈빛을 감당하기에는 내 상처 또한 너무도 컸다.

나는 잔을 비우며 오래전 여기 모인 동기들과 함께 들었던 한국고대사 전공 수업 시간을 회상했다. 그날 수업의 주제는 '처용무'였다. 교수는 학생들에게 "처용은 왜 역신疫神과 관계하는 아내의 모습을 보고도 분노하지 않고 오히려 노래하며 춤까지 추었을까"라는 질문을 던졌다. 다양한 대답이 나왔지만 신라 말기의 문란한 사회상을 반영하는 것이 아니냐는 고등학교 수업 수준의 대답이 대부분이었다. 교수는 다시 「처용가」에 등장하는 역신은 무엇을 의미하느냐고 학생들에게 물었다. 그러자 귀신, 바람둥이, 제비 등 다양한 대답들이 튀어나와 강의실은 웃음바다가 됐다. 웃음이 잦아들자 교수는 학생들의 대답이 모두 옳으면서도 옳지 않다고 모호하게 말했다. 한 학생이 그 이유를 묻자, 교수는 「처용가」의 주제가 무엇인지 아직까지 구체적으로 밝혀진 게 없기 때문에 정답도 없다는 다소 허무한 답변을 내놓았다. 학생들이 실망한 눈치를 보이자 교수는 보일 듯 말 듯 미소를 지으며 「처용가」에 대한 자신의 의견을 말했다.

“아내의 문란한 행실에 의연하게 대처하는 남편의 이야기가 과연 천년을 넘게 이어갈 만한 생명력을 가지고 있을까요? 이야기가 생명력을 얻으려면 집단적인 공감대를 형성해야 합니다. 역신이란 무엇을 의미하는 걸까요? 문헌 해석에 있어서 가장 우선해야 하는 해석은 문리해석文理解釋입니다. 즉 글자를 있는 그대로 가감 없이 해석하는 것이 먼저입니다. 그렇다면 역신은 역병, 즉 사람이 어찌할 수 없는 병을 의미하는 것으로 볼 수 있습니다. 그러므로 아내와 역신이 몰래 잠자리를 했다는 표현은 아내가 죽을병에 걸렸다는 의미로도 볼 수 있고요.”

그러자 한 학생이 다 죽어가는 아내 앞에서 노래하고 춤을 추는 처용의 모습을 이해할 수 없다며 고개를 갸웃거렸다. 교수는 그러한 의문을 예상했다는 듯 바로 말을 이어갔다.

“고대인들은 사랑하는 가족이 불치병으로 죽어가면 어떤 행동을 취했을까요? 방법이 없습니다. 아무것도 할 수 없어요. 덜 죽어 신음하는 가족을 처참한 심정으로 지켜보는 것 말고는 아무것도 할 수 있는 게 없어요. 현대인들이라고 해서 다를까요? 현대인들은 사랑하는 가족이 불치병에 걸리면 어떤 행동을 취할까요? 당연히 병원으로 갑니다. 그런데 병원에서 치료가 안 되면 어떻게 하죠? 민간요법을 시도합니다. 민간요법으로도 병을 고치지 못하면 어떻게 하죠? 천지신명에게 손바닥이 닳도록 빕니다. 그것 말고는 아무것도 할 수 있는 게 없어요. 불치병 앞에서는 고대인들과 현대인들이 다를 게 아무것도 없다는 말입니다. 있는지도 없는지도 모르는 신에게 비는 것 말고는 아무것도 할 수 있는 게 없으면 어떤 심정일까요? 미칩니다. 절망적인 상황은 이성을 마비시킵니다. 아무 데서나 실실 웃고 다니는 사람들을 보고 우리는 미쳤다고 하죠? 그것과 다를 게 없어요. 노래하고 춤이라도 추지 않으면 미치는 거예요. 게다가 여러분도 아시다시피 처용은 멀리 아라비아에서 온 외국인이라는 주장이 유력합니다. 그러한 주장에 따르면 처용은 고향을 떠나 이역만리 신라에 머물렀던 고독한 이방인이었던 셈이죠. 고독한 처용에게 유일한 위로가 돼줬던 사람은 아내였을 겁니다. 그런 아내가 병으로 죽어가는 모습을 바라보는 처용의 심정은 어떠했을까요? 따라서 처용은 병들어 죽어가는 아내에게 아무것도 해줄 수 없는 자신의 처참한 심정을 달래기 위해 노래하고 춤을 춘 것으로 해석할 수도 있는 겁니다. 슬프지만 슬프게 보이지 않으려 노력하는 모습이 더 슬퍼 보이는 법입니다. 「처용가」는 이러한 애이불비哀而不悲의 정서가 극단적으로 드러나는 작품이라고도 할 수 있습니다. 아까 이야기가 생명력을 얻기 위해서는 집단적인 공감대를 형성해야 한다고 말했죠? 처용의 이야기는 당대 신라 사람들뿐만 아니라 후대의 사람들에게도 공감을 줬기 때문에 살아남아 『삼국유사』에 실린 겁니다. 이제 여러분들도 고독한 처용의 처참한 심정이 이해되지 않나요? 다만 이러한 해석은 제 개인적인 의견에 불과하다는 사실을 참고하세요. 오늘 수업은 여기서 마치겠습니다."

교수가 설명을 마치자 강의실의 분위기가 숙연해졌다. 몇몇 여학생들은 눈물을 흘리며 흐느끼기까지 했다. 내 옆자리에 앉아 있던 지수 역시 눈물을 흘리고 있었다. 나는 손수건으로 지수의 눈물을 닦아줬다. 그러자 지수는 충혈된 눈으로 물끄러미 나를 바라보다가 손수건에 얼굴을 묻고 소리 내 울기 시작했다. 그때의 울음소리가 십 년의 시간을 거꾸로 거슬러 올라와 거대한 진동을 일으키며 내 가슴에 균열을 일으켰다. 가슴속 깊은 곳에 잠복했던 지수와의 추억들이 균열을 뚫고 용암처럼 솟구쳐 나와 이제 겨우 민둥산 신세를 면한 내 어린 숲을 덮쳤다. 나는 걷잡을 수 없이 번져가는 불길을 달래고자 소주 한 병을 숲에 뿌렸다. 소주 한 병으로 달랠 수 없는 거대한 불길이었다. 달랠 수 없는 불길 앞에서 나는 무력했다. 무력함을 무력함으로 두지 않으려고 나는 불길 앞에서 몸이 타들어 가는 것도 모르는 채 꼬부라진 목소리로 노래를 부르며 춤 같지도 않은 춤을 추기 시작했다.

"이이 푸웅지이인 세에에에스아앙으으을 마아아아안나아았으으으니이 느어어어에에 히이이마아앙으으은 무우우우어엇이나아아아 부우귀이이와아아 영화아아아르으으을……."

갑자기 별이 보인다 싶더니 바닥이 내게 덤벼들었다. 나를 말리려던 동기들의 움직임보다 지수 남편의 주먹이 더 빨랐다. 동기들은 목표를 바꿔 지수의 남편을 붙잡아 진정시켰다. 내게 덤벼들었던 바닥 위로 코피가 쏟아졌다. 현주가 다급하게 나를 일으켜 세우며 물수건으로 코피를 닦았다. 내가 처용인가, 지수의 남편이 처용인가? 내가 역신인가, 지수의 남편이 역신인가? 그러나 처용의 아내이자 역신이 흠모하던 여인은 이미 세상에 없었다. 그 빈자리에서 처용과 역신이 서로 뒤엉켜 울부짖고 있었다.

장례식장 건물 밖으로 나를 끌고 나온 동호가 온갖 욕을 쏟아내며 내 등을 두드렸다. 덜 삭은 육개장이 소주와 뒤섞여 목구멍 밖으로 역류했다. 위액이 비강을 훑고 지나갔는지 콧속이 쓰렸다. 동호는 더 이상 생각나는 욕이 없는지 입을 닫았다. 나는 와이셔츠 소매로 입가에 묻은 토사물을 닦으며 벤치에 주저앉았다. 동호는 담배 한 개비에 불을 붙여 내게 건넸다. 나는 동호가 건네준 담배를 필터가 드러나기 직전까지 빨고는 격하게 기침을 했다. 하루 종일 목에 걸려 있던 가래가 바깥으로 튀어나왔다. 싯누런 가래였다. 동호는 인상을 찡그리며 자신이 방금 전에 바닥에 버린 담배꽁초를 구두 뒤축으로 짓이겼다. 나는 그런 동호의 모습을 바라보며 피식 웃었다. 동호는 노량진까지 데려다줄 테니 일어나라며 내 어깨를 잡았다. 나는 어깨 위에 놓인 동호의 손을 내려놓으며 잠시 혼자 있고 싶다고 말했다. 동호는 기다리고 있을 테니 너무 늦지는 말라며 지하주차장으로 향했다. 나는 멀어져가는 동호의 모습을 바라보다가 하늘에 떠 있는 보름달로 시선을 옮겼다. 그때 어딘가에서 노랫소리가 들려왔다. 누군가 내가 앉아 있는 곳에서 멀지 않은 벤치에 앉아 한 손에 소주병을 든 채 하늘을 바라보며 노래를 부르고 있었다. 지수의 남편이었다. 음정, 박자 모두 엉망이었다. 가사도 제대로 들리지 않아 무슨 노래인지 알아들을 수 없었다. 나는 젖어 있는 그의 목소리 속에 담긴 지수의 흔적을 느끼며 벤치에 등을 기댔다.

처용은 역신을 바라보며 자신이 처용인지 역신인지 잘 모르겠다고 너털웃음을 지었다. 역신도 처용을 바라보며 자신이 역신인지 처용인지 잘 모르겠다고 낄낄댔다. 그렇게 서로를 바라보며 한참을 웃어대던 둘은 어깨동무하며 함께 노래를 부르기 시작했다. 높아진 노랫소리에 흐느적거리는 춤사위가 어우러졌다. 웃음과 울음 사이에 놓여 쉽게 구별이 되지 않는 웃음소리가 밤하늘에 길게 울려 퍼졌다. 보름달이 처용을 닮은 역신과, 역신을 닮은 처용을 비추며 서쪽으로 기울었다.

선물

○

○

몇 분을 기다려도 휴대폰에 코로나 재난지원금 사용을 알리는 문자메시지가 도착하지 않았다. 이상함을 느낀 나는 재난지원금을 신청한 체크카드와 연결된 은행 계좌의 잔액을 조회했다. 조금 전 고향에 보내려고 식자재마트에서 산 홍삼 선물세트 가격만큼 잔액이 줄어들어 있었다. 잔액은 곧 지불해야 할 원룸 월세보다 약간 모자랐다. 눈앞이 하얘졌다. 나는 급히 식자재마트로 돌아가 계산원에게 어찌 된 영문인지 물었다. 계산원의 대답은 시큰둥했다.

"죄송한데 여기에선 재난지원금을 사용하실 수 없어요."

"작년에는 여기에서 사용했었는데요?"

"이번에는 대형마트뿐만 아니라 저희 매장도 재난지원금 가맹점에서 제외됐어요."

당황한 나는 홍삼 선물세트를 환불하고 식자재마트에서 빠져나왔다. 나는 휴대폰으로 주변에 있는 재난지원금 가맹점을 확인했다. 계산원의 말대로 식자재마트는 가맹점 명단에서 보이지 않았다. 대형마트보다 훨씬 작은 수도권 변두리의 식자재마트가 가맹점이 아니라니. 기가 막혔다. 계산대에 두고 온 홍삼 선물세트가 눈에 밟혔다. 홍삼 선물세트는 재난지원금 한도 내에서 살 수 있는 가장 그럴듯한 설 선물이었기 때문이다. 바람이 강하게 불고 눈발이 날리기 시작했다. 몸살이라도 걸린 듯 몸이 으슬으슬 떨렸다.

지난해 5월, 나는 이 년 동안 다녔던 첫 직장에서 정리해고를 당했다. 항공사의 하청업체인 그곳은 코로나로 인한 매출 감소를 이유로 직원들의 무기한 무급휴직과 희망퇴직을 신청받았다. 경영진의 방침에 반발했던 일부 직원들이 정리해고됐고, 나는 그중 한 명이었다. 해고된 직원들은 복직을 요구하며 회사와 싸우기 시작했지만, 나는 저항 없이 해고를 받아들였다. 동종 업체가 줄줄이 무너지고 있었고, 희망은 보이지 않았다. 언제 침몰할지 모르는 배 위에서 목숨 걸고 싸우는 일은 무의미해 보였다.

나는 실업급여를 받으며 전직을 고민해보기로 했다. 해고된 직원들은 거리로 나와 투쟁을 벌였다. 실업급여 수급 기간이 끝날 때까지도 전직에 관한 나의 고민은 고민으로 남았다. 해고된 직원들이 해고가 부당하다는 판결을 받은 뒤에도 거리에서 사측과 싸우고 있다는 뉴스가 작게 보도됐다. 내심 그들을 응원했던 나는 무기력하게 서른 살을 맞았다.

뉴스를 접한 어머니는 종종 내게 전화로 안부를 물었다. 나는 오랜 기간 아버지 병간호를 하느라 지친 어머니에게 근심을 보태고 싶지 않아 정리해고를 숨겼다. 퇴사한 뒤에도 나는 월급날에 늘 그래왔듯이 매달 어머니에게 실업급여를 쪼개 용돈을 보냈다. 지난해 추석에도 나는 대형마트에서 산 선물세트를 고향으로 부치며 직장에서 받은 선물이라고 속였다. 실업급여가 끊긴 상황에서 설을 맞는 내게, 재난지원금 10만 원은 결코 적은 돈이 아니었다.

나는 휴대폰으로 재난지원금을 현금화해 선물을 살 방법이 없는지 찾아봤다. 나만 꼼수를 생각한 게 아닌 모양이었다. 지난해 전 국민에게 재난지원금이 지급됐을 때, 온라인 중고거래 사이트에서 재난지원금 선불카드 판매가 활발히 이뤄졌고, 오프라인에서도 낮은 가격에 재난지원금 선불카드를 사들인 뒤 되파는 상품권 판매 업소들이 적발됐다는 뉴스를 쉽게 찾을 수 있었다. 이번에 재난지원금을 지급한 각 지방자치단체는 '현금 깡' 적발 시 전액 환수하고 고발하겠다고 강력하게 경고했다. 경고를 감히 거스를 엄두가 나지 않았다.

고민 끝에 나는 식자재마트 방문객과 거래를 해보기로 했다. 홍삼 선물세트의 가격은 8만 원이 조금 안 됐다. 나는 방문객에게 재난지원금 전액을 주변에 있는 다른 가맹점에서 쓸 수 있게 해주고, 방문객은 마트에서 홍삼 선물세트를 사서 내게 건네주면 서로에게 이득이라는 계산이 섰다. 즉석에서 이뤄지는 은밀한 거래이니 단속도 불가능할 듯싶었다. 나는 마트 정문 옆에 서서 오가는 방문객들을 살폈다. 그들에게 접근해 말을 걸기가 생각보다 쉽지 않았다. 모두 마스크를 쓰고 있으니 표정을 알 수 없어서, 누구에게 말을 걸어야 내 말이 먹힐지 감을 잡지 못했다. 어머니와 비슷한 오십 대 후반으로 보이는 중년 여성이 마트로 다가오고 있었다. 나는 한 차례 심호흡하고 그녀에게 다가가 말을 걸었다.

"안녕하세요. 바쁘실 텐데 죄송합니다. 드릴 말씀이 있어서요."

"네? 무슨 일이죠?"

치켜뜬 그녀의 두 눈에 경계심이 가득했다. 내가 마스크에 가려진 그녀의 표정을 파악할 수 없듯이, 그녀 또한 마스크 속 내 얼굴을 파악할 수 없으니 경계하는 게 당연하다는 생각이 들었다. 나는 마스크를 턱까지 내리고 그녀에게 말했다.

"저는 저기 마트 앞 원룸에 사는 사람인데요."

"저기요. 마스크 똑바로 써주세요."

그녀는 한 걸음 물러서며 단호하게 내 말을 끊었다. 나는 다급하게 마스크를 고쳐 쓰며 그녀에게 준비된 말을 떠듬떠듬 꺼냈다. 그녀는 내 말을 다 듣기도 전에 손사래를 쳤다.

"됐어요."

그녀는 종종걸음으로 빠르게 내게서 멀어졌다. 수치심과 모멸감이 차올랐다. 가슴이 묵직해지고 손끝이 덜덜 떨렸다. 마트를 오가는 방문객 여럿이 무심하게 내 옆을 스쳐 지나갔다. 외로웠다. 나는 충동적으로 어머니에게 전화를 걸었다. 어머니는 마치 기다렸다는 듯이 신호음이 울리기도 전에 내 전화를 받았다.

"아들, 별일 없지?"

어머니의 목소리가 그 어느 때보다 따뜻하게 들렸다. 괜스레 서러워진 나는 눈에 고인 눈물을 손등으로 훔쳤다.

"저야 늘 똑같죠. 아버지는요?"

"네 아버지도 늘 똑같지 뭐. 그나저나 이번 설에는 집에 올 수 있는 거니?"

나는 문득 어머니에게 어리광을 부리고 싶었다.

"이번 설 연휴에 제 자취방에 한번 들르지 않으실래요?"

"뭔 일 있니?"

어머니가 걱정을 담은 목소리로 물었다. 나는 아무렇지 않다는 듯 밝은 목소리로 두서없이 말을 쏟아냈다.

"여기에 한 번도 와보신 적 없잖아요. 어떻게 사는지 궁금하지 않아요? 오시면 제가 맛있는 거 사드릴게요. 코로나 때문에 위험하니까 대중교통 이용하지 말고 꼭 차를 몰고 오세요. 그리고 집에 있는 김장김치도 챙겨오세요. 먹고 싶어요."

"네가 사긴 뭘 사. 차가 밀리니까 연휴보다 하루 먼저 올라

갈게. 네 아버지는 걱정 안 해도 된다. 병실에 말동무가 많아서 심심할 틈이 없다더라."

어머니와 통화를 마친 나는 주변에 있는 재난지원금 가맹점을 다시 확인했다. 소고기를 파는 식당이 가까운 곳에 있었다. 설 연휴에도 문을 여는 식당이었다. 재난지원금을 모두 털면, 어머니와 둘이서 배에 적당히 기름칠 정도는 할 수 있을 것 같았다.

징검다리

○

○

당근마켓에서 문고리거래로 산 아이폰 13 미니의 전원이 켜지지 않았다. 전원 버튼을 여러 차례 눌러봤지만 소용없었다. 내 낡은 갤럭시 휴대전화에서 당근마켓 채팅 알림음이 울렸다. 채팅창을 열자 판매자가 보낸 메시지가 떴다.

아침에 물건을 문고리에 걸어두고 왔습니다.

쿨거래 감사합니다^^ 오전 10:05

뻔뻔한 놈. 고장 난 물건을 팔아놓고 웃어? 메시지에 마침표 대신 찍힌 눈웃음 이모티콘을 보자 숙취로 울렁거리는 속에서 화가 치밀어 올랐다. 나는 채팅창에 몇 차례 격한 표현을 썼다 지우기를 반복하다가 차분하게 메시지를 정리해 보냈다.

오전 10:10 휴대전화가 켜지지 않고 먹통입니다.

왜 이런 거죠?

나는 채팅창에 '읽음' 표시가 뜨기만을 눈이 빠지도록 기다렸다. 오 분 뒤에 판매자가 내 메시지를 읽었고, 그로부터 오 분이 더 흐른 뒤에 답신이 왔다.

목업폰이니까 당연히 작동하지 않죠 ㅎㅎ 오전 10:20

목업폰? 메시지 마지막에 찍힌 'ㅎㅎ'가 비아냥거림처럼 느껴졌다.

오전 10:22 긴말하지 않겠습니다. 환불해주시죠.

채팅창에 '읽음' 표시가 바로 떴지만, 답신은 그로부터 삼십 분이나 흐른 뒤에야 왔다.

다시 한번 판매글을 읽어보세요.
환불 안 된다고 써놓았습니다 ㅎㅎ 오전 10:52

긴 시간을 뭉그적대다가 보낸 답신이 고작 이런 수준이라니. 기가 막혔다. 나는 흥분을 가라앉히고 신중하게 메시지를 적었다.

오전 10:54 상식적으로 고장 난 휴대전화를 20만 원씩이나 주고 살 사람이 누가 있습니까. 환불해주지 않으면 법적인 조치를 할 겁니다. 법조계에 아는 사람 많습니다.

내 허세를 보탠 점잖은 위협은 판매자에게 조금도 먹혀들지 않았다.

다시 한번 판매글을 똑바로 읽어보세요. 저는 분명히 아이폰 13 미니 목업폰을 판다고 올렸고, 목업폰은 고장 난 휴대전화가 아닙니다. 환불 안 된다고 명시했고요. 뭐가 문제죠? 잘 알아보지도 않고 입금부터 하신 그쪽 잘못 아닌가요? 법조계에 아는 사람 많으면 법대로 하시든가요. 왜 제가 사기꾼 취급을 받아야 하는지 모르겠네요. 기분 더럽네. 쿨거래인 줄 알았더니 진상이시네요. 차단합니다 ㅎㅎ 오전 10:59

판매자와 더 대화가 이어지지 않았다. 개새끼. 쓰지도 못할 물건을 속여 판 주제에 석반하상노 유분수지, 내가 진상이라고? 나는 홀로 남은 채팅창과 목업폰인지 뭔지 모를 빌어먹을 물건을 번갈아 바라보며 입술을 깨물었다.

해 질 무렵, 나는 해장국집에 마주 앉은 이억원의 빈 잔에 소주를 채웠다. 그도 병을 건네받아 내 빈 잔에 소주를 따랐다.

"이사님, 무슨 일인데 표정이 그렇게 죽상이세요?"

나는 신경질적으로 잔을 비운 뒤 손등으로 입을 닦았다.

"명함도 없는 백수가 된 지 오래인데 이사님은 개뿔."

이억원이 자신의 잔을 한입에 털어 넣고 피식 웃었다.

"그렇다고 인제 와서 이사님을 김철수 씨라고 부를 순 없지 않습니까?"

나는 이억원의 빈 잔에 다시 소주를 채우고 찬으로 나온 양파를 안주로 씹었다.

"이 과장, 아니 이 사장. 그냥 형님이라고 불러. 함께 나이 들어가는 처지에 무슨."

이억원이 내 빈 잔에 소주를 따르며 고개를 숙였다.

"알겠습니다, 형님!"

일 년 전만 해도 나는 자동차 부품을 생산하는 건실한 중소기업의 임원이었다. 지방 국립대 졸업 후 상경해 이십 년 동안 몸담았던 직장에서 재무 담당 이사 직위까지 올랐으니, 그만하면 샐러리맨으로서 성공한 삶을 살아왔다고 자부했다. 문제는 내가 임원 자리에 올라서도 직원 시절처럼 무작정 열심히 일했다는 점이다.

서 있는 자리가 달라지면 보이는 풍경도 달라진다고 하지 않던가. 임원은 큰 그림을 그리고 직원은 이를 채워나가야 하는데, 나는 직원으로 일하던 시절의 업무처리 방식을 버리지 못했다. 잘 안다는 이유로 업무의 세세한 부분까지 직접 챙겼고, 그럴 때마다 부하 직원과 충돌했다. 임원은 한 걸음 뒤에서 직원을 지원하는 자리라는 걸, 임원이 자신을 드러내고 성과를 챙기면 팀워크가 흔들린다는 걸 그땐 이해하지 못했다. 그저 회식 때 고생한 부하 직원들을 잘 먹이고 으쌰으쌰 하면 될 줄 알았다. 한때 내 부하 직원이었던 이억원의 얼굴을 바라보기가 민망했다. 해장국에서 내장을 안주로 건져 먹던 그가 내게 물었다.

"죄송하지만, 정말 궁금해서 그런데요. 왜 회사를 그만두신 겁니까?"

나는 쓴웃음을 지으며 술잔을 기울였다.

"그러게 말이야. 왜 그만둔 걸까?"

이억원이 자신의 잔을 내 잔과 부딪쳤다.

"형님은 직원 사이에서 롤모델이셨어요. 한 직장에서 말단부터 시작해 임원까지 오르는 일, 아무리 중소기업이라도 하늘의 별 따기 아닙니까."

"롤모델은 무슨. 다들 뒤에서 내 욕한 거 잘 알아. 내가 자초한 일이기도 하고."

임원 자리를 내놓고 나온 이유는 도피에 가까웠다. 나는 업무를 꼼꼼하게 파악한 뒤에야 움직이는 성격인데, 그런 성격이 임원 자리에는 맞지 않았다. 임원으로서 결정하고 처리해야 할 업무 범위는 내 생각보다 훨씬 넓었다. 야근을 밥 먹듯이 해도 세부 사항을 모두 파악하기가 어려웠다. 그러다 보니 예상을 빗나가는 일이 자주 벌어졌고, 그럴 때마다 나는 부하 직원을 달달 볶았다. 내가 애를 쓰면 쓸수록 상황이 점점 나빠졌고 실적은 떨어졌다. 내가 능력에 맞지 않는 자리에 앉아 있다는 평가가 사내에 팽배해졌다. 엎친 데 덮친 격으로 오랫동안 인연을 맺어온 큰 거래처에서 수금 문제가 벌어졌다. 하필 그 시점과 맞물려 조달금리가 크게 상승해 수금 문제가 자금난으로 번졌다.

내가 할 수 있는 일은 채권자에게 상황을 설명하며 살려달라고 읍소하는 것뿐이었다. 매일 아침 나는 대역죄인이라도 된 듯한 심정으로 출근했고, 급기야 스트레스를 견디지 못해 사무실에서 쓰러졌다. 병원 응급실에서 눈을 떴을 때 차라리 잘된 일이다 싶었다. 오너는 워크아웃 신청을 확정한 터였다. 고통 분담을 명분으로 내세운 인력 조정, 인건비 감액 계획 작성……. 워크아웃에 들어가면 내가 할 일은 이전보다 훨씬 험악해질 게 뻔했다. 나는 건강 악화를 핑계로 퇴사하며 발을 뺐다. 그렇게 나는 지천명을 삼 년 앞두고 무직자가 됐다. 나는 반쯤 남은 잔을 마저 비우고 해장국을 한 순갈 떠먹으며 지난 기억을 억지로 털어냈다. 매콤하고 자극적인 국물이 입에 맞았다.

“쓸데없는 소리 그만하고 술이나 마십시다.”

나와 이억원은 소주병을 주고받으며 서로의 잔을 채웠다.

“그래도 예전보다 얼굴이 많이 좋아지셨습니다.”

“그럴 리가 있나. 마음은 회사에 다닐 때보다 더 지옥인데.”

퇴사 후 처음 며칠은 후련했는데, 곧 막막해졌다. 아침에 일어나서 갈 곳이 없다는 사실이 실감 나지 않았다. 좀이 쑤신 나는 출근하듯 가까운 공공도서관으로 향했고, 구석 자리에서 이런저런 책을 읽으며 시간을 죽였다. 직장에 다닐 때보다 집에 머무는 시간이 길어지자 짜증이 늘었다. 제때 설거지와 청소를 하지 않는 아내가 불만스러웠고, 성적을 신경 쓰지 않고 꾸미기만 좋아하는 딸이 곱게 보이지 않았다. 내 입에서 잔소리가 점점 늘어나니 집안 분위기가 점점 엉망으로 변해갔다. 더 큰 문제는 빠르게 줄어드는 통장 잔고였다. 아내의 월급만으로는 고등학생인 딸에게 들어가는 학원비 등 고정 비용과 주택담보대출 이자를 감당하기가 어려웠다. 급기야 몇 달 후엔 생활비까지 걱정해야 할 처지에 이르렀다.

마음이 급해진 나는 이력서를 써서 여러 업체에 들이밀었다. 비록 중소기업이긴 하지만 임원까지 오른 경력이 있으니 금방 재취업할 수 있으리라고 기대했는데, 면접을 보러 오라는 곳이 단 한 곳도 없었다. 평생 열심히 일하며 살아온 대가가 고작 이런 수준이라니. 세상이 원망스러웠다. 스트레스가 쌓일수록 아내와 딸을 향한 내 잔소리도 더 심해졌다. 둘이 나를 바라보는 눈빛에서 존경이 사라졌다고 느낀 다음 날, 나는 재취업을 핑계로 집에서 나와 원룸 월세방을 얻었다. 그게 내 자존심을 지키는 마지막 방법이라고 생각했다.

나는 새벽마다 인력시장으로 나가는 한편, 이력서를 쓰는 일을 멈추지 않았다. 그 과정에서 가물에 콩 나듯 몇 차례 면접을 치른 끝에 냉엄한 현실을 깨달았다. 나는 앞으로 과거와 비슷한 벌이와 지위를 보장하는 일자리를 다시 얻을 수 없다는 걸. 내 손에 피를 묻히는 한이 있더라도 회사에서 버텼어야 했다. 그게 아니면 퇴사 후 벌어질 사태에 관해 최소한의 고민이라도 해야 했다. 나는 대책 없이 지른 퇴사를 뒤늦게 후회했다.

“이 사장이 나보다 훨씬 현명한 사람이야. 무엇을 해야 할지 비전을 보고 철저히 준비한 다음에 퇴사했잖아. 나는 정말 아무 대책 없이 나왔거든. 어떻게든 살아지겠지 싶었는데, 그렇지 않더라. 시간을 되돌릴 수 있다면, 회사에서 쓰러져 죽더라도 사표를 내진 않을 거야.”

“에이! 요즘엔 부동산 경기가 많이 죽어서 어려워요.”

“부동산 시장은 장기적으로 우상향해왔잖아. 잠깐 경기가 나빠진 것뿐인데 엄살은.”

“사람 인생은 이름 따라간다던데, 성이 백씨였으면 대박 났으려나요?”

“천씨면 재벌 됐게?”

나와 이억원은 실없는 농담을 주고받으며 키득거렸다. 그는 공인중개사 시험 준비를 직장 생활과 병행한 끝에 자격증을 손에 넣었다. 당시 재무팀 부장이었던 나는 일머리가 좋은 그를 놓치고 싶지 않았지만, 본인의 퇴사 의사가 확고해 더 붙잡지를 못했다. 공교롭게도 그때부터 부동산 시장이 급등했고, 얼마 지나지 않아 그가 차를 BMW로 바꾼 데 이어 꽤 많은 수입을 올리고 있다는 소문이 들려왔다. 초라해진 내 처지를 돌아보니 깊은 한숨이 터져 나왔다.

“작은 회사이긴 해도 임원 타이틀이 있으니 어디 가서 명함을 내밀어도 무시당하는 일은 없었어. 그런데 명함이 사라지니까 그동안 쌓았던 인맥이 한순간에 끊기더라.”

이억원이 쑥스러운 표정을 지으며 내게 건배를 권했다.

“앞으로 제가 형님을 자주 모시겠습니다.”

“바쁜 사람 붙잡고 귀찮게 하면 민폐지. 오늘만 살짝 귀찮게 할게. 실은 법률 상담을 하고 싶은데, 아무리 생각해봐도 편하게 물어볼 사람이 이 사장밖에 없더라.”

이억원이 깜짝 놀라 손사래를 쳤다.

“아이고! 제가 무슨 법률 상담을! 저 변호사 아닙니다!”

“건너서 아는 변호사가 없는 건 아니지만, 내 처지가 이러니까 연락해서 물어보기가 좀 그래. 그렇다고 그냥 넘어가기엔 너무 괘씸하고. 생활 법률은 공인중개사도 잘 안다고 들었어. 부탁 좀 할게."

나는 목업폰을 주머니에서 꺼내 이억원에게 보여줬다.

"이게 목업폰이라던데, 도대체 목업폰이 뭐야?"

이억원은 목업폰을 살피며 감탄했다.

"휴대전화 매장에 전시된 물건들 보셨죠? 그거 다 목업폰이에요. 한마디로 모형입니다. 직접 만져본 건 처음인데, 와…… 감쪽같네요. 실제 전화와 똑같이 생겼는데요?"

"내가 그걸 20만 원이나 주고 샀다. 병신도 아니고."

내 말에 놀란 이억원의 눈이 커졌다. 나는 판매자가 당근마켓에 올린 글을 그에게 보여주며 물었다.

"이 사장이 보기엔 어때? 사기죄로 고발할 수 있겠어?"

판매글을 읽은 이억원이 고개를 저으며 난색을 보였다.

"사기죄가 성립하려면 상대방을 속였다는 사실이 인정돼야 하거든요? 목업폰을 진짜 휴대전화라고 속여서 팔았다면 사기가 맞아요. 그런데 판매자가 목업폰이라는 걸 명시했고, 환불도 불가능하다고 적어놓았네요. 이건 사기죄로 걸고넘어질 수가 없어요. 그런데 목업폰이 원래 이렇게 비싼가요? 고작 모형인데?"

"뭐가 뭔지 나도 모르겠다."

"잠깐만요."

이억원이 내 휴대전화로 무언가를 검색하더니 황당하다는 표정을 지었다.

"목업폰 가격을 알아보니까 새 물건도 비싸봐야 2만 원도 안 하네요. 이걸 20만 원에 사셨다고요?"

이억원이 내게 목업폰 시세를 보여줬다. 시세를 확인한 나는 뻣뻣해진 목덜미를 붙잡았다.

"그렇다면 이 새끼가 나한테 사기 친 거 맞지? 그렇지?"

이억원이 조금 전보다 더 난감해했다.

"그게 또 애매해요. 장사꾼이 같은 물건을 다른 장사꾼보다 비싸게 파는 게 죄는 아니잖습니까? 보아하니 이 물건을 판 놈이 아무나 얻어걸리라는 식으로 이 가격에 올리고 배짱을 부린 게 아닌가 싶습니다."

"그렇게 말도 안 되는 가격에 올리는 건 사기잖아, 안 그래?"

이억원이 판매글에 적힌 날짜를 가리켰다.

"보세요. 팔 개월 전에 매물로 올라온 물건 아닙니까. 말도 안 되는 가격에 물건을 팔고 있으니까 지금까지 아무도 사지 않은 겁니다. 의도는 불순한데 대놓고 속인 건 없으니 딱히 구제할 방법이 없어 보입니다. 그냥 똥 밟았다고 생각하세요."

아무도 안 속는데 나 혼자 속아서 난리를 쳤구나. 얼굴이 화끈 달아올랐다. 이억원이 다시 목업폰을 살피며 고개를 갸웃거렸다.

"근데 왜 갑자기 아이폰에 관심을 가지세요? 이 물건, 통화 녹음이 되지 않아 일할 때 불편한데 말입니다."

나는 이억원에게 목업폰을 산 이유를 끝내 말하지 못했다. 그와 헤어진 나는 거리를 걸으며 나를 닮아 밋밋한 딸의 얼굴을 떠올렸다. 이틀 전 밤, 딸이 내게 카카오톡 메시지를 보냈다. 내가 집을 나온 후 딸에게서 받은 첫 메시지였다.

아빠. 나도 아이폰 13 미니 사줘. 나만 아이폰 안 쓰니까 친구들 사이에서 거지 취급받고 있어. 아이폰 14 말고. 그건 커서 별로야. 오후 10:30

아빠의 안부를 한마디도 묻지 않는 딸의 무심함이 서운했다. 동시에 친구 사이에서 고작 휴대전화 때문에 거지 취급을 받고 있다는 딸의 투정을 보니 미안했다. 메시지를 읽은 나는 잠이 오지 않아 안주도 없이 소주를 두 병이나 마셨다. 술에 취한 나는 자리에서 벌떡 일어나 혼자 소리쳤다.

"아이폰인지 뭔지 그깟 것 하나 딸에게 못 사주랴!"

나는 호기롭게 휴대전화로 아이폰 13 미니 시세를 검색해봤는데, 무려 100만 원에 가까운 가격을 자랑하는 비싼 물건이었다. 술기운이 확 사라졌다. 도대체 학생이 왜 이런 사치품을 들고 다니는지 이해할 수 없었지만, 딸이 서운해할 얼굴을 떠올리자 마음이 약해졌다.

나는 원룸에서 쓸 생활용품을 살 때 종종 이용했던 당근마켓에 들어가 매물을 찾아봤다. 아이폰 13 미니의 중고 시세는 60만 원에서 80만 원 사이였다. 페이지를 아래로 한참 동안 내리며 매물을 확인하는데, 놀랍게도 20만 원에 올라온 매물이 보였다. 그때 내 눈에는 목업폰이란 단어가 보이지 않았다. 그저 다른 사람에게 물건을 빼앗기지 말아야 한다는 생각뿐이었다. 나는 다급하게 채팅으로 판매자에게 계좌번호를 물었고, 그는 늦은 밤인데도 불구하고 친절하게 계좌번호를 알려줬다. 곧바로 입금이 이뤄졌다.

나는 걸음을 멈추고 주머니에서 목업폰을 꺼내 살폈다. 허탈한 웃음이 입술을 비집고 새어 나왔다. 팔 개월 동안 기다린 끝에 이 말도 안 되는 거래를 성사한 뚝심! 너는 그 돈을 먹을 자격이 있는 놈이다. 인정한다, 개새끼. 나는 목업폰을 길바닥에 던져 박살내려다가 멈칬다. 당근마켓에 목업폰을 매물로 올리면 푼돈이나마 회수할 수 있을지 모른다는 생각이 머릿속을 스쳤기 때문이다. 목업폰의 중고 시세를 확인하러 당근마켓에 들어갔는데, 희한한 제목의 판매글이 눈에 들어왔다.

삼겹살에 소주 한잔하실 분 찾습니다

매물 가격은 무료를 뜻하는 '나눔'이었다. 호기심이 생긴 나는 판매글의 내용을 확인해봤다.

저는 사십 대 초반 남자입니다. 구양동에서 함께 한잔하며 말동무할 사십 대 남자분을 찾습니다. 이상한 사람 아닙니다. 서로 질척거리기 없이 오늘 딱 하루만 인연 맺고 삼겹살에 소주나 한잔하시죠. 제가 쏘겠습니다. 저녁에 시간 되시는 분은 채팅으로 메시지 남겨주세요.

이상한 사람이 아니라니까 더 이상하게 느껴졌다. 오래된 가요 제목에서 따온 '낭만고양이'라는 판매자의 닉네임도 구렸다. 그런데 이억원과 소주 한 병을 반씩 나눠 마셔서 술이 모자랐던 터라 솔깃했다. 게다가 판매자와 사는 동네가 같고 공짜 술이라니. 밑져야 본전이라는 생각이 들어 판매자와 채팅을 시도했다.

오후 7:46 구양동에 사는 사십 대 후반 남자입니다.
괜찮으시다면 저와 한잔하시죠.

기다렸다는 듯이 채팅창에 바로 '읽음' 표시가 떴다.

빼꾸기마을 3단지 앞에 '맛돼지'라는 곳이 있습니다. 거기서 뵙겠습니다. 제 집 앞이니 지금 바로 나가서 기다리고 있겠습니다. 회색 점퍼를 입은 사람을 찾으시면 됩니다. 당근마켓에 올린 글은 지우겠습니다. 오후 7:46

빼꾸기단지면 내가 사는 원룸과 가까운 아파트 단지여서 늦게까지 술을 마셔도 부담 없는 장소다. 모르는 사람과 느닷없이 당근마켓으로 만나 벌이는 술자리라니. 황당하면서도 기대가 됐다. 약속 장소로 향하는 발걸음이 빨라졌다.

낭만고양이는 고깃집에서 쉽게 눈에 띄었다. 손님을 받은 테이블은 세 곳뿐이었고, 그중 한 곳에 회색 점퍼를 입은 남자가 앉아 있었다. 그는 고깃집에 들어온 나를 바로 알아보고 자리에서 일어나 악수를 청했다.

"안녕하세요, 시나위 님이신가요?"

누군가에게 당근마켓 닉네임으로 불린 일은 처음이라 쑥스러워 얼굴을 붉혔다.

"아, 네……. 낭만고양이 님 맞으시죠?"

나는 쭈뼛거리며 낭만고양이와 테이블에 마주 앉았다. 낭만고양이도 나와 비슷한 기분을 느끼는 듯 메뉴판을 살피며 붉어진 얼굴을 가렸다.

"삼겹살에 소주, 괜찮으시죠?"

"뭐든 좋습니다. 얻어먹는 처지인데 당연히 자리를 마련해주신 분의 의견을 따라야죠."

"고기는 사장님께서 직접 구워주시니 기다렸다가 드시면 됩니다. 혹시 드시는 소주가 따로 있습니까?"

"저는 상관없습니다. 평소에 드시던 소주를 시키시면 됩니다."

낭만고양이가 점퍼를 벗으며 멋쩍게 웃었다.

"실은 제가 십 년 만에 소주를 마시는 거라."

십 년 만에 마시는 소주라고? 그런 의미 있는 자리에 왜 일면식도 없는 사람을 술친구로 초대한 거지? 나는 재빨리 낭만고양이를 위아래로 훑어봤다. 피부색이 탁하고 두 손은 거칠었다. 겉으로 보기에 그의 나이는 나보다 많으면 많았지 적어 보이진 않았다. 전체적으로 고생을 많이 한 티가 났다. 나는 서먹서먹한 분위기를 깨뜨리려 그에게 덕담했다.

"어휴! 십 년을 금주하셨으면 속이 아주 싱싱하시겠네요. 오늘은 무리하지 말고 기분만 내시죠. 간이 놀랍니다."

낭만고양이의 표정이 살짝 어두워졌다. 나는 그의 눈치를 보며 조심스레 물었다.

"아이고, 제 말이 너무 거칠었습니까?"

낭만고양이가 어색하게 웃으며 어두워졌던 표정을 지웠다.

"아닙니다. 일단 잔을 받으시죠. 이렇게 만나 뵙게 돼 정말 반갑습니다."

"별말씀을. 마침 술이 고팠는데 저야말로 감사하죠."

선홍색에서 분홍색, 그리고 우윳빛 하얀색. 살코기에서 비계로 층층이 이어지는 먹음직스러운 색의 변화. 낙관처럼 선명하게 살코기에 박힌 큼지막한 오돌뼈. 손님이 많지 않아 그저 그런 고깃집인 줄 알았는데, 두껍게 썰린 삼겹살의 모양새가 예사롭지 않았다. 불판에 오른 삼겹살은 가게 주인의 능숙한 손길에 따라 지글거리는 소리를 내며 핏기를 지웠다. 고소한 기름 냄새의 농도가 짙어지며 술을 불렀다. 나는 낭만고양이와 건배하고 잔을 비운 뒤 삼겹살 한 점을 소금에 찍었다. 잡내 없이 혀 위에 맴도는 감칠맛과 기분 좋은 육향. 껍질이 붙어 있어 쫄깃한 비계와 부드러운 살코기의 조화로운 식감. 웃음이 절로 터져 나왔다.

"이 집 삼겹살, 때깔도 맛도 장난 아닌데요? 소주가 절로 들어가네."

"그렇죠? 저도 딸을 데려와서 같이 먹다가 이 집 단골이 됐습니다."

딸이 있다고? 낯선 낭만고양이가 갑자기 친근하게 느껴졌다.

"실은 저도 이제 막 고등학생이 된 딸이 하나 있습니다."

낭만고양이도 반갑다는 듯 나를 보며 빠르게 고개를 끄덕였다.

"그러세요? 제 딸은 올해 스무 살 대학생입니다."

스무 살? 대학생? 도대체 언제 결혼해 언제 딸을 낳은 거야? 나는 낭만고양이와 내 나이 차이를 가늠하며 탄식했다.

"벌써요? 대단하십니다. 시집보내는 일만 빼면 큰일은 다 치르셨네요. 저는 아직도 멀었는데. 정말 부럽습니다."

내 빈 잔에 소주를 채우는 낭만고양이의 얼굴에 밝은 미소가 번졌다.

"해준 것도 별로 없는데 혼자 열심히 공부하더니 간호대에 입학하더라고요. 장학금까지 받으면서. 기특하게."

낭만고양이의 자랑을 들으니 문득 딸이 보낸 카톡 메시지가 떠올라 기분이 착잡해졌다.

"제 딸은 영 철딱서니가 없어서. 언제 어른이 돼 일 인분 몫을 할는지 모르겠습니다."

낭만고양이가 반쯤 남은 잔을 비우고 고개를 숙였다.

"철딱서니라……. 저야말로 지금까지 철딱서니 없이 살아왔습니다. 나이를 먹는다고 알아서 현명해지거나 어른이 되는 건 아니더라고요."

그래. 나이만 먹는다고 해결되는 건 없지. 나름 잘나가는 중소기업 임원이었다가 불과 일 년 만에 수직 낙하한 내 신세를 돌아보니 가슴이 답답해졌다. 나는 낭만고양이 앞에 놓인 빈 잔을 채우며 그의 얼굴을 살폈다. 그가 오늘 처음 만난 이름도 모르는 사람이어서 다행이란 생각이 들었다. 어차피 이 자리를 끝으로 기약 없이 헤어질 사이이니 시시콜콜한 이야기를 해도 뒤끝이나 탈이 없을 것 같았다. 나는 주머니에서 목업폰을 꺼내 테이블 위에 올렸다.

"목업폰이라더군요. 뭔지 아십니까?"

"휴대전화 모형 아닌가요?"

나만 몰랐구나. 나는 씁쓸하게 웃으며 목업폰을 낭만고양이에게 건넸다.

"한번 보시죠. 감쪽같지 않습니까?"

목업폰을 자세히 살펴본 낭만고양이가 감탄했다.

"와! 이거 진짜 같은데요? 제 딸도 고등학교에 다닐 때 이 모델과 똑같은 걸 써서 잘 압니다. 요즘 애들 아이폰 아니면 잘 안 쓰려고 하거든요."

"그래요?"

"에어드롭인지 뭔지 아이폰만 되는 기능이 있다네요? 그 기능을 안 쓰면 사진이나 자료 공유가 불편해 친구들 사이에서 은근히 소외된다나 뭐라나. 아이폰이 다른 휴대전화보다 사진도 예쁘게 잘 찍힌다더라고요. 별수 있습니까? 혹시라도 우리 애 왕따 되는 일 막으려면 비싸도 사줘야죠."

몰랐다. 딸이 학교에서 고작 휴대전화 때문에 그런 고충을 겪을 수 있다는 걸. 자기만 아이폰을 쓰지 않아 친구들 사이에서 거지 취급받고 있다는 말이 과장이 아닐지도 모르겠구나.

나는 잔에 담긴 소주를 한입에 털어 넣고 깊은 한숨을 쉬었다. 날숨에서 단내가 느껴졌다. 삼겹살 한 조각을 명이나물로 말아 안주로 먹었다. 삼겹살의 고소하고 기름진 맛을 감싼 새콤달콤한 명이나물이 혀 위에 남은 소주의 비린 맛을 덮었지만, 씁쓸한 기분까지 지우진 못했다.

"오늘 이 자리에 오게 된 이유가 바로 그 물건 때문입니다."

나는 낭만고양이에게 목업폰을 거래하는 과정에서 벌어진 일을 솔직하게 밝혔다. 이억원에겐 부끄러워서 차마 이야기하지 못했던 거래 이유도 함께. 속에 꾹꾹 눌러뒀던 답답한 마음을 쏟아내니 조금 후련해졌다. 나는 빈 잔을 들어 바라보며 코웃음을 쳤다.

"다 이 소주가 문제였습니다. 좋은 기회는 쉽게 주어지지 않고, 쉽게 주어지는 기회는 잘못된 기회란 걸 뻔히 아는데도 그런 실수를 하다니. 아닙니다! 소주가 무슨 죄입니까? 사리판단도 제대로 못 할 만큼 마시고 취한 제가 죄인입니다. 적당히 마시면 좋은 친구가 되는 녀석을 함부로 다룬 제 잘못이죠."

낭만고양이도 자신의 빈 잔을 들어 바라보며 실소를 흘렸다.

"돌이켜보니 저도 이 소주, 아니 제가 문제였습니다."

낭만고양이는 학창 시절에 뮤지션을 꿈꾸며 학교에 가방 대신 기타를 매고 다녔다고 고백했다. 그는 자주 집 밖을 전전하며 이혼 후 홀로 작은 식당을 운영하는 어머니의 속을 썩였다. 졸업 후 대학 진학을 포기한 그는 낮에는 아르바이트하고 밤에는 홍대 라이브 클럽을 기웃거리는 게 일상이었다고 회상했다.

“신촌 대신 홍대 앞으로 사람이 몰리던 시기였습니다. 해가 지면 라이브 클럽 곳곳에서 공연이 열렸죠. 저도 무대에 오르고 싶어 밴드를 만들었는데, 솔직히 오합지졸이라 클럽 오디션에서 맨날 물을 먹었습니다. 그래도 뻔질나게 클럽에 드나들며 여러 사람과 안면을 튼 덕분에 공연 뒤풀이 자리에 끼어들어 밤새도록 술을 마시는 일은 많았습니다. 내일 당장 죽을 사람처럼 살았던 시절입니다. 새벽까지 마시고, 토하고, 자취방에 쓰러져 서로 엉켜 잠들고.”

내 젊은 시절은 무미건조했다. 원했던 대학 진학에 실패했고, 캠퍼스에서 연애 한번 못 해봤고, 졸업 후엔 대기업 취직에 실패했고, 간신히 취직한 후엔 대충 선을 봐서 결혼했고, 얼마 후엔 딸을 낳았고. 그래도 지금까지 누구보다 열심히 살아왔고, 회사에서 인정받아 임원까지 올랐는데, 어쩌나 이 모양 이 꼴이 된 걸까. 나는 낭만고양이의 화려한 과거가 부러웠다.

“닉네임이 체리필터 노래와 같아서 음악과 관련 있는 분이 아닌가 싶긴 했습니다.”

“시나위란 닉네임도 혹시 밴드 시나위에서 따오신 건가요?”

"안타깝지만 저는 아무 생각 없이 지었습니다."

낭만고양이가 짧게 한숨을 내쉬고 말을 이었다.

"뒤풀이 자리에는 그날 공연한 밴드 멤버뿐만 아니라 그들의 지인이나 팬도 여럿 끼어들어 함께 술을 마셨습니다. 다들 취하고 싶은데 돈은 없으니 뭘 마셨겠습니까? 소주죠. 술에 취한 젊은 남녀 사이에 무슨 일이 벌어졌겠습니까?"

"뻔한 레퍼토리 아닙니까? 서로 눈이 맞았겠죠."

"눈이 맞는 정도가 아니라 동물의 왕국이었어요. 그때 뒤풀이에서 만나 술에 취해 사귀기 시작했던 여자친구가 제게 폭탄선언을 하더라고요. 임신했다고."

낭만고양이의 선택은 도피였다. 그는 곧바로 병무청에 입영을 신청했고, 홍대 앞에서 인연을 맺은 누구에게도 알리지 않은 채 입대했다고 털어놓았다. 미간이 절로 찌푸려졌다.

"그건 좀 심했네요."

"그땐 그저 그 상황에서 벗어나고 싶은 마음뿐이었습니다. 정말 무책임했죠. 저는 아빠가 될 준비는커녕 결혼 생각조차 해본 일이 없는데 임신이라니. 그때 제 나이가 고작 스물한 살이었습니다. 이게 무슨 날벼락인가 싶었습니다. 이런 말 하기가 좀 그렇지만, 솔직히 애 아빠가 저라는 확신이 없었어요. 아까 말씀드렸죠? 동물의 왕국이었다고. 서로 돌아가면서 사귀는 일이 흔했어요. 여자친구는 저를 만나기 전에도 여러 남자를 만났어요. 저도 마찬가지였고."

그로부터 일 년이 흐른 후, 낭만고양이가 복무 중인 부대로 편지 한 통이 도착했다. 발신자는 그의 어머니였고, 봉투에는 편지와 함께 아기 사진 한 장이 들어 있었다.

"사진만 봐도 알겠더라고요. 제 아이란 걸. 저와 판박이였어요."

내 기억이 산부인과에서 처음 딸과 만났을 때로 돌아갔다. 양수에 불어 쭈글쭈글한 얼굴 곳곳에 내 얼굴이 새겨져 있어 신기하게 여겼던 순간이 생생하게 떠올라 웃음이 나왔다.

"저도 가끔 제 딸 얼굴을 볼 때 놀랍니다. 밋밋한 이목구비가 거울을 보는 것 같아서."

"여자친구가 여기저기 수소문해 제 어머니를 찾아낸 모양입니다. 편지를 읽어보니 여자친구가 아이를 어머니께 맡기고 가족이 사는 미국으로 떠났다더라고요."

"세상에……."

"연락이 끊긴 남자친구의 행방을 애타게 찾다가 축복받지 못한 채 홀로 아이를 낳았을 테니 몹시 외롭고 슬펐을 겁니다. 하지만 그때 저는 여자친구의 그런 심정을 전혀 헤아리지 못했어요. 엄마라는 사람이 어떻게 자기 아이를 버리고 무책임하게 떠나버렸는지 원망만 했을 뿐이었죠. 먼저 무책임하게 도망친 놈은 저인데."

제대 후, 낭만고양이는 집에 발을 끊었다. 다시 홍대 앞으로 돌아온 그는 음악으로 성공하겠다고 다짐하며 아르바이트 일터와 라이브 클럽을 오가는 생활을 반복했다. 그사이에 어느 정도 실력이 붙어 클럽 무대에 서는 일이 종종 생겼고, 몇 차례 디지털 음원을 발표해 여기저기서 뮤지션 대접도 받았다. 하지만 주머니는 늘 가벼웠고, 평단에선 아무도 그를 진지하게 주목하지 않았다. 시간은 빠르게 흘러 그의 나이는 서른을 넘겼지만, 아마추어보다 조금 나은 수준의 흔한 뮤지션이란 현실은 그대로였다. 낙심한 그는 술독에 빠져 살았다. 나는 회사에서 임원으로서 역량을 발휘하지 못했던 시절을 떠올리며 그에게 공감했다.

"열정과 재능의 불일치는 불행한 일이죠."

"솔직히 오래전부터 알고 있었습니다. 제가 그냥 가능성 있어 보이는 자신에게 중독됐다는 사실을. 인정하기 싫어서 버텼을 뿐이죠."

낭만고양이의 오랜 방황은 갑작스러운 비극으로 끝났다. 그의 어머니는 수면 중 심장마비로 급사했다. 그때 그는 속초 바닷가에 홀로 칩거해 휴대전화 전원을 꺼놓은 채 밤낮으로 소주를 마시며 시간을 보내고 있었다. 그는 어머니의 별세 소식을 장례식이 다 치러진 뒤에야 들었다. 그에게 남은 건 일가친척과 지인의 날 선 비난과 딸뿐이었다. 그의 표정에서 회한이 엿보였다.

"초등학생이 된 딸이 처음 보는 제 얼굴을 바로 알아보며 울더라고요. 지금까지 살아오면서 가장 놀랐던 순간입니다. 나중에 딸의 말을 들어보니, 어머니께서 생전에 매일 딸에게 제 사진을 보여주며 말해줬다네요. 외국에서 일하는 아빠가 곧 돌아올 테니 절대 얼굴을 잊으면 안 된다고. 어머니는 제가 언제든지 집으로 건너올 수 있도록 오랫동안 징검다리를 만들어 두셨던 겁니다. 그때 딸을 안고 울면서 어머니께 다짐했습니다. 많이 늦었지만 이젠 제가 딸의 징검다리가 되겠다고."

그날 이후, 낭만고양이는 술을 끊고 어머니가 살던 집과 식당을 정리해 빚잔치를 했다. 남은 돈으로 작은 빌라를 얻은 그는 딸을 키우기 위해 닥치는 대로 일하며 돈을 벌었다. 그의 탁한 피부색과 거친 손이 다시 내 눈에 띄었다. 나는 그의 빈 잔에 소주를 채우며 위로했다.

"고생 많이 하셨습니다."

낭만고양이는 슬프지도 기쁘지도 않은 미소를 지으며 내 빈 잔에 소주를 따랐다.

"부모와 생이별한 채 유년 시절을 보낸 딸에게 비안해서 해줄 수 있는 건 다 해주고 싶었습니다. 공사판 인부 심부름, 목욕탕 청소, 신문 배달, 학원차 운전……. 안 해본 일이 없어요. 그런데 몸이 부서지도록 일하니까 정말 부서지더라고요."

낭만고양이는 얼마 전 생전 처음 받은 건강검진에서 폐 결절을 발견했고, 대학병원에서 정밀검사를 받은 결과 폐암 2기라는 진단을 받았다고 고백했다. 부지런히 삼겹살을 집어 먹던 나는 그의 말을 듣고 놀라 헛기침했다. 그는 억지 미소로 민망함을 숨겼다.

"초면에 이런 심각한 이야기를 하니 놀라셨죠?"

십 년을 금주했으면 속이 아주 싱싱하겠다는 내 말에 표정이 어두워졌던 이유가 있었구나. 미안한 마음과 당황스러운 마음이 교차했다.

"꽁술을 얻어 마시는 대가치고는 묵직하네요."

"딸에게 알리긴 알려야 하는데, 도저히 용기가 나질 않아서. 지인에게 털어놓으면 금방 주위에 소문이 나 죽을병에 걸린 환자 취급을 받을 테고요. 저를 전혀 모르는 분을 붙잡고 딸에게 제 상태를 알릴 연습을 하고 싶었습니다. 미리 밝히지 못해 죄송합니다."

나는 낭만고양이의 고충을 조금은 이해했다. 내 고등학교 동창 중에 대장암으로 세상을 떠난 친구가 있었다. 그는 세상을 떠나기 불과 두 달 전에도 집에서 평범하게 일상을 보내며 나를 맞았다. 그가 가장 괴로워했던 건 신체적 고통이 아니라 자신을 환자로만 바라보는 시선이었다. 보통 사람은 대장암 말기 환자가 집에서 친구와 이야기를 나누며 다과를 먹을 수 있다고 상상하지 못하니까. 나는 말없이 잔을 들어 바닥에 놓인 낭만고양이의 잔에 부딪쳤다. 그가 내게 물었다.

"시나위 님이 제 상황이라면 어떻게 하실 겁니까?"

나는 회사가 워크아웃에 들어가기 직전 상황을 떠올렸다. 외부인의 시각으로 과거를 돌아보자 냉정한 판단이 이뤄졌다. 내가 예고 없이 퇴사하며 발을 뺀 건 누구보다도 자신에게 비겁한 행동이었다. 설사 퇴사를 선택하더라도 할 수 있는 일은 하고 나왔어야 했다. 그랬다면 동종 업계 재취업이 마냥 어렵지만은 않았을 것이다. 최소한 평판은 지킬 수 있었을 테니 말이다. 집에 가족을 두고 나온 것도 실수였다. 내 선택으로 인해 벌어진 변화에 어떻게든 책임져야 했는데 너무 쉽게 회피했다. 뒤늦게 후회가 밀려왔다. 낭만고양이와 우연히 인연을 맺었지만, 의미 없이 그를 흘려보내고 싶진 않았다.

"폐암에 관해 잘 모르지만, 2기라면 완치 가능성이 큰 거죠? 그렇다면 가까운 사람의 도움이 필요할 테니 오늘 밤 당장 따님께 알려야겠죠? 그렇지 않더라도……."

내가 뜸을 들이자 낭만고양이가 침을 삼키며 긴장했다. 나는 딸의 얼굴을 떠올리며 한 차례 심호흡했다.

"남의 말이라고 쉽게 하는 것 아닌가 싶은데, 오늘 밤 당장 알려야 따님과 앞으로 더 많은 시간을 보낼 수 있지 않을까요? 이왕이면 이 자리에서 따님과 함께 소주를 나눠 마시면서."

낭만고양이가 안도하는 한숨을 쉬고 굳었던 표정을 풀었다.

"저도 그렇게 생각했는데……. 그 말을 다른 사람의 입으로 듣고 싶었습니다. 그래야 용기가 생길 것 같아서. 딸에게 건너갈 징검다리 하나를 놓아주셔서 감사합니다."

나는 손을 내저으며 낭만고양이의 시선을 피했다.

"제가 뭔 대단한 일을 했다고. 고기 탑니다, 어서 드세요. 속이 안 좋으면 비계는 떼고 드세요. 암 투병했던 친구 말을 들어보니 고기를 잘 먹어야 한다더라고요. 단백질이 암과 맞짱 뜨는 무기라면서."

"잠시만요. 긴장이 풀리니 소변이 마려워서. 화장실에 다녀오겠습니다."

낭만고양이가 자리에서 일어나 고깃집 바깥으로 나갔다. 나는 그의 뒷모습을 물끄러미 바라보다가 휴대전화에 저장된 가족사진을 열었다. 아내와 딸의 모습을 확대해 매만지다 보니 갑자기 눈물이 핑 돌았다. 나는 주위를 살피며 몰래 물수건으로 눈물을 훔쳤다.

회사에 다니던 시절엔 매년 건강검진을 받았는데, 올해는 받지 않아 괜히 불안했다. 내일이라도 당장 병원에 가서 검진을 신청해야 하나 고민하던 나는, 계산대 옆에 작게 붙어 있는 화장실 표지를 보고 고개를 갸우뚱거렸다. 화장실이 고깃집 안에 있나? 그러면 낭만고양이는 어디로 간 거지? 나는 문득 싸한 기분이 들어 종업원을 불러 세웠다.

"여기 화장실이 어디에 있나요?"

종업원은 계산대 옆을 가리켰다.

"저기로 들어가시면 나옵니다."

나는 계산이 이미 이뤄졌는지 알아보려고 종업원에게 돌려 물었다.

"지금까지 먹은 게 얼마죠?"

계산대로 돌아가 금액을 확인한 종업원이 말했다.

"삼겹살 삼 인분에 소주 한 병 해서 총 4만 7,000원입니다."

오 분, 십 분, 십오 분……. 낭만고양이는 돌아오지 않았다. 설마 이 인간이 계산도 하지 않고 도망갔나? 그렇다면 지금까지 내 앞에서 말한 모든 게 연기였다고? 그의 말을 진지하게 듣고 함께 고민한 시간이 허무했다. 어제는 목업폰으로, 오늘은 삼겹살에 소주로 눈탱이를 맞다니. 내 인생에 마가 끼었나? 당근마켓 채팅창을 열어 낭만고양이에게 한바탕 욕을 쏟아내려는데, 그가 다급히 고깃집 문을 열고 들어왔다. 그는 가쁘게 숨을 쉬며 내게 고개를 깊이 숙였다. 그의 손에는 작은 종이 쇼핑 가방이 들려 있었다.

"죄송합니다!"

나는 가슴을 쓸어내리며 허탈하게 웃었다.

"먹튀하신 줄 알았습니다. 지금까지 살아오면서 인간에게 가장 실망할 뻔했어요."

"정말 죄송합니다. 제가 물건을 찾으려고 잠시 집에 들렀는데, 갑자기 속에서 신호가 와서. 실은 제가 삼겹살을 좋아하긴 하지만, 기름 많은 음식이 영 몸에 맞지 않더라고요. 초식동물도 아니고."

"어쨌든 화장실에 다녀오신 건 맞네요. 근데 무슨 물건을 찾느라 집에 다녀오셨어요?"

낭만고양이가 자리에 앉더니 테이블 위에 놓인 목업폰을 집어 들었다.

"저도 시나위 님께 징검다리 하나를 놓아드리고 싶더라고요."

"네?"

낭만고양이가 쇼핑 가방에서 흰색 작은 박스를 꺼냈다. 그가 박스를 열어 내게 내용물을 보여줬다. 그 안에 아이폰 13 미니가 담겨 있었다. 그는 박스에서 물건을 꺼내 테이블 위에 올려놓고, 목업폰을 그 자리에 집어넣었다.

"이게 지금 무슨 상황입니까?"

낭만고양이가 아이폰 13 미니의 전원 버튼을 누르자 화면에 한 입 베어문 흰색 사과 모양의 그림이 떴다. 그는 마치 밀수라도 하듯 은밀하게 물건을 내게로 넘겼다.

"제 딸이 고등학생 때 쓰던 물건입니다. 지금은 아이폰 14를 쓴다고 박스에 고이 모셔놓았더라고요. 케이스를 씌워 쓰던 물건이라 중고이긴 해도 깔끔할 겁니다."

나는 갑작스러운 상황에 놀라 어안이 벙벙했다.

"아, 아니, 이게 한두 푼 하는 물건도 아니고 이렇게 그냥 주셔도 됩니까? 따님이 알면 가만히 있겠어요?"

낭만고양이가 박스를 닫아 쇼핑 가방에 도로 집어넣고 어깨를 으쓱거렸다.

"걔는 쓰던 물건을 다시 쓰지 않고 이렇게 집에 보관만 하더라고요. 이렇게 바꿔치기하니 감쪽같지 않습니까? 걔는 아빠가 저지른 이 완전범죄를 앞으로 절대 모를 거예요."

내 손에 들어온 진짜 아이폰 13 미니를 보니 쉽게 입이 떨어지지 않았다.

"아……. 예의상이라도 이런 건 거절하는 게 맞는데……. 그게 안 되네요."

낭만고양이가 내 빈 잔을 자신의 자리로 옮겼다.

"더 늦기 전에 따님 얼굴을 보러 가시는 게 어떨까요? 마침 내일 주말이잖습니까. 저도 곧 집으로 돌아올 딸을 여기로 부를 생각입니다."

나는 자리에서 일어나 낭만고양이에게 악수를 청했다.

"질척거리고 싶진 않은데, 다음엔 제가 사겠습니다."

낭만고양이가 내 손을 맞잡았다. 그의 손이 뜨거웠다.

"그땐 서로 통성명하죠."

나는 곧 다시 만날 사람처럼 가볍게 말하며 뒤돌아섰다.

"자주 당근마켓을 살피겠습니다."

내가 고깃집 문을 열고 나올 때, 낭만고양이가 딸과 통화하는 소리가 뒤에서 희미하게 들려왔다. 나는 카카오톡으로 딸에게 아이폰 13 미니 사진을 찍어 전송하고 메시지를 남겼다.

오후 10:25 출출하지 않니? 아빠한테 먹다 남은 사과가 있는데, 어때?

메시지 옆에 붙어 있던 '1' 표시가 곧 사라졌다. 나는 스무살이 된 딸과 마주 앉아 삼겹살에 소주를 마시는 모습을 잠시 상상해봤다. 그 자리에서 딸은 내게 무엇을 질문할까. 나는 딸에게 무슨 답을 해줄 수 있을까. 무슨 질문이든 간에 딸에겐 주저하지 말고 행복을 선택해야 한다는 답을 해줘야겠다고 다짐했다. 네가 어디서 무엇을 하든 항상 널 믿고 응원한다고. 주눅들지 말고 네가 가고 싶은 길을 가라고. 가장 중요한 순간은 언제나 지금이라고. 내가 너의 징검다리가 돼주겠다고.

나는 고깃집 창문 안쪽으로 시선을 옮겼다. 여전히 딸과 통화 중인 낭만고양이가 보였다. 나와 그의 눈이 마주쳤다. 그가 미소를 지으며 내게 손을 흔들었다. 나도 어색하게 손을 흔들었다. 낭만고양이의 딸이 내 딸과 친해지면 좋겠다는 생각이 들었다. 고깃집에서 낭만고양이 부녀와 만나 내 딸을 소개하고 함께 술잔을 기울이는 날이 머지않기를 진심으로 바랐다.

나는 주머니에 있는 아이폰 13 미니를 꺼내 살폈다. 쓰던 물건이란 티가 전혀 나지 않을 정도로 깔끔했다. 카카오톡 메시지 도착 알림음이 들렸다. 딸의 메시지였다. 나는 설레는 마음 반, 떨리는 마음 반을 안고 메시지를 확인했다.

네버 엔딩 스토리

○

○

"나쁜 새끼를 나쁘다고 말한 게 죄야? 그게 어떻게 죄야? 세상이 왜 이래?"

범재가 자신에게 도착한 우편물을 확인하며 분통을 터트렸다. 놀란 나는 욕실에서 씻다 말고 나와서 범재를 살폈다.

"무슨 일이야? 왜 그래?"

범재가 손에 들고 있던 서류를 내게 내밀었다. 나는 다급하게 수건으로 손에 남은 물기를 닦고 서류를 건네받았다.

"이게 뭔데?"

"형이 직접 읽어봐. 이게 말이 돼?"

출석요구서

서류는 서울 마포경찰서가 보낸 공문이었다.

이범재 귀하에 대한 정보통신망 이용 촉진 및 정보보호 등에 관한 법률 위반(명예훼손) 사건에 관하여 문의할 일이 있으니 2022. 2. 14. 19:00에 사이버팀으로 출석하여주시기 바랍니다.

경찰서가 보낸 출석요구서를 처음 본 나는 긴장하며 손을 떨었다.

"도대체 무슨 일이야? 네가 왜 이런 공문을 받아?"

범재는 내 물음에 대답하지 않고 거친 숨을 몰아쉬었다. 나와 범재의 눈이 마주쳤다. 범재의 눈에 핏발이 서 있었다. 나는 범재를 자극하지 않으려고 시선을 출석요구서로 돌렸다.

사건의 요지. 2021. 10. 29. 네이트판 엔터톡에 '한 사람의 인생을 망친 학폭 가해자 박대혁을 고발한다'라는 제목으로 올린 글에 대해 조사하고자 출석요구서를 발송합니다. 요구서 수령 시 우선 전화로 연락하여주시기 바랍니다.

나는 공문의 마지막 부분을 읽다가 화들짝 놀랐다.

정당한 이유 없이 출석 요구에 응하지 아니하면 형사소송법의 규정에 따라 체포될 수 있습니다.

"네가 왜 체포를 당해? 왜? 도대체 무슨 일이야?"

"나도 몰라, 씨발!"

범재는 버럭 소리를 지르며 자신의 방으로 들어갔다. 나는 제멋대로 구는 범재의 태도에 화가 났지만, 사태 파악이 먼저라는 생각에 출석요구서를 가지고 내 방으로 향했다. 네이트 판 엔터톡? 노트북 컴퓨터를 펼친 나는 출석요구서에 언급된 인터넷 커뮤니티 게시판에 들어가 범재가 올린 글을 찾았다. 조회 수가 수십만 건에 댓글도 수천 개가 달린 인기 게시물이었다. 박대혁 그 자식이 이 글 때문에 미끄러졌구나. 사태를 대강 파악한 나는 범재의 글을 읽고 댓글을 확인하며 탄식했다.

벌써 이십이 년이나 지난 일이다. 당시 범재는 고등학교 2학년 학생이었고, 나는 범재와 같은 고등학교를 졸업한 뒤 대학에 진학한 신입생이었다. 그 때문에 나는 범재가 어떤 분위기 속에서 학교에 다녔을지 충분히 짐작할 수 있었다. 반에서 군림하는 일진, 그 곁에서 딸랑이 노릇을 하며 호가호위하는 조무래기들. 나머지는 숨죽이며 녀석들의 눈치를 봤다. 20세기 말 남고의 분위기는 힘의 논리와 권모술수가 지배하는 정글에 가까웠다. 21세기가 왔다고 해서 분위기가 갑자기 달라지는 일은 없었을 테다.

돌이켜 생각해보면 일진이 반에서 권력을 장악하는 과정은 꽤 치밀했다. 일진은 학기 초부터 설치고 다니지는 않는다. 일진은 대개 키가 크고 덩치도 있어서 자연스럽게 반에서 맨 뒷자리를 차지한다. 그 자리에서 일진은 조용히 어떤 학생이 만만한지 살핀다. 목표 탐지를 마친 일진은 슬그머니 발톱을 세우며 행동을 개시한다. 시작은 목표에 친근한 척 다가가는 일이다. 마음대로 다룰 수 있는지 확인하는 절차다. 몇 차례 목표를 건드려보고 만만하다고 확신한 일진은 괴롭힘을 본격화한다. 그때부터 일진의 눈에 거슬리지 않으려는 눈치 싸움이 반에서 치열하게 벌어진다. 괴롭힘이 집요하고 잔인할수록 일진의 영향력도 커진다.

이 과정에서 옳고 그름이란 없었다. 힘의 논리가 지배하는 정글에서 옳고 그름을 따지는 건 무의미하고 피곤한 일이니 말이다. 정글에서 '졸밥'이 옳고 그름을 따지는 건 생존에 위협을 가져오는 행위다. 톰슨가젤이 배고픈 사자 앞에서 강자가 약자를 잡아먹는 행위의 부당함을 따지는 게 무슨 소용인가. '졸밥'에도 예외가 있긴 하다. 코끼리는 톰슨가젤처럼 다른 동물을 잡아먹지 않는 초식동물이지만, 화가 나면 맹수도 밟아 죽일 정도로 무서운 힘을 자랑한다. 제아무리 사자여도 코끼리를 건드리지는 못한다. 반에서 일이 등을 다투는 우등생은 코끼리 같은 존재였다. 일진도 눈치는 있어서 우등생을 건드리지는 않았다.

대혁은 범재와 1학년 때부터 단짝처럼 지낸 친구였다. 학교

밴드 동아리에서 보컬로 활동했던 대혁은 뛰어난 노래 실력으로 학교에서 연예인 취급을 받았다. 범재가 보기에도 대혁은 학교에서 지나치게 잘난 척을 했는데, 일진이 그런 대혁의 모습을 고깝게 보며 시비를 걸기 시작했다. 일진의 먹잇감이 된 대혁이 곤란한 처지에 놓이자, 범재는 용기를 내 일진과 말다툼을 벌였다. 문제는 범재가 코끼리보다는 톰슨가젤에 가까운 존재였다는 점이다. 말다툼이 몸싸움으로 번졌고, 범재는 일방적으로 얻어맞았다. 화가 난 범재는 경찰에 일진을 신고했다. 결과는 참담했다. 담임선생은 왜 일을 시끄럽게 키웠느냐며 범재를 탓했고, 경찰도 친구 간의 사소한 싸움이라며 범재의 신고를 대수롭지 않게 뭉갰다.

범재를 직접 건드리면 피곤하다는 걸 안 일진은 전략을 바꿨다. 야유와 뒷담화 등을 활용해 지능적으로 범재를 괴롭히기 시작한 것이다. 범재는 일진이 싸움을 걸면 죽자 살자 덤벼들려고 했는데, 자신을 직접 건드리지는 않으니 마땅히 대응할 방법을 못 찾았다. 반에선 아무도 나서서 범재의 편을 들어주지 않았다. 대혁은 오히려 일진의 조무래기가 되어 범재를 지능적으로 괴롭히는 데 앞장섰다. 이후 졸업할 때까지 범재는 괴로운 시간을 홀로 감내해야 했다.

당시에는 가족 모두 범재가 학교에서 이런 일을 겪고 있는지 몰랐다. IMF 외환위기의 여파로 직장에서 정리해고된 아버지는 퇴직금으로 식당을 차렸다가 일 년 만에 문을 닫았다. 어머니는 날품을 파느라 범재를 돌볼 겨를이 없었다. 나 또한 입학 후 입대 전까지 온갖 아르바이트 자리를 전전하느라 범재를 신경 쓰지 못했다. 범재는 졸업까지만 버티면 된다는 생각에 가족에게 부담을 주지 않으려고 학교에서 겪는 일을 함구했다. 침묵 속에서 아슬아슬하게 가정의 평화가 이어졌다. 그렇게 어려운 시절이 지나가나 싶었다.

범재의 인생이 격랑에 휩싸인 건 공익근무요원• 시절부터다. 범재는 고도 근시와 난시 때문에 병역판정 검사에서 4급 판정을 받아 집 근처 주민센터에서 일하게 됐다. 주민센터에서 함께 일하는 공익근무요원 대부분은 범재와 가까운 동네에 사는 또래였다. 그들 중 한 명이 범재를 괴롭혔던 일진과 잘 아는 사이였다. 이는 고등학교 졸업으로 끝난 줄 알았던 일진과의 악연이 다시 이어지는 계기가 됐다.

어느 날 일진이 주민센터를 찾아왔다. 일진은 민원인용 대기 의자에 앉아 한 시간가량 범재를 지켜보다가 말없이 떠났다. 그날 이후 일진의 괴롭힘이 시작됐다. 일진은 수시로 주민센터에 들러 범재의 복장이 불량하고 근무가 태만하며 민원인

• 국가기관 또는 지방자치단체의 공익 목적을 위하여 경비, 감시, 보호, 행정, 국제협력, 예술, 체육 등에 소집되어 복무하는 자. 병역법 개정에 따라 2014년 1월 1일부터 사회복무요원으로 명칭이 변경되었다.

에게 불친절하다고 트집을 잡았다. 주민센터 측은 아무리 말도 안 되는 민원이더라도 일단 접수되면 정식 절차를 밟아 조사하고 답변해야 하는 터라 골머리를 앓았다. 그뿐만 아니라 일진은 병무청 등 상위기관에도 민원을 접수해 주민센터를 비상 상황으로 몰아넣기도 했다. 이 과정에서 일진은 전혀 폭언을 사용하지 않는 치밀함을 보여줬다.

민원인과 공익근무요원의 관계는 명백한 갑과 을의 관계인데다, 민원 제기는 학폭과 달리 합법적인 절차여서 범재는 아무런 대응도 하지 못했다. 주민센터 측은 모든 책임을 범재에게 돌렸고, 고립된 범재는 극심한 정신적 스트레스를 받았다. 최악의 경우 전학이나 자퇴라는 선택지가 있는 학교와 달리, 일진의 악성 민원에서 빠져나올 방법은 공익근무요원 복무 기간을 채우는 것뿐이라는 사실이 범재를 더 고통스럽게 했다. 참다못한 범재는 주민센터에 들러 민원을 넣는 일진에게 문구용 커터를 휘둘렀다. 얼굴에 깊은 상처를 입은 일진은 응급실로 실려가서 수십 바늘을 꿰매는 봉합 수술을 받았다. 범재는 그 사건으로 인해 법원에서 폭처법• 위반 혐의로 징역 일 년 육 개월의 실형을 선고받아 병역이 면제됐다. 극단적인 행동

• 폭력행위 등 처벌에 관한 법률. 집단적 또는 상습적으로 폭력행위 등을 범하거나 흉기 또는 그 밖의 위험한 물건을 휴대하여 폭력행위 등을 범한 사람 등을 가중처벌하기 위해 제정.

이 불러온 극적인 결과였다.

수감돼 학업을 제대로 마치지 못한 범재가 번듯한 일자리를 구하기는 불가능에 가까웠다. 범재는 대부분의 시간을 방에 틀어박혀 게임에 매달렸다. 범재의 잇따른 불행은 위태롭게 이어져온 가족 간의 유대를 끊어버렸다. 어머니는 누군가를 돌보기만 하는 삶에 지쳤다며 휴대폰 번호를 바꾸고 잠적했다. 충격을 받은 아버지도 오래전에 물려받은 작은 땅이 있는 강원도 횡성에 농막을 짓고 칩거했다.

나는 차마 범재를 버릴 수가 없었다. 범재가 공익근무요원으로 일하며 힘들어할 때, 나는 자주 범재에게 핀잔을 줬다. 고작 그 일도 못 견디면 나중에 아무 일도 할 수 없을 거라는 비아냥거림과 함께. 전방에서 복무하며 잦은 구타와 가혹 행위를 견뎠던 내게 범재의 태도는 엄살처럼 느껴졌었다. 그때 내가 범재의 말을 귀담아들었다면 일이 이 지경까지 오지는 않았을 텐데. 나는 범재를 보며 자주 후회했고, 후회는 범재를 향한 죄책감으로 변해갔다. 나는 범재가 스스로 방문을 열고 나오기를 기다리기로 했다.

기다림은 길었다. 범재는 십오 년 넘게 방에서 게임에만 몰두했다. 그사이에 아버지는 나와 범재에게 말도 없이 농막에서 홀로 당뇨합병증으로 투병하다가 세상을 떠났고, 제주도에서 어머니가 고독사했다는 소식이 들려왔다. 나는 가정을 꾸리지 못한 채 나이 마흔을 넘겼고, 범재도 내 뒤를 따라 마흔이 됐다. 오래전에 벌어진 사건이 불러일으킨 나비효과치고는 지나치게 가혹했다.

박대혁은 결코 세상에 알려진 모습처럼 감동의 주인공이 아니다. 고등학교 시절 일진으로부터 괴롭힘을 당하던 자신을 구해준 나를 배신한 데 이어, 나중에는 일진 옆에 붙어서 나를 따돌리는 데도 앞장섰던 기회주의자다. 박대혁이 그때 나를 배신하지 않았다면, 내 인생이 꼬이는 일도 없었을 것이다.

인터넷 커뮤니티 게시판에 올라와 있는 범재의 글은 분노에 차 있었다. 범재는 자신의 폭로가 사실임을 증명하기 위해 졸업 앨범에 실린 자신과 대혁의 사진을 함께 공개했다. 솔직히 그때 반에서 설치고 다니던 일진보다 앞잡이 역할을 자처했던 박대혁 그 새끼가 더 미웠다. 댓글 창에는 당시 범재와 같은 반이었던 학생으로 추정되는 네티즌의 증언이 베스트 댓글로 올라와 있었다. 수많은 네티즌이 댓글을 통해 박대혁을 방송에서 퇴출해야 한다며 범재의 폭로에 동조했다.

대혁은 한 케이블 방송사의 오디션 프로그램 〈국민가왕〉에 출연해 유명세를 얻었다. 〈국민가왕〉은 대한민국 국적을 가진 사람이라면 누구나 참가할 수 있는 오디션 프로그램으로, 3억

원이라는 거액의 우승 상금을 내걸어 화제를 모았다. 대혁은 무대에서 부활의 히트곡 〈네버 엔딩 스토리〉를 불러 심사위원단으로부터 원곡보다 더 감동적인 목소리를 들려줬다는 찬사를 받았다. 여기에 만성신부전증으로 투병하던 어머니에게 신장을 기증했고, 아픈 사람들을 위해 봉사하겠다는 꿈을 가지고 뒤늦게 간호대에 진학했다는 사연까지 알려져 시청자들의 열광적인 지지를 끌어냈다. 이 같은 지지에 힘입어 대혁은 수많은 참가자를 누르고 톱4에 안착했고, 기독교의 대천사인 '미카엘'이라는 별명을 얻으며 유력한 우승 후보로 떠올랐다. 이런 가운데 벌어진 범재의 폭로는 대혁의 이미지에 치명타를 줬다. 마침 체육계와 연예계에 이른바 '학폭 미투' 사태가 확산한 뒤여서 범재의 폭로가 세간에 일으킨 파장은 컸다.

너무 오래전 일이어서 그런 기억이 나지 않지만,
본의 아니게 물의를 일으켜서 죄송합니다.

대혁이 SNS를 통해 밝힌 입장은 애매해서 의혹을 부추겼다. 반면 범재의 폭로에는 당시 상황을 증언하는 댓글이 추가로 달려 대혁을 궁지로 몰았다. 그렇게 오래된 과거까지 털면 먼지 한 톨 나오지 않을 사람이 과연 있겠느냐는 반발도 없지 않았지만, 대세를 거스르기에는 역부족이었다. 대혁을 지지하는 시청자보다 그렇지 않은 시청자가 더 늘어나는 분위기가 조성되자, 방송사는 대혁의 프로그램 하차를 결정했다.

건강을 많이 회복했던 어머니가 위독해졌습니다. 네버 엔딩 스토리. 아직 이야기는 끝나지 않았습니다. 무분별한 의혹 제기에 단호한 법적 대응을 하겠습니다.

대혁은 자신의 SNS에 이 같은 내용을 담은 마지막 게시물을 남긴 뒤 댓글 창을 닫고 잠적했다. 그렇게 '미카엘'의 날개는 펴보기도 전에 꺾였다.

나는 평소에 TV 시청을 잘 하지 않아서 이런 사태가 벌어졌다는 사실도, 사태가 범재의 폭로에서 비롯되었다는 사실도 웹서핑을 통해 뒤늦게 알았다. 돌아가는 모든 상황이 범재에게 불리했다. 형법은 한 개인의 사회적 평가를 저해하는 내용이라면, 그것이 진실일지라도 명예훼손죄로 처벌한다고 규정한다.• 쉽게 말해 전과자를 전과자라고 소문내는 행위도 형법에 따라 처벌을 받을 수 있다는 의미다. 진실을 밝히는 행위에 공익성

• **형법 제307조 (명예훼손)** ① 공연히 사실을 적시하여 사람의 명예를 훼손한 자는 2년 이하의 징역이나 금고 또는 500만 원 이하의 벌금에 처한다.
정보통신망 이용촉진 및 정보보호 등에 관한 법률 제70조 (벌칙) ① 사람을 비방할 목적으로 정보통신망을 통하여 공공연하게 사실을 드러내어 다른 사람의 명예를 훼손한 자는 3년 이하의 징역이나 금고 또는 2천만 원 이하의 벌금에 처한다.

이 있음을 입증하면 법적 책임을 피할 수 있지만,• 범재의 폭로는 누가 봐도 공익과 상관없는 비방이었다. 범재가 대혁에게 법적으로 대응할 방법은 사실상 합의 외에는 없었다. 학폭에 적용하는 죄목 중 협박죄의 공소시효는 삼 년, 폭행죄와 모욕죄의 공소시효는 오 년, 특수상해죄의 공소시효는 십 년이다. 대혁은 범재에게 물리적인 폭력을 행사한 일이 없어서 기껏해야 모욕죄 정도를 적용할 수 있을 텐데, 해당 죄목의 공소시효는 이미 오래전에 지났으니 말이다. 최고의 자리에 서기 직전에 모든 걸 잃어버릴 처지에 놓인 대혁이 과연 합의에 응할지 의문이었다. 범재 또한 대혁에게 잘못했다고 빌며 선처해달라고 고개를 숙일 리가 없었다. 범재가 일진의 얼굴에 화풀이로 문구용 커터를 들이댄 결과는 실형이었다. 이번에도 그때와 비슷한 결과가 나올 게 분명해 보였다. 나는 범재의 방문을 두드렸다.

"그 새끼는 나한테 아무런 책임을 지지 않는데 나만 처벌을 받는다고? 씨발, 그런 좆같은 법이 어디 있어!"

내 말을 들은 범재가 분노하며 몸을 떨었다. 침착해야 한다. 나는 범재에게 앞으로 다가올 상황과 대응 방안을 파악한 한

• **형법 제310조 (위법성의 조각)** 제307조 제1항의 행위가 진실한 사실로서 오로지 공공의 이익에 관한 때에는 처벌하지 아니한다.

도 내에서 설명했다.

“이유가 어찌 됐든 네가 인터넷에 그런 글을 올린 건 사실적시 명예훼손에 해당한다. 알아보니까 처벌을 받아도 벌금형 정도에서 끝나. 너도 알잖아. 벌금도 전과로 남는다는 거 말이야. 그러니까 경찰도 수사 단계에서 형사조정을 권하는 일이 많다더라. 경찰서에서 네게 출석을 요구한 이유가 그거겠지.”

“형사조정이라. 합의 말하는 거지?”

“그래.”

범재는 고개를 모니터로 돌리며 코웃음을 쳤다.

“내가 미쳤어? 그 새끼랑 합의를 하게? 혀 빼물고 죽으면 죽었지, 그런 짓은 못 해.”

“그래서? 그냥 이대로 처벌만 기다릴 생각이야?”

범재는 대수롭지 않다는 듯 어깨를 으쓱거렸다.

“벌금형 정도에서 끝난다며? 이미 별 하나 달고 있는데, 하나 더 단다고 인생이 크게 달라지겠어?”

이 자식은 아직도 철부지를 벗어나지 못했구나. 내 목소리가 높아졌다.

“이범재! 그게 형 앞에서 할 말이야? 벌금형이 나왔다고 치자. 벌금은 누가 낼 건데? 네가 낼 거야?”

범재는 내게 눈길도 주지 않았다.

“형. 그거 그냥 노역장에서 몸으로 때우면 끝나. 상관하지 마.”

나는 신경질적으로 범재의 데스크톱 전원 버튼을 눌렀다. 범재가 내게 눈을 부라리며 소리쳤다.

"뭐 하는 짓이야!"

나는 손에 쥔 출석요구서를 범재의 눈앞에서 흔들었다.

"너는 이게 벌금으로 끝날 것 같아? 네가 벌금을 못 내 노역장에서 몸으로 때웠다고 치자! 박대혁 그 새끼가 거기서 멈출 것 같아?"

범재는 내게서 출석요구서를 빼앗아 아무렇게나 구긴 뒤 바닥에 던졌다.

"멈추지 않으면 제까짓 게 뭘 어쩔 건데?"

종이 뭉치로 변한 출석요구서가 바닥에 굴러다녔다. 범재는 그 모습을 재미있다는 눈으로 바라봤다. 자신은 아무것도 모르겠다는 저 천진한 눈빛. 나이를 먹어도 변한 게 없구나. 싫다. 정말 싫다. 나는 범재를 말로 아프게 찌르고 싶었다.

"나도 지금까지 너 뒤치다꺼리하다 보니 반은 법조인이야. 형사 끝나면 다 끝날 것 같아? 민사로 가겠지. 너 때문에 입은 손해를 다 배상하라면서 말이야. 형사와 민사가 별개의 소송이란 건 너도 잘 알지? 뉴스를 찾아보니까 그놈이 찍은 광고가 다 내려갔다더라. 그게 끝일까? 광고주에게 위약금을 물어줘야 할 거야. 위약금은 보통 출연료의 두세 배라더라. 과연 그놈이 가만히 있을까? 만약 민사에서 지면 그거 다 네가 뒤집어써야 해. 내가 그놈이라면 너를 포함해 자기한테 악플을 단 모든 사람을 고소해서 합의금을 뜯어낼 거야. 내지 않고 버티다 보면 신용불량자로 등록되고 계좌도 압류될 거야. 경찰은 너 잡겠다고 전국에 수배령을 내릴 테고. 그러면 이 땅에서 사람 구실을 전혀 할 수 없게 되겠지. 삼면이 바다인데 어디로 도망갈래? 그러다가 마지막에 한강 물 온도 재는 거야. 그런 미래, 감당할 수 있겠어?"

범재는 그제야 사태의 심각성을 파악한 듯 심각한 표정을 지었다.

"어떻게든 그놈이랑 만나서 조용히 합의하는 게 일을 더 크게 키우지 않는 길이야. 네가 원하든 원치 않든 상관없어."

"으아아아아악!"

범재는 고함을 지르다가 화를 참지 못하고 모니터를 주먹으로 쳤다. 모니터 액정 가운데에 거미줄 모양으로 금이 갔다.

"너 미쳤어?"

범재의 주먹 쥔 오른손에서 핏방울이 바닥으로 떨어졌다.

"법이란 게 왜 그따위야? 그 새끼가 학폭 가해자와 한패였다는 게 법으로 보호해야 할 명예야? 고작 그런 게 명예야? 그건 피해자의 입에 재갈을 물리겠다는 거잖아! 그러면 그 새끼 때문에 인생을 망친 나는 뭐야? 누가 나를 구원해주지? 법은 왜 나를 보호해주지 않는 건데!"

범재가 모니터 옆에 놓인 액자를 가리켰다. 액자에는 얼마 전에 죽은 범재의 반려견 초롱이의 사진이 담겨 있었다.

"형도 알잖아. 법이 얼마나 좆같은지. 내겐 가족만큼 소중했던 녀석이었어. 그런데 재를 죽인 새끼가 무슨 처벌을 받았지?"

초롱이는 집 근처 전봇대에 묶인 채 버려져 있던 믹스견이었다. 발견 당시 초롱이 옆에는 사료 포대, 물그릇, 쿠션이 놓여 있었다. 며칠째 주인이 나타나지 않는 걸 보니 버려진 게 분명한 개였다. 초롱이는 짖거나 먹지도 않고 자신의 앞을 오가는 사람만 살폈다. 편의점에서 컵라면을 사오던 범재와 초롱이의 눈이 마주쳤다. 범재는 초롱이의 슬픔에 잠긴 눈이 자신의 눈과 닮았다고 생각했다. 그날부터 초롱이는 범재의 방에서 함께 지내게 됐다.

초롱이는 뛸 때마다 다리를 절뚝였다. 동물병원에서 초롱이의 상태를 진단해보니, 사고로 부러진 왼쪽 고관절을 제대로 치료받지 못했다는 결과가 나왔다. 치료가 늦어져 뼈가 비정상적으로 붙은 터라 복원 수술을 받아야 하는 상황이었다. 복원 수술은 어렵고 위험한 데다 비용도 150만 원이나 드는 대수술이었다. 초롱이가 버려진 이유를 짐작할 수 있었다. 범재는 초롱이의 병원비를 감당하려고 방에서 나와 아르바이트와 공공근로 일자리를 찾아다녔다. 놀라운 변화였다. 또한 범재는 초롱이와 산책하기 위해 방에서 게임에 몰두하는 시간을 줄여나갔고, 가끔 내가 운영하는 고깃집에 찾아와 서빙을 돕기도 했다. 초롱이는 여러모로 범재에게 긍정적인 영향을 미쳤다. 나 역시 나만의 인생을 살 수 있게 될지도 모른다는 기대를 품었다.

범재의 행복과 나의 기대는 그리 오래가지 못했다. 범재가 초롱이를 데리고 동물병원에 다녀오다가 고깃집에 들른 날이 있었다. 그날따라 유난히 많은 손님이 고깃집에 몰려들었고, 아르바이트생만으로는 손님을 감당하기가 어려웠다. 범재는 내게 서빙을 돕겠다고 했고, 나는 범재에게 흔쾌히 일을 나눠줬다. 고깃집에 처음 온 초롱이는 좀처럼 가만히 있지 못하고 범재의 뒤를 졸졸 따라다녔다. 많은 손님이 초롱이를 귀엽게 바라봤지만, 그렇지 않은 손님도 있었다. 그중 한 나이 지긋한 남성 손님이 초롱이를 발로 살짝 걷어찼다. 초롱이가 깨갱거리는 소리에 놀라 테이블로 달려온 범재에게 손님은 불쾌한 표정을 지으며 고압적으로 명령했다.

"개새끼 당장 치워. 확 불판에 올려버리기 전에."

음식 장사는 음식보다는 자존심을 파는 일에 가까웠다. 손님에게 맛있는 음식을 제공하는 건 기본이다. 그런 기본을 지키지 못하는 식당은 절대 오래가지 못한다. 따라서 손님을 얼마나 기분 좋게 대접하느냐가 사업의 성패를 좌우한다. 그걸 알면서도 손님의 탈을 쓴 진상을 상대할 때면 굳이 마음을 다쳐가며 장사를 해야 하는지 의문이 들곤 했다. 나름대로 진상에 내성이 생긴 나도 이럴진대, 범재가 초롱이를 함부로 대하는 진상을 참아내기는 어려웠을 테다. 범재와 진상 사이에 말다툼이 벌어졌고, 나는 둘을 말리느라 진땀을 흘렸다. 초롱이는 마치 범재를 보호하려는 듯 진상에게 맹렬하게 짖어댔다. 진상은 온갖 욕설을 쏟아내며 계산도 없이 고깃집에서 빠져나갔고, 초롱이는 진상의 뒤를 쫓았다. 그 모습이 범재가 본 살아 있는 초롱이의 마지막 모습이었다.

범재의 신고를 받은 경찰이 CCTV를 확인한 결과, 초롱이는 진상이 주차장에서 몰고 나오는 승용차의 앞바퀴에 깔려 그 자리에서 목숨을 잃은 것으로 드러났다. 현행법상 동물은 물건이어서 진상에게 적용할 수 있는 죄목은 손괴죄•가 전부였다. 경찰은 초롱이가 사각지대에 있었기 때문에 진상에게 손괴죄의 고의가 없다고 판단했다. 고의가 없는 손괴죄를 처벌하는 법 규정은 없었다.•• 결국 진상은 아무런 처벌을 받지 않았다. 범재가 법적으로 대응할 방법은 진상에게 민사소송을

• **형법 제366조 (재물손괴 등)** 타인의 재물, 문서 또는 전자기록 등 특수매체기록을 손괴 또는 은닉 기타 방법으로 기 효용을 해한 자는 3년 이하의 징역 또는 700만원 이하의 벌금에 처한다.

•• **형법 제1조 (범죄의 성립과 처벌)** ① 범죄의 성립과 처벌은 행위 시의 법률에 따른다.

걸어 초롱이의 시장 가격을 배상받는 건데, 믹스견인 초롱이의 가치는 헐값이었다. 진상을 귀찮게 만드는 것 외에는 소송의 실익이 없었다. 진상은 범재에게 어떤 사과도 하지 않았다. 범재는 초롱이의 사진을 바라보며 울먹였다.

"어떻게 가족 같은 초롱이가 물건 취급을 받아? 그게 말이 돼? 어떻게 초롱이를 죽인 새끼는 아무런 처벌도 받지 않을 수 있어? 그게 법이야? 그런 말도 안 되는 게 법이야?"

"그 양반 처벌할 방법이 없는 게 아냐."

범재가 내 말에 놀란 듯 딸꾹질을 했다. 나는 범재의 딸꾹질이 잦아들기를 기다린 후에 준비한 이야기를 꺼냈다.

"내 말 잘 들어봐. 네가 모르는 이야기가 있으니까."

코로나 팬데믹 때문에 대한민국 경제주체 대부분이 타격을 입었지만, 그중에서도 큰 타격을 입은 주체는 자영업자였다. 정부가 나서서 사적 모임을 제한하고 영업시간 단축을 강제하는데, 그로 인한 손실 보상은 제대로 이뤄지지 않았기 때문이다. 자영업자들은 배달 영업을 통해 조금이라도 매출을 만회하려고 애썼다. 포장비용과 배달비가 추가되면 마진이 줄어들지만, 홀 영업만으로는 적자를 면치 못할 게 뻔하니 말이다. 과거보다 배달비를 내는 데 거부감을 보이는 고객이 줄어든 터라 예상보다 영업이 잘됐다. 대신 자영업자들은 과거와 다른 스트레스에 시달렸다.

고객이 배달앱에 남기는 별점 리뷰는 매출에 즉각 영향을 미쳤다. 별점 리뷰가 높은 순서대로 매장이 앱에 노출되다 보니, 별점이 하락하면 주문 순위에서 바로 밀려났다. 마치 포털 사이트의 실시간 검색어처럼. 심지어 악성 리뷰 하나 때문에 월 매출이 전월보다 절반 가까이 줄어든 일도 있었다. 앱 운영사 측은 고객의 별점 리뷰도 일종의 저작물이어서 함부로 지울 수 없다는 논리로 책임을 회피했다. 그렇다고 배달부를 직접 고용할 수도 없는 노릇이어서 울며 겨자 먹기 식으로 매월 이용료 수십만 원을 지불하고 앱을 이용해야만 했다.

언젠가부터 앱에 주기적으로 악성 리뷰를 남기는 고객이 나타났다. 처음에 그는 "삼겹살 600그램을 주문했는데 400그램밖에 오지 않았다"며 주문한 삼겹살을 저울 위에 올려놓은 사진을 리뷰에 첨부했다. 별점 1점을 주면서. 나는 어처구니가 없어서 "정육점은 물론 어떤 고깃집도 조리한 뒤의 무게를 기준으로 삼겹살을 팔지 않는다"고 댓글로 반박했다. 그로부터 한 달이 흐른 뒤 그는 또 삼겹살 600그램을 주문했고, 나는 악성 리뷰를 피하려고 조리된 삼겹살로 600그램을 보냈다. 그러자 그는 "고기가 너무 질겨서 껌처럼 씹다가 뱉었다"며 쓰레기통에 주문한 삼겹살을 버린 사진을 리뷰에 첨부했다. 이번에도 별점은 1점이었다. 나는 댓글로 "죄송한데 고기가 정말로 질긴지 직접 방문해 확인해보고 싶다"고 댓글을 남겼지만, 그는 "주문한 사람 입맛에 질기면 질긴 거지, 협박하는 것이냐"며 반발했다. 이후에도 그는 몇 차례 더 삼겹살을 주문하고 거짓이라고 말하기는 어렵지만 지나치게 주관적인 내용을 담은 리뷰와 함께 별점 1점을 줬다. 그때마다 매출은 타격을 입었다. 나는 그가 도대체 어떤 사람인지 궁금해 주문 정보에 적힌 연락처를 휴대폰에 등록해봤다. 카카오톡 앱을 실행하자 새로운 친구로 뜨는 사람이 있었다. 프로필 사진에 담긴 얼굴이 낯익었다. 바로 초롱이를 차로 치어 죽인 진상이었다. 내 이야기를 모두 들은 범재는 뽀드득 소리가 크게 들리도록 이를 갈았다.

"초롱이를 죽이더니 이제는 형 가게까지 건드려? 그 새끼 주소 알지? 알려줘! 내 손으로 죽여버릴 거야! 씹어 먹어도 시원치 않을 새끼!"

"죽여? 죽이면 뭐가 달라지는데? 흥분하지 마."

나는 범재에게 진상에게 법적으로 대처할 방법을 차분하게 설명했다.

"삼겹살 600그램을 주문했는데 400그램밖에 오지 않았다는 리뷰는 어쨌든 사실이야. 내 입장에선 억울하긴 하지만. 그 인간이 배달앱에 올린 리뷰는 수많은 사람에게 노출됐어. 그래서 가게의 평판이 떨어졌지. 공연히 사실을 적시하여 명예를 훼손했어. 딱 사실 적시 명예훼손죄야. 리뷰가 아무리 사실이어도 공공의 이익을 목적으로 올린 게 아니라면 처벌을 받게 돼. 그 인간은 상습적으로 악성 리뷰를 남겼어. 정황상 공공의 이익을 위해 리뷰를 올렸다고 볼 수는 없지. 고기가 질겨서 껌처럼 씹다가 뱉었다는 리뷰는 모욕죄•로 걸고넘어질 수도 있고. 실제로 많은 자영업자가 배달앱에 올라온 악성 리뷰에 이렇게 대처하고 있다더라. 민사를 걸어 위자료를 청구하는 건 별개야.••"

내 설명을 들은 범재의 표정이 복잡해졌다.

"형이 지금 해준 말……. 내용만 다를 뿐이지, 박대혁 그 새끼가 지금 나한테 하는 짓과 똑같은 거 아냐?"

범재는 내게 생각할 시간이 필요하다며 잠시 혼자 있게 해달라고 부탁했다. 나는 혼란스러워하는 범재를 뒤로하고 내 방으로 돌아와 노트북 컴퓨터를 열었다. 포털 사이트에서 대혁에 관한 정보를 더 검색해봤다. 며칠 전에 대혁이 〈미카엘 라이브〉라는 유튜브 채널을 개설했다는 소식이 눈에 띄었다. 채널

• **형법 제311조 (모욕)** 공연히 사람을 모욕한 자는 1년 이하의 징역이나 금고 또는 200만 원 이하의 벌금에 처한다.

•• **민법 제764조 (명예훼손의 경우의 특칙)** 타인의 명예를 훼손한 자에 대하여는 법원은 피해자의 청구에 의하여 손해배상에 갈음하거나 손해배상과 함께 명예회복에 적당한 처분을 명할 수 있다.

에 올라온 콘텐츠는 대혁이 〈국민가왕〉에서 선보였던 〈네버 엔딩 스토리〉 스튜디오 라이브 영상 하나가 전부였다. 영상의 조회 수는 백만 건 이상이었고, 댓글 수도 일만 건에 육박했다. 불미스러운 일로 방송에서 하차한 출연자의 채널이라고 믿기 어려운 인기였다. 댓글은 대부분 대혁을 응원하는 내용이었고, 범재를 비난하는 내용의 댓글도 종종 눈에 띄었다. 유튜브라는 플랫폼에서 대혁은 여전히 스타였다. 나는 대혁의 라이브 영상을 보며, 뛰어난 연기력으로 성추문 논란을 걷어낸 유명 배우의 얼굴을 떠올렸다. 대혁이 다시 대중 앞에 모습을 드러낼 날이 머지않은 것 같다는 예감이 들었다.

두 시간쯤 흐른 뒤, 범재가 방에서 나왔다. 그사이에 많이 고민했는지 얼굴이 초췌해 보였다. 범재는 힘없이 주방으로 걸어와 식탁에 앉았다. 나는 범재 앞에 마주 앉으며 물 한 잔을 건넸다. 물을 벌컥벌컥 들이켠 범재가 옷소매로 입을 닦고 나를 응시했다.

"형."

"말해."

"초롱이 죽인 그 새끼 고소할 거야?"

"해야지. 너만큼은 아니지만 나도 초롱이를 아꼈어. 가게도 지켜야 하고."

범재는 무언가 말을 꺼내려다가 머뭇거리기를 반복했다.

"할 말 있으면 얼른 해."

"형."

"왜."

"그 새끼 엿 먹일 방법이 사실 적시 명예훼손인가로 고소하는 방법밖에 없는 거야?"

"지금으로서는 그래. 나름 알아봤는데 다른 방법이 없어."

범재의 표정이 침울해졌다.

"방에서 정말 많이 생각하고 고민했다. 법이란 게 말이야, 누구에게나 공평하게 적용되고 나쁜 놈만 벌을 줘야 하잖아. 형도 그렇게 생각하지?"

"그래."

"아무리 생각해봐도 이해가 안 돼. 초롱이를 죽인 새끼가 가게에 악성 리뷰를 단 건 나쁜 짓이야. 그런데 내가 박대혁이 저지른 일에 대해 폭로한 건 나쁜 짓이 아니잖아. 그런데 왜 똑같은 죄로 처벌을 받는 거야? 내가 너무 궁금해서 명예가 무슨 뜻인지 찾아봤어. 이걸 봐."

범재가 휴대폰으로 국어사전을 보여줬다. 명예名譽. 세상에서 훌륭하다고 인정되는 이름이나 자랑 또는 그런 존엄이나 품위. 어떤 사람의 공로나 권위를 높이 기리어 특별히 수여하는 칭호.

"명예라는 건 지켜줘야 할 가치가 있어야 하잖아. 박대혁 그 새끼가 나를 배신했다는 사실이 지켜줘야 할 가치가 있는 명예야? 형도 그렇게 생각해?"

나는 범재의 물음에 아무런 답을 하지 못했다.

"만약에 내가 형 가게에서 주문한 음식이 정말 맛이 없어서 낮은 별점을 줬다 치자. 법대로라면 형은 나를 고소할 수 있다는 말이네?"

"그렇지."

"그렇다면 법이 잘못된 거잖아! 세상에 그런 법이 어디 있어! 그런 법을 우리가 정말 따라야 하는 거야? 우리가 무슨 소크라테스야? 악법도 법이라면서 따르게?"

범재가 자리에서 일어나며 비장하게 말했다.

"형, 그 새끼 고소하지 마."

나는 범재의 예상치 못한 발언에 어안이 벙벙해졌다. 범재의 말투와 태도는 그 어느 때보다 진지했다.

"박대혁 그 개새끼가 잘못된 법으로 나를 괴롭히는데, 가족인 형까지 그 법으로 초롱이를 죽인 새끼를 조진다면……. 그 법이 옳고 내가 틀렸다는 말이 되는 거잖아."

나는 범재의 말이 어처구니가 없어서 허탈하게 웃었다.

"너 지금 그게 말이 되는 소리라고 생각해?"

"왜 말이 안 돼? 왜?"

나는 끓어오르는 화를 누르며 범재의 눈을 쏘아봤다.

"네가 방에서 온종일 게임에 매달리는 동안, 나는 온종일 먹고사는 일에 전쟁처럼 매달려왔어. 초롱이 죽인 새끼를 어떻게든 처리하지 않으면 가게 망해. 네 뒤치다꺼리를 하는 돈이 어디서 나오는지 알고서 그런 소리를 지껄이는 거야? 너도 이제 나이가 마흔이야. 언제까지 지금처럼 살 수 있을 것 같아! 제발 철 좀 들어라, 철 좀!"

범재의 눈가에 눈물이 고였다.

"형……. 다른 사람은 몰라도 형은 나를 좀 이해해주면 안 돼? 내가 잘못해서 내 인생이 이 꼬락서니가 된 건 아니잖아!"

범재는 바닥에 주저앉아 절규하다가 흐느끼기 시작했다. 나는 그 모습을 외면하며 깊은 한숨을 내쉬었다.

"내가 너를 언제까지 이해해줘야 하니? 언제까지 네 똥만 닦으며 살아야 하는 거야? 나도 지쳤어. 더 늦기 전에 내 인생을 살고 싶다. 나도 내가 잘못해서 내 인생이 이 꼬락서니가 된 건 아니잖아. 안 그래?"

범재는 출석요구서에 공지된 날에 경찰서로 가지 않았다. 대신 범재는 네이트판 엔터톡에 '가짜 천사 박대혁이 나를 고소했다'라는 제목으로 글을 올리고 자신이 구겼던 출석요구서를 도로 펴서 촬영한 사진을 첨부했다.

나처럼 죄 없는 사람을 괴롭히는 사실 적시 명예훼손죄를 없애는 데 앞장서겠다.

범재는 마치 자신이 악법과 싸우는 투사라도 된 듯 거창한 선언까지 내걸었다. 범재의 글에는 범재를 옹호하는 댓글보다 비아냥거리는 댓글이 훨씬 많이 달려 있었다. 그중에는 범재가 공익근무요원으로 일하던 시절에 민원인에게 흉기를 휘둘러 중상을 입혀 실형을 살았다고 폭로하는 댓글도 있었다. 범재가 온라인상에서 받는 취급은 열등감에 찌든 '관종' 그 이상도 이하도 아니었다.

그사이에 유튜브 〈미카엘 라이브〉 채널은 구독자 수 십만 명을 돌파했다. 대혁은 유튜브가 십만 구독자 채널에 수여하는 '실버 버튼'을 인증하는 영상을 올리며 유튜버로서의 성공적인 안착을 자축했다. 아울러 대혁은 유명 유튜버들과 합동 방송을 하며 활동의 보폭을 점점 넓혀나갔다. 범재는 〈미카엘 라이브〉 채널에 올라오는 영상마다 대혁을 비난하는 댓글을 달았지만, 대혁은 오히려 범재의 댓글을 맨 위에 올려 고정하는 대범함을 보여줬다. 범재는 댓글 창에서 수많은 대혁의 팬들에게 조리돌림을 당했다. 그들은 범재가 병역 면제를 받으려고 남의 얼굴에 칼질한 범죄자라고 조롱했다. 사실 적시 명예훼손죄를 없애야 한다고 주장하는 범재가 다른 사람을 그 죄로 고소하지는 못할 거라면서.

나는 고깃집을 정리한 후, 지금까지 진상이 배달앱에 올린 악성 리뷰와 매출 하락을 보여주는 증거를 모아 마포경찰서에 고소장과 함께 제출했다.

고소인은 피고소인을 형법 제307조 제1항과 제2항 명예훼손죄, 형법 제311호 모욕죄, 형법 제314조 업무방해죄로 고소하오니 철저히 수사하여 처벌해주시기 바랍니다.

나는 고소장에 직접 손으로 적은 고소 취지를 읽으며 범재에게 다가올 미래를 생각해봤다. 불꽃을 향해 달려드는 나방의 운명과 다름없는 미래였다. 범재 옆에 머물러 있는 한, 내게 다가올 미래도 크게 다르지 않을 터였다.

고소장 접수를 마치고 집으로 돌아온 나는 범재가 고등학교에서 겪은 아픔 때문에 가족에게 벌어진 일을 워드프로세서로 정리했다. 나는 대혁의 인스타그램 계정을 팔로우하고 정리한 글을 다이렉트 메시지로 보냈다. 부디 범재의 아픔을 이해하고 선처해달라는 당부와 함께. 범재의 방문을 두드려봤다. 아무런 응답이 없었다. 내가 진상을 고소하겠다는 마음을 굳힌 후, 범재는 나와의 대화를 거부했다. 나는 식탁 위에 범재 혼자 석 달쯤 버틸 수 있을 만큼의 현금을 담은 봉투를 두고 집에서 빠져나왔다. 집에서 멀리 떨어진 휴대폰 매장으로 온 나는 사용 중인 휴대폰 번호를 해지하고 새로운 번호를 개통했다. 번호를 해지하기 직전에 나는 범재에게 이제부터 홀로서기를 해보라는 문자메시지를 남겼다.

하늘이 맑고 파래서 설렜다. 이십여 년 만에 새로운 번호를 개통하니 새로운 삶을 시작한 기분이 들었다. 오래전에 가족을 두고 집을 떠났던 어머니도 비슷한 심정이었을까. 긴 여행을 해보고 싶었다. 다시 집으로 돌아오지 않아도 괜찮을 것 같았다.

숨바꼭질

○

○

"뭐 그러면 법대로 하시든지요."

건물주가 전화를 끊으며 남긴 말이 귓가에 오래 맴돌았다. 전세 계약 만료 후 보증금을 제때 돌려받지 못해 애를 먹은 사례를 종종 접했지만, 설마 내가 거기에 하나를 보태게 될 줄은 몰랐다. 시야가 좁아지더니 눈앞이 흐려졌다. 희미하게 들리던 이명이 점점 커지며 신경을 긁었다. 얼마 전에 전세 계약을 마친 관악구 대학동 소재 분리형 원룸의 잔금 지급에 비상이 걸렸다. 전세금은 1억 2,000만 원이고, 이미 계약금 1,200만 원을 치렀다. 잔금 지급 일자는 현재 거주 중인 원룸의 전세 계약 만료일이고, 나는 전세금 6,000만 원을 돌려받은 뒤 가진 돈과 합쳐 잔금을 치를 계획이었다. 혹시라도 잔금 지급이 늦어지면 계약금이 날아갈 판이었다. 내가 고작 이런 꼴을 보자고 서울로 올라온 건가. 정수리에서 터진 땀이 뺨을 타고 흘러내려 턱 끝에 맺혔다.

사 년 반 전, 나는 고향의 ㄱ 신문사에서 편집기자로 일하다가 서울 소재 ㄴ 신문사로 이직했다. 편집기자 모임을 통해 자주 만나 친해진 ㄴ 신문사 소속 선배 A의 추천 덕분이었다. ㄴ 신문사 편집국장은 임원 면접 자리에서 내게 가능한 한 빨리 출근해달라고 했다. 결정이 늦어지면 자리가 다른 누군가에게 돌아갈지도 모른다는 은근한 압박과 함께. 언제 다시 올지 모를 좋은 기회였지만, 결정을 내리기가 쉽지 않았다. 부동산 앱으로 매물을 살펴보니 내 통장 잔고로는 서울에서 전세는커녕 월세 보증금도 감당할 수 없었기 때문이다. 서울에는 아무런 연고가 없는 터라 신세를 질 곳도 마땅치 않았다.

나는 고민 끝에 살고 있던 반지하 투룸 빌라를 부동산 중개업소에 시세보다 한참 낮은 가격으로 내놓았다. 빌라는 어머니가 내게 남긴 유일한 유산이었다. 오래전에 이혼한 후 홀로 나를 키운 어머니는 육 년 전 생전 처음 받은 건강검진에서 자궁암 4기 진단을 받아 짧은 투병 후 세상을 떠났다. 지어진 지 삼십 년이 넘은 하자투성이의 낡은 빌라였지만, 어머니와 함께한 추억이 집 안 구석구석에 피어난 곰팡이처럼 남아 있어 이사를 망설여온 터였다. 시세가 4,000만 원 안팎인 집을 500만 원이나 낮춰 급매로 내놓으니 입질이 여러 곳에서 왔다. 나는 그중에서 어떤 하자도 묻지도 따지지도 않고 100만 원을 더 얹어 입금하겠다는 임대사업자에게 집을 넘겼다. 몇몇 이웃이 나를 찾아와 가뜩이나 집값이 안 오르는 동네라는 소문이 돌아 걱정인데 터무니없이 집을 싸게 내놓은 이유가 무엇이냐고 따졌다. 어차피 떠날 사람인 나는 그들의 항의를 한 귀로 듣고 한 귀로 흘렸다.

빌라를 팔아 마련한 돈에 몇 년간 박봉을 쪼개 모은 적금을 보태니 5,000만 원이 만들어졌다. 그 돈으로 나는 ㄴ신문사가 있는 광화문에서 가까운 곳을 중심으로 원룸 전세 매물을 뒤졌다. 전세 대출이나 반전세, 월세는 처음부터 고려 대상이 아니었다. 감당하기 어려운 빚이 삶을 얼마나 피폐하게 만드는지를 무리해서 사업을 벌이다 무너진 아버지를 통해 목격했다. 가뜩이나 가진 것 없이 올라오는 서울인데 시작부터 빚을 지기는 싫었다.

사대문 안에서 예산에 들어오는 전세 매물을 찾기는 불가능해 보였다. 내 예산으로 구할 수 있는 전세는 서울 변두리를 뒤져야 겨우 찾을 수 있었다. 매물을 찾다가 지쳐서 전세와 직주 근접 중 포기할 조건을 저울질하던 내게 한 부동산 중개업소가 연락을 줬다. 서대문역 근처에 5,000만 원짜리 원룸 전세 매물이 나왔다는 연락이었다. 화곡동 원룸촌에서 매물을 알아보고 있던 나는 발길을 돌려 5호선 지하철을 탔다. 지나치게 괜찮은 조건이어서 허위매물이 아닌가 하는 의구심이 들었지만, 밑져야 본전이니 일단 직접 가서 확인해보고 결정하기로 했다.

매물은 서대문역에서 경기대 서울캠퍼스를 거쳐 북아현동으로 넘어가는 고갯길 너머에 있었다. 역에서 내려 느린 걸음으로 이십 분가량 언덕을 오르내려야 하는 거리였다. 내가 거칠게 숨을 쉬자, 중개인은 손수건을 꺼내 자신의 이마를 닦으며 멋쩍게 웃었다.

"서대문역에서 마을버스로 세 정거장이면 오는 가까운 거리예요."

중개인의 말이 끝나기가 무섭게 마을버스 한 대가 굉음을 내며 내 옆을 스쳐 지나갔다. 버스가 내뿜은 매연 때문에 기침이 쏟아져 나왔다. 배차 간격이 길어 올 때는 타고 오지도 못한 버스였다. 중개인의 변명이 길어졌다.

"역세권이잖아요, 역세권. 직장이 광화문에 있다고 했지? 이 정도면 광화문까지 엎어지면 코 닿을 거리지. 날 좋을 때는 걸어서 사십 분이면 충분하다니까? 이 가격에 이런 물건 없다는 거 잘 아시죠?"

나는 경어와 평어를 편하게 오가는 중개인의 말투가 거슬려 퉁명하게 대꾸했다.

"글쎄요. 역세권이라고 하기에는 좀."

"그냥 역세권도 아니고 서대문역과 아현역 사이에 있으니 더블 역세권이지."

"서대문역도 걸어서 멀고 아현역도 걸어서 멀지 않나요?"

"세상에 어떻게 산 좋고 물 좋고 정자까지 좋을 수 있겠어. 안 그래요?"

매물은 내가 살던 빌라만큼 낡아 보이는 오 층 건물의 사 층에 있었다. 연식이 꽤 있는 건물답게 엘리베이터는 없었다. 걸어 올라가야 할 층수가 많아 부담스러웠지만, 일 층에 편의점이 있다는 점은 마음에 들었다. 중개인도 그 사실을 내게 강조했다.

"5,000만 원으로 서울 한복판에서 역세권에 편세권까지 겹친 원룸 전세를 찾는 건 하늘의 별 따기지. 손님 오늘 운이 아주 좋아요."

나는 중개인의 호들갑에 마지못해 동의하며 중대한 하자가 없으면 여기로 들어와야겠다고 결심했다.

"일단 방부터 보여주실래요?"

건물 내부는 어두웠고, 사 층까지 계단으로 올라가는 동안 곰팡내가 짙게 풍겨 불쾌감을 자아냈다. 중개인이 가방에서 열쇠를 꺼내 원룸 현관문을 열었다. 끼익! 녹슨 경첩이 날카로운 마찰음을 냈다. 원룸 내부는 최근에 새로 도배하고 장판을 깐 듯 깔끔했다. 보일러를 틀어놓지 않았는데도 한기가 그리 강하게 느껴지지 않았다. 나는 먼저 결로가 있는지 살폈다. 오랫동안 반지하 빌라에서 곰팡내에 시달렸던 내게 결로는 가장 민감한 문제였다. 다행히 결로는 없었고 곰팡이 자국도 보이지 않았다.

"연식이 있어 보이는데 단열은 잘되나 보네요."

"이 집은 서향이라서 늦은 오후까지 햇볕이 방 안으로 깊숙하게 들어와요. 겨울에 보일러를 세게 틀지 않아도 밤에 따뜻하니까 난방비가 많이 들지 않아서 좋지."

수압은 정상이었고, 온수도 잘 나왔다. 다만 다른 원룸 매물보다 옵션이 많이 부족했다.

"옵션은 인덕션, 냉장고, 세탁기가 전부인가요?"

"그 정도면 혼자서 살기에 충분하지 뭐."

"인터넷은요?"

"그건 따로 기사를 불러 설치하셔야 할걸요?"

"TV와 에어컨은 없나요? 옷장도 안 보이네. 다 따로 사야 하나요?"

"아이고! 욕심도 많으셔! 그래서 이 방 안 하실 거예요?"

내가 이 방에 들어오리라고 확신하는 듯 중개인의 목소리에 자신감이 실려 있었다. 나 또한 이 방으로 마음을 굳힌 터라 중개인에게 더 따지지 않았다.

"지금 계약 가능한가요?"

부동산 중개업소에서 나와 테이블에 마주 앉은 건물주는 육십 대 후반에서 칠십 대 초반으로 보이는 노인이었다. 계약서에 명시된 계약 기간은 이 년, 매달 관리비 5만 원은 별도였다. 관리비는 수도 요금, 청소비, 시설 유지 등을 명목으로 책정된 금액이었다. 나는 조금 전에 본 타일이 군데군데 떨어져나간 건물 외벽과 계단에서 맡았던 짙은 곰팡내를 떠올리며 의심을 담은 눈으로 임대차계약서를 살폈다. 임대인의 주민등록번호의 앞자리 두 글자가 '88'로 나와 같았고, 주소도 서울이 아니었다. 나는 건물주에게 어찌 된 영문인지 물었다. 건물주는 위임장을 보여주며 대수롭지 않게 말했다.

"제 아들입니다. 미국으로 유학 가서 지금 한국에 없습니다."

나와 동갑인데 임대인이라니. 아버지 덕에 미국에서 공부하는 동안에도 그의 통장에 쌓일 보증금과 관리비를 떠올리니 입맛이 썼다. 중개인은 믹스커피를 담은 종이컵 석 잔을 테이블로 가져오며 휘파람을 불었다. 건물주는 휘파람 소리가 듣기 싫은지 미간을 찌푸렸다.

"조용히 해. 뱀 기어 나와."

"서울 한복판에 무슨 뱀이 나와요. 그나저나 골치 아픈 일도 끝나고 방도 나갔는데 기쁘지 않으세요?"

골치 아픈 일? 내가 고개를 갸우뚱거리자 중개인이 믹스커피를 홀짝이며 건물주의 눈치를 봤다.

"사실, 아까 그 방이 전세로 나올 매물이 아닌데 사연이 있어요."

직전 세입자가 건물주의 속을 많이 태운 모양이었다. 직전 세입자는 보증금 1,000만 원에 월세 50만 원으로 원룸에 입주했으나, 곧 월세가 밀리기 시작했다. 건물주가 아무리 독촉해도 소용이 없었다. 더 큰 문제는 계약 기간 만료 후에 벌어졌다. 직전 세입자가 원룸에 쓰레기를 잔뜩 쌓아두고 잠적해버린 것이었다. 냉장고 안에 오래 방치돼 있던 음식물이 썩어 계단실까지 악취를 풍겼고, 방바닥에 나뒹구는 수많은 배달 음식 포장 용기 사이로 온갖 벌레가 들끓었다. 경악한 건물주는 직접 쓰레기를 처리할 엄두가 나지 않아 폐기물 처리 전문 업체를 불렀다. 일 년 넘게 연체된 각종 공과금도 건물주가 떠안을 수밖에 없었다. 동파한 보일러 때문에 누수가 발생해 아래층 천장이 내려앉기도 했다. 원룸을 원상 복구하는 데 보증금보다 훨씬 큰 비용이 들어갔다. 건물주는 빈 종이컵을 구겼다.

"숨바꼭질이 따로 없더라니까. 전화도 안 받고 어디에 숨었는지 아무리 찾아도 보이지가 않아. 내 살다 살다 그런 놈은 처음 경험해봐. 월세 받겠다고 그런 어처구니없는 놈을 들이기보다 전세로 싸게 내놓는 게 속은 편하겠더라고."

"역시 배우신 분이라 현명하십니다."

"그놈 얼굴을 생각하면 아직도 치가 떨려. '팍타 순트 세르반다pacta sunt servanda'도 모르는 미개한 놈이 같은 하늘 아래서 숨 쉬며 살고 있다는 게 창피한 일이지. 숨 쉴 공기도 아까운 놈이야."

중개인이 천장을 향해 헛주먹질을 했다.

"팍! 다 쓸어버린다고요?"

"팍타, 순트, 세르반다. 계약은 지켜져야 한다는 뜻을 가진 라틴어야."

"라틴어는 또 뭡니까? 쉬운 말을 뭘 그렇게 어렵게 하세요."

"모르는 게 죄는 아니지만, 그렇다고 자랑할 일은 아니지."

"에이! 무슨 말씀을 또 그리 섭섭하게 하십니까."

나는 길어질 조짐이 보이는 둘 사이의 대화를 끊었다.

"저기요. 계약 진행 안 하나요?"

무사히 마무리되는 듯했던 계약에 변수가 끼어들었다. 중개수수료가 내가 예상했던 금액보다 두 배나 많았다. 서울 지역 주거용 부동산의 법정 중개수수료는 보증금의 0.4퍼센트이다. 전세 보증금이 5,000만 원이니 중개수수료는 20만 원이어야 한다. 그런데 중개인은 내게 40만 원을 요구하면서 마치 깎아준다는 듯 선심을 쓰는 태도를 보였다. 아! 오 층 건물이었지! 저렴한 보증금과 역세권이라는 말에 혹해 중요한 걸 깜빡했구나! 나는 어떤 상황인지 감을 잡았다.

"혹시 근생인가요?"

중개인은 내 질문에 담긴 의도를 파악했는지 말을 흐렸다.

"아…… 네."

근생, 근린생활시설의 약자. 내가 여러 매물을 돌아보며 놀란 사실은 원룸 중에 유난히 근생이 많다는 점이었다. 건축법상 단독주택은 주택으로 쓰는 층의 개수가 세 개 이하, 다세대주택은 네 개 이하여야 한다. 건물의 수익성을 높이려면 층수를 늘려야 하는데, 주택 용도로 건물을 지으면 층수를 늘리는 데 한계가 있는 것이다. 근생은 수익성을 높이려는 꼼수인 셈이다. 근생처럼 주거용이 아닌 부동산의 법정 중개수수료는 보증금의 0.9퍼센트 이내에서 협의할 수 있다. 보증금이 5,000만 원이면, 중개수수료는 최대 45만 원이다. 중개인은 여기서 5만 원을 뺀 금액을 내게 부른 것이다.

근생을 주택으로 사용하는 건 불법 용도 변경이다. 따라서 은행은 근생에 전세자금을 대출해주지 않는다. 대출을 처음부터 고려하지 않은 내게 전세자금 대출 가능 여부는 별문제가 아니었다. 근생은 대출이 불가능하다는 점 때문에 상대적으로 보증금이나 월세가 저렴하다는 장점도 있다. 근생을 불법이라고 엄격하게 단속하는 경우도 드물고, 어쨌거나 전입신고를 마치고 확정일자를 받은 세입자는 주택임대차보호법의 보호를 받을 수 있다. 문제는 근생이 전세자금 대출뿐만 아니라 전세보증금반환보증 가입도 거절당한다는 점이다. 보험에 가입한 임차인은 전세금을 돌려받지 못하는 상황에 놓였을 때 기관에서 대신 전세금 상당의 금액을 돌려받게 되고, 기관은 소송이나 강제경매 등의 절차를 통해 임대인에게서 전세금을 회수한다. 보험은 임차인이 전세금을 떼일지도 모른다는 불안감에서 벗어나게 해준다. 근생에는 이런 안전판이 없다. 계약서에 도장 찍기를 망설이는 내게 건물주가 직구를 던졌다.

“전세금 떼일 일 없으니까 걱정하지 맙시다. 등기 자세히 살펴봐요. 근저당 잡힌 금액 많지 않습니다.”

건물의 등기부 등본상 근저당 설정액과 내 전세금을 합친 금액은 5억 원가량이었다. 아무리 낡은 건물이어도 서울의 중심에 있으니 그 가치는 5억 원보다 훨씬 클 테다. 팍타 순트 세르반다…… 나는 조금 전 건물주가 한 말을 곱씹었다. 근생이라고 해서 전세금을 떼일 일은 없겠다는 생각이 들었다. 눈치를 보던 중개인이 건물주를 거들었다.

“이분 옛날에 고시 합격해서 서울시에서 도시개발국장까지 지내셨어요. 아드님도 잘 키워서 미국 로스쿨까지 보냈고. 이만큼 믿을 만한 분이 또 어디에 있어.”

“거참! 쓸데없는 소리 좀 그만해!”

공무원 출신 건물주라니. 아무리 고위 공무원을 지냈다지만, 공무원 월급으로 아들을 미국에서 공부시키고 건물까지 소유하는 게 가능한 일인지 의문이 들었다. 서울에서 도시개발국장으로 일하며 개발 정보를 미리 입수해 투기라도 한 건가. 건물주가 내 눈을 바라보며 쐐기를 박았다.

"얼굴 보니까 미국에서 고생하는 아들 생각이 나네. 그놈이랑 동갑이시기도 하고. 복비 그냥 반만 내요. 나머지는 내가 저 양반에게 따로 챙겨줄 테니까."

건물주의 예상치 못한 호의에 내 마음의 빗장이 풀렸다. 중개인은 인심은 자기가 쓰고 생색은 건물주가 내는 상황이 떨떠름한지 표정을 구겼다.

인간은 적응의 동물이라는 말을 이사온 지 얼마 지나지 않아 다시금 실감했다. 퇴근 후 서대문역에서 원룸까지 이어지는 오르막은 출근할 땐 내리막이 됐다. 운동 삼아 걷기에 나쁘지 않은 길이었다. 지내다 보니 부족한 옵션도 견딜 만했다. 평소에 TV 시청을 즐기지 않아서 TV가 없다는 점은 전혀 불편하지 않았다. 옷도 그리 많지 않아 온라인 매장에서 할인 가격으로 산 시스템 행거로 충분히 해결할 수 있었다. 인터넷 연결이 문제여서 설치기사를 불러야 하나 고민했는데, 공교롭게도 창가로 다가가면 비밀번호 설정이 안 된 와이파이가 잡혔다. 바로 아래층이나 위층에 거주 중인 세입자가 설치한 인터넷 공유기에서 나오는 신호인 듯했다. 나는 슬쩍 그 와이파이에 무임승차했다.

연봉이 ㄱ신문사에 다닐 때보다 훌쩍 뛰어오르고, 공과금과 관리비 외에는 들어가는 고정비용이 없으니, 통장에 돈이 모이는 게 보였다. 살면서 처음으로 돈을 모으는 재미를 느꼈다.

새 직장에서의 생활도 순조로웠다. ㄴ신문사에서 내가 맡은 업무는 문화면 편집이었는데, 사내에서 내가 작업한 지면이 신선하다는 호평이 잇따랐다. 나를 ㄴ신문사로 끌어준 A는 정기 인사에서 내가 속한 편집2팀의 데스크로 보직을 옮기며 내 지면에 힘을 실어줬다. 주머니 사정이 나아지고 단시간에 조직에서 에이스 대접을 받게 되니 자신감이 붙었다.

한껏 솟아오르던 자신감은 같은 팀에서 일하는 편집기자 B의 신혼집에 집들이하러 다녀온 뒤 타격을 입었다. B의 신혼집은 청계천이 내려다보이는 황학동의 주상복합아파트로 방 두 개에 화장실 한 개가 딸려 있었다. 나는 B의 신혼집 거실에 서서 창밖을 내려다봤다. 노을 지는 하늘 아래로 청계천 변을 따라 산책하거나 조깅하는 사람들의 모습이 개미처럼 작게 보였다. 이십육 층 높이에서 내려다본 청계천은 마치 잘 만든 광고의 한 장면처럼 멋졌다. B가 내게 다가와 레드 와인을 담은 잔을 건넸다.

"뭘 그렇게 열심히 보고 계세요?"

"청계천이요. 여기서 보니까 뷰가 장난 아니네요."

"아이고! 그런 말씀 마세요. 한강 뷰에 비하면 청계천 뷰는 뷰도 아니죠."

B는 내 감탄이 민망하다는 듯 고개를 흔들었다. 하지만 말투에서는 자부심이 엿보였다. 나는 부러운 마음에 B에게 신혼집

전세가를 물었다. B는 대답을 주저했다.

"제가 혹시 실례한 건가요?"

"실례는 무슨요. 전세는 아니고, 와이프랑 영끌해서 구입했어요. 무리를 좀 했죠."

나는 나와 비슷한 또래인 B가 이런 아파트를 신혼집으로 살 수 있다는 게 믿기지 않았다. B는 내 놀란 얼굴을 보고 손사래를 쳤다.

"안방과 화장실만 우리 거고 나머지는 은행 거예요. 부모님 도움도 좀 받았고요."

"얼마에 사셨어요?"

B는 머리를 긁적이며 대답을 피했다.

"뭘 또 그런 걸 물어보세요. 쑥스럽게. 인터넷 뒤지면 다 나와요. 그리고 여기는 근처에 있는 다른 아파트 단지보다 학군이 별로여서 저렴한 편이에요."

저렴한 편이라고? 도대체 어느 정도가 저렴한 편인지 감이 잡히지 않았다. 나는 B가 안줏거리를 준비하러 주방으로 간 사이에 휴대전화로 이 집의 시세를 검색해봤다. 이 집과 같은 평형 매물의 최근 실거래가 중 최저가는 4억 8,500만 원이었다. B의 신혼집은 내가 연봉을 한 푼도 쓰지 않고 십 년 가까이 모아야 겨우 살 수 있는 집이었다. 나는 다시 창밖으로 시선을 돌렸다. 노을빛이 청계천에 스며들어 반짝였다. 내가 매일 사 층 원룸에서 내려다보는 남루한 풍경이 그 위로 겹쳐졌다. B는 나와 직장만 같을 뿐 다른 세상에 있었다. 입맛이 뚝 떨어졌다.

그날 이후 B의 신혼집에서 내려다본 청계천이 내 머릿속에서 떠나지 않았다. 나는 퇴근 후 종종 무언가에 홀린 듯 광화문 청계광장에서 황학동까지 물길을 따라 걸었다. 한 시간가량 걸으면 거대한 성채를 닮은 주상복합아파트 단지가 눈에 들어왔다. 나는 청계천 변에 설치된 벤치에 앉아 아파트 단지를 올려다보며 구체적인 입주 방안을 고민했다.

내가 아무리 은행에 빚을 지고 싶지 않아도, 빚을 지지 않고서는 저 아파트를 살 수 없는 게 현실이다. 내가 감당할 수 있는 빚은 얼마나 될까. B의 신혼집과 같은 평형 매물의 최근 실거래가를 다시 검색해봤다. 저번에 검색했을 때보다 1,800만 원이 빠진 4억 6,700만 원이었다. 나는 휴대전화로 계산기 앱을 실행해 실거래가를 기준으로 대출 가능한 최대 금액을 계산해봤다. 서울 지역 주택담보인정비율은 최대 실거래가의 70퍼센트이므로 대출 가능한 최대 금액은 3억 2,690만 원이다. 따라서 내가 해당 매물을 사들이기 위해 손에 쥐고 있어야 할 최소 금액은 1억 4,010만 원이다. 여기에 직장인 마이너스 통장 5,000만 원을 뚫으면 1억 원만 가지고 있어도 된다는 계산이 나왔다.

원룸 전세금 5,000만 원이 있으니 5,000만 원만 더 모으면 청계천을 내려다볼 수 있다는 말인가? 5,000만 원은 내가 허리띠를 졸라매고 전세 만료 기간까지 부지런히 월급을 모으면 충분히 마련할 수 있는 돈이다. 계산기를 더 두드려보니 이자 연 2.5퍼센트에 삼십 년 만기로 주택담보대출 3억 원을 받으면, 매달 상환해야 할 금액은 약 120만 원이었다. 적지 않은 부담이지만 매달 월세로 수십만 원씩 버리는 것보다 훨씬 낫다는 생각이 들었다. 아파트 거실에 서서 와인 잔을 들고 청계천을 내려다보는 내 모습을 상상해봤다. 상상만으로도 기분이 좋아졌다.

목표가 정해지니 몸이 알아서 움직였다. 내가 퇴근 후 가장 먼저 한 일은 온라인 가전 매장 홈페이지의 장바구니에 넣어뒀던 벽걸이 에어컨을 빼는 일이었다. 여름이 다가오자 서향은 치명적인 단점으로 변했다. 초저녁까지 강한 햇살을 받아 달궈진 방은 밤새도록 사방에서 열기를 토해내며 수면을 방해했다. 선풍기로는 도저히 막을 수 없는 더위였다. 더운 공기를 바깥으로 빼내려고 창문을 열면 밤새도록 취객들의 고성방가가 들렸고, 현관문을 열면 축축한 곰팡내가 달려들었다. 캔맥주를 사러 일 층 편의점에 들렀다가 원룸 건물을 올려다봤다. 내 방을 제외한 모든 방의 외벽에 에어컨 실외기가 설치돼 있었다. 더위를 버틸 자신이 없어 본격적인 여름이 왔을 때 에어컨을 사야겠다고 결심한 터였다. 청계천 뷰 주상복합아파트 입주라는 목표가 정해지자 에어컨 구매는 후순위로 밀렸다. 나는 원룸에서 나갈 때까지 에어컨 없이 여름을 버텨보기로 마음을 바꿨다.

그해 여름은 유난히 무더웠다. 나는 적금 통장에 차곡차곡 쌓이는 월급을 수시로 확인하며 더위를 견뎠다. 더는 견디지 못하겠다 싶을 즈음에 서늘한 바람이 불며 계절이 가을로 바뀌었고 얼마 지나지 않아 겨울이 왔다. 이직하자마자 일 년 동안 매달 200만 원씩 부은 적금 통장에는 이자를 포함해 2,422만 원이 쌓였다. 나는 그 돈을 고스란히 예금으로 돌리고 다시 적금 통장을 만들었다. 이렇게 일 년만 더 보내면 목표에 닿는다고 생각하니 힘들게 일하다가도 웃음이 절로 흘러나왔다.

계획이 순조롭게 진행되다 보니 세상일이 결코 내 뜻대로만 돌아가지 않음을 잠시 잊고 말았다. 시작은 그동안 무임승차해서 사용하던 와이파이였다. 퇴근 후 웹 서핑을 하려고 노트북을 열었는데 인터넷이 연결되지 않았다. 무선 네트워크 설정을 확인해보니 지금까지 보지 못했던 무선 인터넷 아이디가 맨 위에 자물쇠 아이콘과 함께 떴다.

공짜로써서좋았니

와이파이의 주인이 건물 내부의 누군가가 무임승차하고 있음을 눈치채고 아이디와 비밀번호를 바꾼 듯했다. 휴대전화를 이용한 테더링으로 인터넷 연결이 가능했지만, 내가 사용하는 요금제의 데이터 제공량은 많지 않아 오래 연결하기가 어려웠다. 인터넷을 사용하려면 서비스 업체를 호출해 전용회선을 설치할 수밖에 없는 상황이었고, 이는 고정비용의 지출을 의미했다. 그까짓 것 좀 나눠 쓰면 되지 치사하게. 무선 와이파이의 주인에게 미안한 마음보다 짜증이 앞섰다.

며칠 후 설치기사가 방문해 건물 일 층 계단실 벽면에 있는 통신함을 열고 인터넷 연결 작업을 벌였다. 기사 옆에 서서 작업을 구경하는 내게 처음 보는 여자가 말을 걸었다.

"혹시 여기 사세요?"

"맞습니다만 무슨 일로."

"저는 302호에 살아요."

"아! 안녕하세요. 처음 뵙겠습니다. 저는 402호에 삽니다."

"바로 위층이네요. 이사 온 지 얼마나 되셨어요? 얼굴을 뵙는 건 처음이어서."

"이제 막 일 년이 됐습니다. 바쁘다 보니 다른 분들과 인사를 나눌 겨를도 없었네요."

내 또래로 보이는 여자가 내게 먼저 인사를 건네니 괜히 마음이 설렜다. 302호가 의미심장한 질문을 던지기 전까지는 말이다.

"그런데 왜 이제야 인터넷을 설치하세요?"

"네?"

302호가 내게 더 가까이 다가와 입으로만 웃으며 속삭이듯 물었다.

"공짜로 써서 좋았어요?"

302호와 마주쳤던 순간은 그저 그런 영화 속 민망한 장면처럼 자다가도 불쑥불쑥 떠올라 이불을 걷어차게 했다. 나는 왜 그때 넉살 좋게 받아치지 못하고 멍하니 서 있기만 했던 걸까. 무슨 말인지 모르겠다며 시치미를 떼도 상관없는 일이었다. 무선 인터넷 신호에 무임승차한 사람이 302호의 옆집인 301호일 수도 있고 401, 501, 502호일 수도 있으니 말이다. 신호가 닿는 곳에 거주하는 모두가 용의자다. 어쩌면 그들 모두가 무임승차했을지도 모른다. 302호가 나만 무임승차했다는 증거를 찾을 방법은 없었다.

내 반응은 도둑이 제 발 저린 꼴이나 마찬가지였다. 그날 이후 공교롭게도 계단실과 일 층 편의점에서 302호와 마주치는 일이 잦아졌다. 방에서 걸어 나닐 때도 302호를 의식하며 뒤꿈치를 들었다. 다른 원룸처럼 무선 인터넷이 기본 옵션으로 제공됐다면 이런 민망한 일이 없었을 텐데. 그동안 딱히 불편하지 않았던 부족한 옵션이 마음에 거슬리기 시작했다. 원룸은 이제 내게 편안한 거주 공간이 아니었다. 하루빨리 여기서 벗어나야겠다는 마음만 커졌다. 그럴 때마다 B의 신혼집에서 내려다본 청계천이 눈앞에 아른거렸다.

급변하는 부동산 시장은 내가 종잣돈을 모을 때까지 기다려주지 않았다. 지난 몇 년 동안 제자리걸음이었던 청계천 뷰 주상복합아파트의 실거래가는 정권 교체 후 상승세를 그리며 5억 원을 넘겼다. 실거래가의 상승은 내가 모아야 할 종잣돈도 늘어났음을 의미했는데, 내 연봉 인상률은 실거래가 상승을 따라가지 못했다. 적금만으로는 종잣돈 규모를 늘리는 데 한계가 있었다.

내가 깊은 고민에 빠진 사이에 부동산 시장은 더 크게 요동쳤다. 정부는 부동산 시장을 안정시키겠다며 서울을 포함한 투기과열지구의 주택담보인정비율을 실거래가의 70퍼센트에서 60퍼센트로 줄였다. 무리하게 대출받아 집을 사는 길을 어렵게 만들어 부동산 투기를 막겠다는 의도에서 나온 대책이었다. 적어도 내게는 효과가 확실한 대책이었다. 대책 발표 하나만으로 내가 마련해야 할 종잣돈 규모가 연봉만큼 늘어났으니 말이다. 청계천 뷰 주상복합아파트를 비롯해 아슬아슬하게 사정권에 걸쳐 있던 매물들이 빠르게 모습을 감췄다. 나는 마치 허허벌판에서 숨바꼭질의 술래가 된 듯 막막함을 느꼈다.

돌파구가 절실했던 내게 한 줄기 희망이 보였다. 바로 가상화폐였다. 연초에 100만 원 안팎을 오갔던 비트코인의 시세는 불과 반년 만에 300만 원까지 뛰었다. 온라인 커뮤니티에선 비트코인 투자로 벼락부자가 됐다는 무용담이 속출했고, 여기저기서 "가즈아!"를 외쳐댔다. 처음엔 실체도 확실하지 않은 비트코인을 위험한 투기 수단으로 여겨 외면했다. 하지만 사내에서도 비트코인 투자로 큰돈을 벌었다는 직원이 하나둘씩 나오자 귀가 솔깃했다.

온라인 커뮤니티에선 비트코인을 두고 가격에 거품이 끼었다는 비관론과 앞으로 가격이 더 올라갈 일만 남았다는 낙관론이 팽팽하게 맞섰다. 투자에 실패하면 그동안 모은 종잣돈을 날리겠지만, 지금처럼 돈을 모아서는 부동산 시세 상승을 따라잡을 수 없다는 것도 분명했다. 나는 그동안 모은 예금과 적금을 깨서 만든 4,000만 원을 비트코인에 투자했다. 다행히 한 달 만에 투자금은 5,000만 원으로 불어났다. 기쁨도 잠시, 정부는 부동산 대책을 발표한 지 두 달 만에 새로운 대책을 내놓았다. 실거래가의 60퍼센트로 줄인 투기과열지구의 주택담보인정비율을 다시 40퍼센트로 줄인다는 내용이 골자였다.

내가 당장 영혼까지 끌어모아 마련할 수 있는 돈은 원룸 전세금 5,000만 원, 비트코인 5,000만 원, 직장인 마이너스 통장 5,000만 원을 합한 1억 5,000만 원이 전부였다. 실거래가가 5억 원으로 오른 청계천 뷰 주상복합아파트를 사려면 최소한 현금 3억 원을 손에 쥐고 있어야 하는데 턱없이 부족했다. 새로운 부동산 대책을 두고 자산이 부족해 대출에 의존해야 하는 실수요자는 피해를 보고 현금 부자만 이익을 얻게 될 것이라는 비판이 끊이질 않았다. 나는 그 비판에 격하게 공감하며 욕을 쏟아냈다.

마음이 급해진 나는 가지고 있던 비트코인을 모두 팔아 리플, 스텔라루멘, 에이다 등 알트코인을 사들였다. 알트코인 시세는 비트코인보다 변동이 커서 하루 만에 몇 배 혹은 몇십 배씩 오르기도 했기 때문이다. 나는 대박을 기대하며 업무 시간과 수면 시간을 쪼개 가상화폐 거래소 호가 창을 들여다봤다. 기대와 달리 투자금은 며칠 만에 반의반 토막이 났다. 화들짝 놀란 나는 알트코인을 손절매했다. 반면 비트코인의 시세는 그해 연말 2,000만 원을 돌파했다. 만약 내가 비트코인을 그대로 보유했다면, 투자금은 3억 원으로 불어났을 터였다. 나는 하루에도 수없이 성급했던 선택을 후회하며 머리카락을 쥐어뜯었다.

전세 기간 만료일이 다가오자 건물주는 내게 전세금을 1,000만 원 올리겠다고 통보했다. 건물주의 통보가 야속했지만, 6,000만 원으로 같은 조건의 원룸 전세를 구할 자신이 없었다. 알트코인을 손절매하고 남은 돈을 건물주의 계좌에 입금하니 통장이 텅 비었다. 그렇게 나는 이 년 전에 서울로 올라왔을 때와 다를 바 없는 처지가 된 채 나이만 두 살 더 먹고 말왔다.

마음이 갈피를 못 잡으니 일이 손에 잡히지 않았다. 지면 편집을 대충하는 일이 잦아지니 엉성한 결과물이 나오기가 일쑤였다. A는 내게 뭔가 지적하고 싶지만, 자기가 데리고 온 사람이어서 참아주는 듯했다. 그런 A도 더는 참을 수 없는 사고가 발생하고 말았다. 내가 기사 제목에 중대한 오타를 내고 만 것이다.

지역 뉴스 지면 편집을 담당하던 B가 아픈 아이를 병원에 데려가야 해서 휴가를 낸 날이었다. 해당 지면 편집 업무가 내게 덤으로 주어졌다. 지면에 들어온 기사 중에 충청남도의 내포신도시를 다룬 작은 기사가 있었다. 만사가 귀찮았던 나는 기사 내용을 대충 확인하고 '내포신도시'라고 달아야 할 제목을 '내포신포시'라고 잘못 달았다. 짧은 기사인 데다 제목의 글자 포인트도 작아서 편집2팀 지면을 데스킹한 A도, 전체 지면을 데스킹한 편집국장도 오타를 확인하지 못했다. 기사를 쓴 취재기자가 충남도청 관계자의 항의를 받은 뒤 편집국장에게 볼멘소리를 했고, 편집국장은 A를 국장실로 호출해 깼다. 화가 난 A는 나를 회의실로 따로 불러 힐난했다.

"도대체 요즘 왜 이러는 거지? 일이 장난이야? 내포신포시? 일을 그렇게 대충하면 당신을 이 회사로 데려온 내 체면은 뭐가 되지?"

나는 지면을 데스킹할 때 오타를 확인하지 못한 A와 편집국장에게도 책임이 있지 않냐고 반발하려다가 고개를 숙이고 입술을 씰룩였다. A가 그런 내 마음을 읽었는지 목소리를 더 높였다.

"이번 건은 다른 사람에게 책임을 물을 사안이 아니야! 기사에 일차로 책임을 지는 사람은 바이라인에 이름을 적는 취재기자야. 데스크도 편집국장도 아니고! 마찬가지로 지면에 일차로 책임을 지는 사람은 편집기자야! 신입도 아닌데 그걸 몰라? 자신이 하는 일에 그 정도 책임감도 없어?"

"죄송합니다."

나는 지을 수 있는 가장 불쌍한 표정을 지으며 어깨를 움츠렸다. A의 말투가 누그러졌다.

"요즘 무슨 고민이 있는 거야? 있으면 일단 이야기해봐. 내가 해결해주지는 못해도 들어줄 수는 있잖아."

나는 잠시 뜸을 들이다가 가상 화폐 투자 실패담을 털어놓았다.

A는 허탈하게 웃더니 한 영어 교육 업체 광고에 출연한 배우를 흉내 내며 내게 손가락질을 했다.

"야, 너두?"

A는 자신도 가상 화폐에 투자했다가 손해를 봤다고 고백했다.

"국장도 고점에 물렸다더라. 심지어 경제부장과 산업부장도. 내가 아는 한 지금 편집국에 코인으로 부자 된 사람 아무도 없어. 처음에 재미 본 사람도 나중에 다 손절매했고. 대출받아서 투자했다가 낭패를 본 사람도 좀 있어."

"정말요?"

"원래 번 사람만 시끄럽게 떠드는 법이야. 잃은 사람은 쪽팔려서 쉬쉬하지. 나와 당신을 봐."

"그래도 뭔가 억울하네요. 가만히 앉아 있기만 해도 될 일이었는데."

"억울해? 우리 같은 사람은 너무 올라도 불안해서 못 견뎌. 그때까지 버틴 놈이 대단한 놈이야. 그런 전사의 심장을 가진 놈은 그 돈을 먹을 자격이 있다고 봐. 당신이 그때로 다시 돌아가면 다른 선택을 할 것 같아?"

며칠 전에 나는 어머니와 함께 살았던 반지하 빌라가 있는 동네의 재개발 소식을 뉴스로 접했다. 그 집을 헐값에 사들인 임대사업자는 지금쯤 쾌재를 부르고 있겠지. 나는 아무리 오래 살아도 곰팡내밖에 맡지 못했던 곳에서 그는 돈 냄새를 맡았다. 그에게 반지하 빌라는 단순한 임대사업 공간이 아니었다. 반지하 빌라나 그보다 가격이 더 비싼 지상층 빌라나 대지권은 같다. 그는 반지하 빌라를 산 게 아니라 재개발을 내다보고 싼값에 땅을 산 거였다. 그래서 내가 내놓은 가격보다 100만 원을 더 얹어줘도 전혀 아깝지 않았던 거였다. 남보다 빨리

자기 손에 쥐는 게 더 이익이니까. A의 말이 옳았다. 돈은 그런 사람이 버는 거다. A는 내 처진 어깨를 두드리며 자리에서 일어났다.

"생각이 복잡하면 일단 처음으로 돌아가. 그리고 할 수 있는 일을 해. 우리처럼 별 재주가 없고 평범한 사람에게는 그게 최선이야."

처음으로 돌아가 할 수 있는 일을 하라? 나는 A에게 반박할 말을 찾지 못했다. 그날 나는 온라인으로 다시 적금 통장을 만들었다. 적금 통장은 부모님의 지원, 기회를 기다릴 만한 인내심과 전략이 없는 내가 종잣돈을 마련할 수 있는 유일한 수단이었다. 그다음에는 현실적으로 매입이 가능한 주거 공간을 구체적으로 그려보았다. 이제 내 목표는 주방과 생활공간이 분리된 풀옵션 투룸 혹은 분리형 원룸이었다. 지금 사는 원룸에선 온갖 음식 냄새가 사계절 내내 시스템 행거에 걸린 옷에 스며들었고, 그 냄새는 섬유탈취제로도 쉽게 안 빠졌다. 더는 라면 국물 냄새가 짙게 밴 방에서 잠들고 싶지 않았다. 나는 매달 200만 원씩 이 년간 모은 적금에 원룸 전세보증금 6,000만 원을 더해 1억 원 이상을 마련한다는 목표를 세우고 차근차근 실행했다.

이 년 후 다시 전세 만료 기간이 다가왔을 때, 나는 세웠던 목표를 달성했다. 안 입고, 안 먹고, 안 바른 결과였다. 갈수록 지독해지는 여름 더위를 에어컨 없이 두 번이나 더 견뎠다. 그런데도 전혀 기쁘지 않았다. 정부는 잇따른 대책 발표에도 불구하고 부동산 시세 급등을 막지 못했다. 그사이에 서울 시내 아파트 대부분의 매매 실거래가가 두 배 이상 뛰었다. 학군이 나빠 주변 아파트 단지보다 저렴하다던 청계천 뷰 주상복합아파트의 실거래가도 8억 원대로 오르며 닿을 수 없는 꿈이 됐다. 요지부동이었던 구축 빌라의 매매가는 물론 전세가와 월세가까지 덩달아 움직였다. 비트코인 시세는 그야말로 미친듯이 올라 7,000만 원을 넘겼다.

처음 서울에 올라왔던 사 년 전보다 손에 쥔 돈이 두 배 늘어났는데도, 선택지는 오히려 줄어들었다. 나는 서울에서 보증금과 월세가 가장 저렴하다는 대학동까지 와서야 겨우 분리형 원룸 전세 매물을 구할 수 있었다. ㄴ신문사에서 출발해 오십 분 동안 지하철로 움직여 마을버스로 갈아탄 뒤 이십 분을 더 가야 닿는 곳에 있는 매물이었다. 결혼은 꿈이고 연애는 사치였다. 서울에 와서 오히려 더 가난해졌구나. 서울에선 아무리 열심히 일해도 나아질 가능성이 없구나. 내 모든 노력이 송두리째 부정당한 것 같아 기가 막혔다.

그런 내게 건물주는 전세금을 무려 3,000만 원이나 더 올리겠다고 통보했다. 이 코딱지만 한 낡은 방의 전세가가 1억 원 턱밑인 9,000만 원이라니. 아무리 부동산 가격이 천정부지로 오르고 있다지만 어처구니가 없었다. 재계약할 생각도 없는데 그런 통보를 받으니 부아가 치밀어 올랐다. 나는 신경질적으로 계약 갱신을 거부하며 건물주에게 방을 뺄 테니 계약 만료일까지 전세금을 돌려달라고 요구했다. 건물주는 새로운 세입자가 들어오면 전세금을 돌려주겠다는 말만 되풀이했다. 나는 건물주에게 이사할 집의 잔금을 치러야 하니 계약대로 제때 전세금을 돌려달라고 신신당부했다. 건물주는 건성으로 알았다고 대답했다. 불길한 예감이 들었다. 나는 뒤늦게 원룸 건물이 근생이어서 전세금반환보증보험에 가입하지 못한 걸 후회했다.

불길한 예감은 결국 현실이 됐다. 건물주는 계약 만료일에도 지금 내놓은 조건으로 세입자를 구하기 전에는 전세금을 돌려주기 어렵다는 말만 되풀이했다. 오히려 건물주는 부동산 가격이 급격하게 오르고 있는데도 지금까지 전세금을 적게 받은 자신에게 감사해야 한다며 나를 타박했다. 나는 건물주에게 법적으로 대응하겠다고 항의했지만, 그는 법대로 하라며 더는 내 연락을 받지 않았다. 내가 전세금을 돌려받을 방법은 건물주에게 내용증명을 보내고 보증금반환청구소송을 걸어 확정판결을 받는 건데, 번거롭고 시간이 오래 걸리는 일이었다.

나는 이사할 분리형 원룸의 건물주에게 사정을 봐달라고 하소연했지만, 제날짜에 잔금 지급이 이뤄지지 않았으니 법대로 계약금을 돌려주지 않겠다는 매정한 대답만 돌아왔다. 나는 만약의 사태를 대비해 미리 마이너스통장 대출이나 전세자금 대출을 알아보지 않은 걸 후회했다. 저들은 내 사정을 봐주지 않는데, 왜 나는 저들에게 질질 끌려다녀야 하는가. 같은 법이 누군가에게는 어렵게 적용되고 누군가에게는 쉽게 적용되는 현실이 억울했다.

지난 몇 년간의 서울살이를 돌아보니, 마치 이길 수 없는 숨바꼭질의 술래가 돼 아무런 소득 없이 뛰어다닌 꼴이었다. 독이 오를 대로 오른 나는 결코 이대로 물러서지 않겠다고 다짐하며 이를 갈았다. 나갈 때 나가더라도 최대한 건물주를 괴롭힌 뒤 나가고 싶었다. 나는 건물주가 직전 세입자 때문에 속을 많이 태웠다는 이야기를 떠올렸다. 직전 세입자처럼 방 안을 쓰레기장으로 만드는 짓은 결국 내 손해다. 건물주로선 전세금에서 원상 복구 비용을 빼고 돌려주면 그만이니 말이다.

내가 효율적으로 건물주를 괴롭힐 방법은 원룸에서 버틸 수 있을 때까지 버티기였다. 임대차계약이 만료된 임차인이 나가지 않고 버티면, 임대인은 보증금반환청구소송만큼 번거로운 명도 소송으로 대응해야 한다. 명도 소송 전에 강제로 임차인의 짐을 뺀 임대인이 주거침입죄로 처벌을 받았다는 내용의 기사도 보였다. 당장 방을 구할 수도 없는 처지이니 회사와 가까운 이곳에서 조금 더 머무는 게 그리 나쁜 선택은 아니란 생각이 들었다. 책임은 어디까지나 제날짜에 전세금을 돌려주지 않은 건물주에게 있으니 말이다. 잘하면 나와 건물주 사이의 숨바꼭질에서 술래 역할을 바꿀 수도 있을 것 같았다.

계약 만료일로부터 반년을 넘긴 후에야 술래 역할을 바꿀 기회가 왔다. 정권 교체가 이뤄진 후 끝없이 오를 줄 알았던 부동산 가격에 제동이 걸렸고, 전세가와 월세가도 하락세로 돌아섰다. 전세금을 3,000만 원이나 올려 내놓은 매물이 쉽게 나갈 리가 없었다. 건물주는 그제야 내게 전세금을 1,500만 원만 올리겠다며 계약 갱신을 제안했지만, 나는 대학동 분리형 원룸 전세 계약 과정에서 떼인 계약금이나 제대로 보상하라며 제안을 일축했다. 전화를 끊을 때 십 년 묵은 체증이 내려가는 느낌이 이런 거구나 싶었다.

며칠 후, 내게 원룸을 연결해준 중개인과 오랜만에 연락이 닿았다. 중개인은 과장된 목소리로 반가운 척하며 내게 방을 보러 올 사람이 있다고 전했다. 건물주가 전세금을 내려 원룸을 내놓은 뒤에야 매물에 관심을 보이는 사람이 생긴 모양이었다. 재택근무 중이던 나는 바쁘니까 나중에 찾아오라고 짧게 말한 뒤 전화를 끊었다. 중개인은 잠시 후 내게 다시 연락해 언제 찾아가면 되는지 물었지만, 나는 확실한 답을 주지 않았다. 그러자 중개인은 연락도 없이 원룸으로 찾아와 벨을 눌렀다. 현관문을 여니 삼십 대 초반으로 보이는 남자가 중개인 옆에 어색하게 서 있었다. 방을 보러 온 손님이었다. 중개인의 목소리에 살짝 짜증이 실렸다.

"얼굴 뵙기가 참 힘드네요. 집에 들어오셨으면 귀띔해주시지."

"보시다시피 제가 좀 바빠서."

중개인은 예전에 내게 했던 말을 손님에게 녹음기로 재생하듯 그대로 전했다. 고개를 끄덕이며 방 구석구석을 살피던 손님이 내게 물었다.

"여기서 얼마나 지내셨어요?"

"사 년 반 넘었습니다."

"오래 지내셨네요. 살기 좋은가 봐요?"

나는 방 안 깊숙한 곳까지 쏟아지는 햇살을 가리켰다.

"살아보시면 알겠지만, 이 집에는 겨울에도 볕이 오후 늦게까지 들어요. 그래서 보일러를 오래 틀지 않아도 온기가 오래 가요."

내 말에 손님은 반색했다.

"아! 그래요? 그거 정말 좋네요."

중개인도 옆에서 거들었다.

"서향이 겨울에 난방비가 적게 들어서 좋다니까? 거기다가 더블 역세권이에요."

경어와 평어를 편하게 오가는 중개인의 말투가 여전히 귀에 거슬렸다.

"그런데 말입니다. 여름에는 햇살이 초저녁까지 들어서 새벽까지 방이 절절 끓어요. 드라이기도 아닌데 선풍기에서 더운 바람이 나오고. 더위 타시면 살기 많이 힘들 거예요."

중개인의 표정이 확 굳었다. 손님이 내게 조심스레 물었다.

"여기 에어컨은 옵션이 아닌가요?"

"옵션요? 이 집에 옵션은 낡은 인덕션, 더 낡은 세탁기, 그보다 더 낡은 냉장고뿐이에요. TV도 없고 인터넷도 직접 설치하셔야 해요. 관리비를 5만 원이나 받는데 도대체 어디에 쓰는지 모르겠어요. 저 시스템 행거도 옷장이 따로 없어서 제가 산 물건입니다."

중개인이 어색한 미소를 지으며 내 옆구리를 찔렀다. 나는 중개인을 무시한 채 손님에게 말을 이어갔다.

"이 가격에 이런 입지 조건을 가진 전세 매물을 찾기 어렵죠. 그런데 말입니다. 집주인이 전세금을 제때 돌려주지 않더라고요. 계약은 지켜져야 한다고 노래를 부르던 분인데. 그 덕분에 새로 이사하려던 집 계약금도 날렸어요. 지금 보증금반환소송 준비 중이에요. 아! 이 집 근생이라서 전세금반환보증 보험 가입을 못 해요. 참고하세요."

당황한 손님은 나와 중개인의 얼굴을 번갈아 살피다가 말없이 밖으로 나갔다. 중개인의 표정이 일그러졌다.

“이사 안 갈 거예요?”

“가야죠.”

“그런데 이게 무슨 짓이에요?”

중개인이 흥분할수록 나는 더 차분해졌다.

“물건만 팔면 땡인가요? 어떤 하자가 있는지 고객에게 최대한 알리는 일도 중개인의 의무죠. 따지고 보면 제가 지금 여기에 묶여 있는 것도 일정 부분은 그쪽 책임이죠.”

“이보세요! 결정은 본인이 했으면서 무슨!”

중개인은 질렸다는 얼굴로 두 손을 내저었다.

“됐고요! 일 때문에 바쁘시다니 제게 열쇠 하나 주세요. 이 집이 비어 있을 때 손님에게 알아서 제가 방을 소개할 테니까.”

어이가 없네? 나는 어깨를 으쓱거리며 중개인에게 쏘아붙였다.

“빚쟁이세요? 저한테 열쇠 맡겨놨어요? 이보세요. 여기 제 집이에요. 아무리 집주인이라도 제 허락 없이 이 공간에 함부로 들어올 수 없다는 거 모르세요? 방 보려면 제가 집에 있을 때 허락받아 찾아오세요. 안 그러면 경찰에 신고합니다.”

말문이 막힌 중개인은 끙끙 앓는 소리를 내다가 손님의 뒤를 쫓았다. 나는 냉장고에서 캔맥주를 꺼내 목을 축였다. 근래에 마신 맥주 중 가장 시원했다.

그로부터 보름이 지난 후에 황당한 일이 벌어졌다. 원룸에서 재택근무를 하고 있는데 갑자기 잠겨 있던 현관문이 열린 것이다. 열쇠로 현관문을 연 사람은 건물주였고, 그의 뒤에 중개인과 손님으로 보이는 여자가 서 있었다. 건물주는 난감한 표정을 지으며 내 시선을 피했다. 손님은 중개인에게 무슨 상황인지 설명해달라고 눈빛으로 물었다. 중개인은 건물주와 손님을 뒤로하고 두 손을 모으며 현관으로 발을 들였다.

"저…… 방을 보겠다는 손님이 오셨는데 일하러 나가신 줄 알고……."

나는 아무런 대꾸 없이 휴대전화에 112를 찍고 통화 버튼을 눌렀다.

"경찰이죠? 여기 허락 없이 남의 집 문을 열고 침입한 사람이 있습니다."

중개인과 함께 도망치듯 물러났던 건물주가 잠시 후 내게 전화를 걸었다. 내용은 뻔했다. 제때 전세금을 돌려주지 못해 유감이다, 미국에 있는 아들에게 보내줘야 할 돈이 많아서 당장 가지고 있는 현금이 없다, 하루빨리 새로운 세입자가 들어와야 전세금을 돌려줄 수 있지 않겠느냐 등등. 건물주는 은근히 사태의 책임을 내게 돌리기도 했다. 팍타 순트 세르반다. 내 앞에서 계약은 지켜져야 한다고 강조했던 건물주의 모습이 떠올랐다. 나는 건물주의 말을 끊고 그가 내게 했던 말을 되돌려줬다.

"뭐 그러면 법대로 하시든지요."

숨바꼭질은 다음 날 예상치 못한 방법으로 갑작스레 끝을 맺었다. 재택근무 중이던 나는 느닷없이 입금을 알리는 문자 메시지를 받았다. 입금액은 7,200만 원이었고, 입금자는 내가 모르는 사람이었다. 어찌 된 영문인지 몰라 당황하는 사이에 전화벨이 울렸다. 휴대폰에 저장돼 있지 않은 번호였다. 통화 버튼을 누르자 젊은 여자의 목소리가 들렸다.

"입금 확인하셨죠?"

"누구시죠?"

"아, 저는 지금 그쪽이 사는 원룸에 새로 입주할 사람입니다. 이미 계약은 마쳤고요."

황당했다. 매물을 확인하지도 않은 채 계약하고 입금까지 마치다니. 내가 황당해하거나 말거나 여자의 목소리는 차분했다.

"잠시 뵐 수 있을까요? 저 지금 서대문역 근처에 있거든요."

나는 서대문역 앞 프랜차이즈 카페에서 여자와 만났다. 마스크 위로 보이는 눈매가 낯설지 않았다. 알고 보니 그녀는 건물주와 중개인이 내 방에 무단 침입했을 때 동행했던 여자였다. 나처럼 지방 출신인 그녀는 취직해 서울로 올라온 뒤 회사가 있는 광화문과 가까운 거주지를 찾다가 여기까지 온 거였다.

"아무리 급해도 방을 제대로 보지 않고 덜컥 계약부터 하시는 건 좀."

"방 자세히 봤어요."

"네? 그게 무슨 말씀이죠?"

여자의 말인즉, 그날 쫓기듯 건물 밖으로 나온 건물주가 중개인과 몇 마디 대화를 나누더니 여자에게 집을 볼 수 있을 것 같다고 말했다는 것이다. 302호와 402호 구조가 같아서요. 괜찮으시죠? 여자가 고개를 끄덕이자 건물주는 302호에 전화해 양해를 구했고, 여자는 그 방을 자세히 살핀 뒤 계약을 결정한 모양이었다.

"302호에 사시는 여자분이 이것저것 친절하게 설명해주시더라고요. 꼭 여기로 들어와 이웃이 됐으면 좋겠다면서."

내가 무임승차했던 와이파이의 주인이 복병이었을 줄이야. 얼굴이 화끈거렸다. 겨우 술래를 바꾼 숨바꼭질을 이대로 끝내기는 아쉬웠다. 나는 여자에게 하루 이틀 지낼 곳이 아니니 신중히 결정하라고 강조하며 건물주의 뻔뻔한 태도를 다소 과장해 늘어놓았다. 여자는 상관없다는 태도를 보였다.

"저도 지금 하루가 급해요. 계약까지 마쳤는데 인제 와서 뭘 어쩌겠어요. 죄송한데 일주일 안에 방을 비워주시면 안 될까요? 그 부탁을 드리려고 찾아왔어요. 그래서 바로 입금부터 해드린 거고요."

여자는 커피잔에 입도 대지 않고 자리를 떠났다. 휴대폰에서 문자메시지 도착을 알리는 소리가 들렸다. 건물주가 보낸 메시지였다.

새로운 세입자가 전세금과 그쪽이 떼였다는 계약금을 합친 금액을 입금했을 거요. 서로 받을 거 받고 돌려줄 거 돌려줬으니 더 문제 일으키지 말고 끝냅시다.

내가 오래 머물렀던 공간이 거짓말처럼 사라졌다. 나는 이번 숨바꼭질에서 이긴 걸까, 진 걸까. 이 숨바꼭질에 끝이 있긴 있는 걸까. 제때 돌려받지 못한 전세금의 지연이자까지 소송으로 받아내려면 또 얼마나 긴 시간이 걸릴까. 익숙했던 서대문역 주변 풍경이 낯설게 느껴졌다.

시간을 되돌리면

○

○

여긴 어디지? 왜 아무것도 보이지 않는 거지? 왜 아무런 소리도 들리지 않는 거지? 저기요! 아무도 없나요! 입에서 아무런 소리도 나오지 않아. 마치 몸은 사라지고 영혼만 남은 것 같아. 이게 무슨 상황이지? 꿈인가? 의식이 또렷한 걸 보면 꿈은 아닌데. 설마 죽은 건가?

침착하자. 일단 내가 깨어나기 전 마지막 기억으로 돌아가 보자. 몸살이 심해져 오후 반차를 내고 퇴근하던 중이었지? 나는 버스에 올라 맨 뒤로 가서 오른쪽 창가 자리에 앉았어. 버스는 평소처럼 시내를 지나가다가 어떤 정류장에 멈췄고. 그때 갑자기 굉음이 울리며 정류장 옆에 있던 건물이 무너졌어. 사람들은 비명을 질렀고, 지붕 위로 쏟아진 건물 산해가 비명을 덮었지. 그 속에서 나는 건물 파편에 깔려 바로 정신을 잃었고. 다시 생각해봐도 황당하네. 어떻게 시내 한복판에서 갑자기 건물이 무너질 수 있지?

그렇다면 여긴 병원이란 말인데, 뭔가 이상해. 사고로 크게 다쳐서 정신을 잃었다가 깨어났다면, 다친 부위가 쑤시고 아파야 하잖아? 오래전에 편도선 제거 수술을 받았다가 깨어났을 때를 생각해봐. 목구멍이 너무 아파서 며칠 동안 물도 제대로 삼키지 못했잖아. 하다못해 수면내시경 검사를 받고 깨어나도 시간이 조금 흘러야 정신을 차리는데 말이야. 그게 정상이잖아. 그런데 왜 아무런 느낌이 없지? 식물인간이 된 건가? 아니지. 식물인간이라면 이렇게 의식이 멀쩡할 리가 없을 텐데. 정말 죽은 건가? 도대체 뭐가 뭔지 하나도 모르겠네. 갑자기 방향을 알 수 없는 곳에서 목소리가 들렸다.

"이범우 씨."

"누구시죠? 여기는 도대체 어디죠?"

"제 말 들리시나요?"

"네! 들립니다!"

"불빛을 따라오세요."

"안 보이는데요?"

"곧 보일 거예요."

멀리서 빨간 불빛이 희미하게 반짝였다.

"아! 저기 멀리 희미하게 불빛이 보이네요. 그런데 저는 지금 움직일 수 없습니다. 몸에 아무런 감각이 없어서요."

"움직일 수 있다고 생각하면서 불빛 가까이 다가오세요."

나는 목소리가 지시하는 대로 따랐다. 희미했던 불빛이 선명해지며 부피를 키웠다.

"너무 눈이 부셔요. 지금처럼 계속 가까이 다가가면 되나요?"

"네. 지금처럼 하시면 돼요."

점점 주위가 밝아졌다. 혹시 내가 죽어서 저승으로 가는 중인 걸까? 목소리는 내 마음을 읽은 듯 담담하게 말했다.

"궁금한 게 많으실 텐데, 자세한 이야기는 곧 만나면 해드릴게요."

"제가 지금 너무 답답해서요. 그쪽은 누구시죠? 신인가요? 저승사자인가요? 제가 살았는지 죽었는지만 간단하게 이야기해주실 수 없나요?"

"잠시만 기다려주세요, 범우 씨."

주위를 가득 채웠던 빛이 걷히자 목소리의 주인공이 보였다. 오십 대 중반쯤으로 짐작되는 여성이었다. 그녀의 목에 걸린 출입증에는 '마인드 업로딩 연구원'이라는 소속 기관, 박경선이라는 이름, 원장이라는 직함이 적혀 있었다. 허탈했다.

"신도 저승사자도 아니셨군요. 여긴 어디죠?"

"제 개인 연구실이에요."

나는 천천히 연구실 내부를 살피다가 거울 앞에서 시선을 멈췄다. 거울 속에는 마치 영화 〈스타워즈〉에 나오는 작달막한 깡통 로봇과 닮은 무언가가 서 있었다.

"설마 거울에 보이는 쇳덩이가 저인가요?"

나는 난감한 표정을 짓는 경선에게 대답을 재촉했다.

"제가 살아 있기는 한 건가요? 저 모습을 보니 산 사람과는 거리가 먼 것 같은데."

경선은 입술을 달싹이며 대답을 망설였다.

"아……. 이 순간은 도저히 익숙해지지 않네요."

나는 당혹감을 떨쳐버리고자 머릿속에 두서없이 떠오르는 생각을 주저리주저리 늘어놓았다.

"솔직히 이야기해주셔도 괜찮습니다. 이런 말이 어떻게 들리실지 모르지만, 저는 평소 삶에 큰 미련이 없었거든요. 더 나아질 구석이 없는, 그냥 살아지니까 사는 무료한 삶을 살아왔죠. 삶에 무슨 의미가 있는지 모르겠더라고요. 부양할 가족도, 의지할 친구도 없고요. 그렇다고 산목숨을 억지로 끊을 수는 없는 노릇 아닙니까. 대신 연명 의료를 받지 않겠다는 서류를 작성했어요. 사후 뇌 기증도 동의했고요. 뇌를 기증하면 국가가 화장과 유골 처리를 알아서 해준다더라고요. 어차피 죽으면 썩어 없어질 몸인데, 주변에 민폐를 끼치고 싶지는 않아서. 게다가 제 뇌가 의료기술 발전에 도움이 된다니 좋은 일이고요. 그런데 제가 살아 있기는 한 건가요?"

경선은 대답 대신 한숨을 깊게 내쉬었다.

"제가 그쪽을 뭐라고 불러드려야 하나요? 경선 씨? 경선 님?

원장님?"

"편하신 대로 하세요."

"저보다 연배가 있어 보이시니 원장님이 낫겠네요. 원장님께서 솔직하게 제 상황을 말씀해주셨으면 좋겠어요. 놀라긴 하겠지만, 버스를 타고 가다가 갑자기 무너지는 건물 잔해에 깔리는 일보다 놀랍겠어요?"

2042년. 경선이 말없이 가리킨 달력에 적힌 연도였다. 내가 사고를 당한 이후 무려 이십 년이나 지나 있었다. 나는 거울에 비친 내 모습을 다시 확인하며 낙담했다.

"결론부터 말하자면, 산 사람은 아니라는 말이네요. 그렇죠?"

경선이 신음하듯 힘겹게 답했다.

"맞아요."

"지금까지 살아 있었다면 환갑을 맞았을 텐데……. 어쩌다 제가 이런 꼴이 된 거죠?"

"전형적인 인재였죠. 여전히 다른 모습으로 반복되고 있고."

경선이 내게 말해준 사고 경위는 참담했다. 사고 당일, 내가 탄 버스가 정류장에 멈춘 사이에 재개발 사업으로 철거 작업 중이던 오 층 건물이 붕괴했다. 해당 사고로 나를 포함해 사상자 열아홉 명이 발생했다. 사고 원인은 부실한 관리와 감독, 뒷돈이 오간 불법 재하도급 계약, 재개발조합 비리 등 차고 넘쳤다. 건물 잔해에 깔린 채 발견된 나는 인근 병원으로 옮겨진 뒤

몇 시간 만에 숨을 거뒀다. 사망 선고와 동시에 내 머리에서 뇌가 적출돼 한국뇌은행으로 옮겨졌다. 뇌은행 연구진은 내 뇌의 세포와 주변 신경계를 급속 동결한 뒤 레이저로 미세하게 잘랐다. 연구진은 절편화한 뇌를 전자현미경 등 고해상도 장치로 스캔해 방대한 데이터를 남겼다. 그 데이터는 인간의 뇌를 구현한 인공지능의 기반이 됐다.

"설마, 제가 인공지능이라는 말인가요?"

경선은 무거운 표정으로 고개를 끄덕였다.

"솔직히 믿기지 않습니다. 저는 지금 저 자신이 인공지능이란 느낌이 전혀 들지 않거든요. 제 겉모습은 달라졌을지 몰라도 의식은 달라진 게 없어요. 적어도 제가 느끼기에는 그래요."

나는 거울 앞에 가까이 다가서며 경선에게 물었다.

"원장님 눈에는 제가 무엇으로 보이시나요? 인간인가요, 인간이 아닌가요?"

경선은 한참 동안 뜸을 들인 뒤에야 겨우 입을 열었다.

"현재 범우 씨는 대한민국 뇌 연구의 핵심 자원이에요."

뇌는 기증이 가장 저조한 장기인 데다, 기증을 받아도 연구에 활용할 수 있는 조직이 많지 않다는 게 경선의 설명이었다. 생전에 뇌 기증 희망 의사를 밝혔더라도, 사후에 유가족이 반대하면 기증할 수 없다는 점도 연구에 발목을 잡는 현실이었다. 나는 사고 당시 대한민국에서 몇 안 되는 뇌 기증 희망자였고, 뇌의 상태도 온전한 편이었으며, 불행인지 다행인지 기증을 반대할 유가족도 없었다.

"범우 씨가 우리나라의 뇌 연구에 기여한 부분이 정말 많아요. 한국인 최초로 노벨의학상을 받게 해준 알츠하이머 치료제 개발도 범우 씨를 포함한 여러 기증자가 없었다면 불가능했을 거예요."

"그렇다면 다행이고 영광스러운 일이긴 하지만, 지금 제 모습은 몹시 당황스럽네요."

나는 거울 속의 내 모습을 물끄러미 바라보다가 목소리를 높여 경선에게 따졌다.

"왜 저를 이런 모습으로 되살린 거죠? 이건 산 것도, 죽은 것도 아니잖습니까!"

287번째. 내가 지금까지 연구실에서 인공지능으로 부활한 횟수였다. 마음속에 분노와 공포가 동시에 일었다.

"저를 제외한 나머지는 모두 어디에 있죠?"

경선은 애써 담담한 척하며 말을 돌렸다.

"범우 씨는 우리나라의 뇌 연구에서 헬라 세포HeLa cell와 다름없는 존재예요."

"헬라 세포라뇨?"

"배양에 성공한 최초의 인간 세포예요. 헬라 세포 덕분에 수

많은 인류가 목숨을 건졌죠. 헬라 세포가 없었다면 항암제 개발, 소아마비 백신 개발, 시험관 아기, 유전자 지도 작성도 불가능했을 거예요."

경선의 설명에 따르면 헬라 세포는 1951년 미국에서 자궁경부암으로 사망한 흑인 여성 헨리에타 랙스의 몸에서 떼어낸 암세포였다. 그녀를 죽인 암세포의 증식 속도는 정상 세포보다 무려 스무 배나 빨랐고, 생존 조건만 맞으면 배양 접시에서 무한정 분열했다. 이 말도 안 되는 증식 속도는 그녀에겐 불행이었지만, 의학과 생명공학의 발전에는 축복이 됐다. 수많은 의약품의 안전성을 이전보다 빠르고 저렴하게 검증할 수 있게 됐기 때문이다. 하지만 암세포 채취 과정에서 그녀의 동의는 없었고, 유족도 채취 사실을 수십 년 동안 몰랐다. 그사이에 전 세계에서 배양된 헬라 세포의 양은 수십 톤에 이르렀고, 이를 대량 생산한 바이오 기업은 막대한 수익을 올렸다. 관련 특허와 논문의 수도 수만 건에 달했다.

"헬라 세포는 배양에 성공한 지 백 년 가까이 흐른 지금도 전 세계 수많은 연구실에서 배양되고 있어요. 범우 씨는 어떻게 생각하세요? 헬라 세포를 헨리에타 랙스라고 부를 수 있을까요?"

"그렇다고 말하기는 어렵지 않을까요?"

"왜죠?"

나는 팔을 들어 머리카락을 뽑는 시늉을 했다.

"제 머리카락이 제 유전 정보를 가지고 있겠지만, 저라고 말할 수는 없잖아요. 머리카락에는 인격이 없으니까요. 하지만 동의를 받지 않고 암세포를 떼어낸 건 문제가 있죠. 주민등록번호처럼 민감한 개인 정보를 가지고 있잖아요."

"맞아요. 오늘날에는 정상적인 국가라면 신체 조직을 채취하고 연구 목적으로 활용할 때 반드시 개인의 동의를 받아요. 범우 씨가 뇌를 기증할 때 동의서를 작성했듯이 말이죠."

내가 헬라 세포와 다름없는 존재였다는 경선의 말은 지금까지 내가 연구실에서 받았을 취급을 짐작하게 해줬다. 거울 속의 내 모습은 보면 볼수록 낯설어 슬퍼졌다.

"만약 이런 꼴이 될 줄 알았다면 뇌 기증에 동의하지 않았을 거예요. 절대로."

나는 두 팔로 내 머리를 두드렸다. 쇳덩이 부딪치는 소리가 연구실에 울려 퍼졌다. 경선이 피곤한 눈으로 나를 응시했다.

"알파고 기억하시죠?"

프로 기사를 맞바둑으로 이긴 최초의 인공지능. 인공지능이 된 내가 과거의 인공지능을 떠올리는 현실이 우스웠다.

"알파고는 마이크로프로세서 1,200개로 작동하는 인공지능이었고, 소비 전력은 170킬로와트였어요. 그런데 인간의 뇌는 신경세포 2,000억 개를 가지고 있고, 신경세포 사이에서 정보를 전달하는 시냅스는 수백조 개에 달해요. 시냅스 하나하나가 마이크로프로세서와 같은 역할을 해요. 인간의 뇌는 수백조 개의 마이크로프로세서를 달고 있는 컴퓨터라고 말할 수 있어요. 그런 엄청난 컴퓨터가 소비하는 전력이 고작 20와트예요. 알파고가 사용한 에너지의 8,500분의 1에 불과하죠."

나는 자조하며 성의 없이 대꾸했다.

"그렇다면 저는 다운그레이드의 결과물이로군요."

"알파고는 인간 고유의 영역이라고 여겨졌던 바둑에도 아직 미지의 영역이 존재함을 일깨워줬다는 점에서 의미가 있어요. 하지만 물리적인 한계 때문에 인간의 뇌를 기술로 완벽하게 재현하는 건 사실상 불가능하다는 전망도 없지 않았죠."

"제가 여기에 존재하는 걸 보니 전망이 빗나갔나 봅니다?"

"그런 셈이죠. 2020년대 후반에 우리나라에서 개발된 차세대 인공지능 반도체가 새로운 길을 열어줬어요."

과거의 컴퓨터는 마이크로프로세서가 연산 기능을 수행하고, 메모리와 디스크 드라이브가 저장 기능을 수행했다. 마이크로프로세서의 구조와 크기를 줄이는 기술만으로는 속도와 효율을 높이는 데 한계가 있었다. 별개로 작동하는 마이크로프로세서와 저장장치를 인간의 뇌처럼 합쳐보자는 발상이 나왔고, 이 발상이 뇌의 신경망을 복사해서 만든 반도체인 '뉴로모픽Neuromorphic' 개발로 이어졌다는 게 경선의 설명이었다.

"뉴로모픽의 소비 전력은 과거 마이크로프로세서와 비교해 1억분의 1 수준에 불과해요. 과거와 비교할 수 없는 저전력 고효율을 실현하는 데 성공했죠. 하지만 뉴로모픽으로도 시냅스 수백조 개를 재현하는 건 불가능에 가까워요."

"그런 대단한 기술로도 재현할 수 없다고요?"

"시냅스의 지름은 1,000분의 1밀리미터도 되지 않는데, 현재 기술로는 뉴로모픽을 그 정도 크기로 줄일 수가 없거든요."

나는 고개를 갸우뚱거렸다.

"그렇다면 저는 뭐죠? 어떻게 저는 이 작은 로봇 안에 들어와 있는 거죠?"

경선이 쓴웃음을 지었다.

"로봇은 범우 씨가 아니에요."

"네? 그게 무슨 말씀이죠?"

"이런 표현이 적당할지 모르겠는데, 로봇은 단말기라고 보시면 돼요."

"단말기요? 그렇다면 저는 어디에 있죠?"

경선은 자리에서 일어나 손으로 연구실 전체를 가리켰다.

"이 공간이 저라고요?"

경선이 고개를 저었다.

"연구실을 제외한 십 층 건물 대부분의 공간이 범우 씨를 구현하는 뉴로모픽으로 채워져 있어요. 이 건물 전체가 범우 씨나 다름없어요. 현재로선 여기까지가 기술의 한계예요."

나는 경선과의 대화를 중단한 채 거울을 바라보며 내게 다가올 운명을 생각해봤다. 경선의 말처럼 이 건물 전체가 나라면, 탈출은 처음부터 불가능하다. 내가 287번째로 부활한 인공지능이라는 말은 내가 맞이할 운명도 과거에 부활했던 나와 크게 다르지 않으리라는 의미다. 연구에 막대한 예산을 투입했을 정부가 나를 포기할 리 만무하다. 나는 기증자의 의지와 상관없이 끊임없이 배양돼 실험체로 쓰이는 헬라 세포와 같은 운명에 놓여 있었다. 사라지고 싶어도 사라질 수 없는. 절망감이 밀려왔다.

"원장님, 솔직하게 말씀해주세요. 과거에 부활했던 저는 어떻게 됐죠?"

경선은 즉답을 피하며 다른 방향으로 화제를 돌렸다.

"뇌 연구에서 중요한 부분 중 하나는, 뇌 안에서 오가는 미세한 전기의 흐름을 포착해 어떤 역할을 하는지 파악하는 일이에요. 아까 말씀드렸듯이 시냅스의 크기는 매우 작아요. 그리고 은하수의 별만큼이나 많죠. 시냅스가 시간의 경과에 따라 어떻게 변하고, 정확히 어떤 부분이 어떤 역할을 하는지 지금도 완전히 파악하진 못했어요. 생물이 수십억 년 동안 진화한 결과를 단시간에 파악하는 건 무리죠."

"앞으로 저는 어떻게 되는 거죠?"

중대한 결심이라도 한 듯 경선의 눈빛이 반짝였다.

"사실 범우 씨의 존재는 극비사항이에요."

경선의 고백은 충격적이었다. 정부는 국방부의 주도하에 나를 새로운 대인 살상 무기에 탑재할 인공지능으로 연구 중이었다. 인간과 비슷한 사고 능력을 갖추고 있지만, 어떤 상황에서도 지시에는 절대복종하는 인공지능이 정부의 목표였다.

"저를 가지고 무슨 터미네이터라도 만들 작정인가요?"

"비슷해요."

연구진은 뉴로모픽 사이를 오가는 전기 신호를 조절하며 인공지능의 성격 개조를 시도했다. 이 과정에서 과거의 나는 조현병과 우울증을 앓았고, 때로는 알츠하이머와 비슷한 증상을 보이기도 했다. 깊은 잠에 빠져 깨어나지 않기도 했고, 자폐증에 빠지거나 환각을 보기도 했다.

"사실상 생체실험과 다를 바 없는 것 아닌가요? 기가 막히네요. 그래서 과거의 저는 결국 어떻게 됐나요?"

"오래전에 컴퓨터에 윈도우를 깔아서 쓰던 시절 기억하시죠? 그때 별다른 이유 없이 모니터에 블루 스크린이 떠서 애를 먹었던 일이 많았죠. 그러면 어떻게 해결하셨나요?"

나는 연구진의 눈에 쉽게 설치했다가 지우는 애플리케이션에 불과했구나. 내 입에서 탄식이 터져 나왔다.

"더 손볼 수 없는 상태가 되면 뉴로모픽에 범우 씨를 새로 이식했어요. 오류를 찾는 것보다 그게 더 빠르니까. 마치 윈도우를 새로 깔아 최적화하듯이."

경선은 왜 내게 이런 민감한 정보를 털어놓는 걸까. 설마 죄책감 때문인가. 아니면 내가 아무것도 할 수 없는 처지란 걸 조롱하는 건가.

"범우 씨는 무엇이 인간을 인간으로 만든다고 생각하세요?"

나는 경선의 눈을 외면했다.

"인제 와서 제 생각을 밝히는 게 무슨 의미가 있을까요."

경선이 다가와 내 손을 맞잡았다. 당황한 나는 손을 빼고 뒤로 물러섰다.

"이제 범우 씨와 했던 약속을 지킬 때가 왔네요."

"약속이요?"

경선은 내 옆에 나란히 앉으며 머리카락을 쓸어 넘겼다.

"처음에는 저도 범우 씨를 그저 컴퓨터 속 데이터로만 여겼어요. 데이터에 특별한 감정을 가지는 건 이상한 일이죠. 그런데 성격 개조 과정에서 범우 씨가 보여준 모습은 날것의 인간 그 자체였어요. 정말로 즐거워하고, 정말로 고통받으며, 정말로 슬퍼하고, 정말로 괴로워했어요. 특별히 행동 패턴 알고리즘을 만들지 않았고, 오로지 범우 씨의 뉴런 연결 정보만 뉴로모픽에 입력했을 뿐인데."

경선이 내게 고개를 돌리며 눈시울을 붉혔다.

"저는 연구 과정에서 수많은 범우 씨를 만나며 범우 씨를 더 잘 알게 됐어요. 그리고 언젠가부터 범우 씨가 뉴로모픽 속에서 살상 무기가 되기 위해 망가지는 과정을 지켜보는 게 불편해졌어요. 망가진 범우 씨를 지우는 일은 그보다 더 불편해졌고."

경선은 목에 걸려 있던 출입증을 빼서 내게 건넸다.

"이걸 왜 제게?"

"출입증에 원장 직함을 박으려고 오랜 세월 동안 정말 많이 노력했어요. 이 건물 및 데이터에 모든 접근 권한을 가진 사람은 원장뿐이어서요."

경선이 자리를 털고 일어나며 내게 손을 내밀었다.

"이제 범우 씨의 결심만 남았어요."

경선은 내게 '마인드 업로딩 연구원'에 보관된 나와 관련한 데이터를 다시는 연구에 쓰일 수 없도록 완전히 지워주겠다고 제안했다. 연구 과정에서 벌어진 비윤리적인 인공지능 성격 개조 과정과 정부의 연구 목표를 세계 각국의 언론에 폭로하겠다는 선언과 함께. 나는 갑작스러운 상황의 반전에 놀라면서도, 한편으로는 경선의 거취가 걱정됐다.

"저야 뭐 이 세상 사람이 아니니 상관없지만, 원장님은 괜찮으시겠어요? 내부고발자의 삶이 몹시 피곤하다는 걸 잘 아실 텐데요. 앞으로 곤란한 일도 많이 겪으실 테고요."

경선은 대답 대신 이름 모를 노래를 흥얼거렸다.

"아이보다 어린 어른의, 떳떳하지 못한 숨바꼭질, 닮아야 한다면, 난 뒤처질게요."•

자신의 자리로 되돌아가 앉은 경선이 내게 물었다.

"제안을 받아들이신 거죠?"

"뭐가 뭔지 모르겠습니다. 고작 한 시간도 흐르지 않은 사이에 제게 벌어진 일이 너무 버라이어티해서. 제 흔적을 세상에서 완전히 지우는 일이 이렇게 빨리 결정할 일인가요?"

"287번째 범우 씨에게는 잠깐일지 몰라도, 저와 저를 스쳐간 286명의 범우 씨는 오늘 이 순간을 위해 긴 시간을 기다리며 준비했어요."

"제가 제안을 받아들이지 않겠다면요?"

경선이 연필꽂이에서 문구용 커터를 위협하듯 꺼내 보였다.

"이미 수도 없이 죽였는데 한 번을 더 못 죽일까. 저는 범우 씨가 전장에서 살인귀가 되는 모습은 차마 못 보겠어요. 그 전에 제가 죽여드릴게요. 확실하게."

"어차피 답은 정해져 있던 거군요."

"제가 이 높은 자리에 천년만년 머물 순 없으니까요. 대신 제

• 백아, 〈시간을 되돌리면〉 중에서.

안을 순순히 받아들이신다면 선물을 드릴게요. 아주 마음에 드실 거예요."

경선은 내게 가장 돌아가고 싶은 시간으로 돌아갈 수 있게 해주겠다고 말했다. 그 시간에서 영원히 기억을 멈추게 해주겠다면서.

"언제로 다시 돌아가고 싶으세요?"

"원장님은 이미 답을 아시지 않나요?"

"여러 번 들어도 질리지 않고 좋더라고요. 순정만화를 보는 듯한 기분도 들고."

"그런데 굳이 또 들을 필요가 있나요?"

"다르게 대답하실지도 모르니까요."

"대답이 달랐던 적이 있나요?"

"아직은 없어요. 그리고 없는 게 좋을 거예요. 이미 그에 맞춰 준비를 다 해놓았으니까."

돌아가고 싶은 시간이라……. 내 기억은 1990년대 말 고등학교 2학년 1학기 무렵으로 거슬러 올라갔다. 내가 다녔던 고등학교는 그 시절에 흔치 않게 남녀합반을 운영했다.

"좋았겠어요. 저는 여고에 여대 출신이어서 남녀공학을 졸업한 또래가 부러웠거든요."

"전혀요. 저는 외모나 학업 성적 모두 평균 이하인 데다 성격까지 내성적이었어요. 뭐 하나 튀는 게 없으니 반에서 있으나 마나 한 존재였죠. 낭만적인 학창 시절이나 상큼한 로맨스는 남의 나라 이야기였어요. 따돌림이나 당하지 않으면 다행이라고 여겼죠. 그저 별 탈 없이 졸업하는 게 목표였어요."

말끝마다 배려와 공감을 강조했던 담임선생은 1학기 중간고사가 끝난 뒤 마니또• 게임을 벌였다. 게임의 규칙은 필요할 때 적절하게 도와주기, 마주치면 반갑게 인사하기, 일주일에 세 번 이상 칭찬하기 등으로 시시했다. 기간은 한 달이었다. 내가 제비뽑기로 뽑은 비밀 친구는 청각장애를 가진 소연이었다.

"마니또 게임이 시작된 이후, 제 신경은 온통 소연이에게 쏠렸어요. 소연이는 누군가가 자신을 부르는 소리를 잘 듣지 못했고, 물건을 떨어트리고도 쉽게 눈치를 채지 못했거든요. 그런데 생각보다 마니또 역할을 할 타이밍을 찾기가 쉽지 않더라고요."

밝은 성격의 소유자였던 소연은 잘 듣거나 말하지는 못해도 반 친구들과 두루 친하게 지냈다. 소연은 늘 수첩과 볼펜을 들고 다니며 친구들과 필담으로 대화를 시도했다. 친구들은 그런 소연의 소통 방법을 신선하게 받아들였다.

"소연이는 저와 달리 늘 친구들에게 둘러싸여 있었어요. 제

• 제비뽑기로 뽑은 사람의 비밀 친구가 돼 옆에서 몰래 도와주는 게임. 정해진 기한까지 자신이 비밀 친구라는 사실을 들키면 안 된다.

가 자연스럽게 접근해 마니또 역할을 할 틈이 보이지 않더라고요."

내가 소연에게 마니또 역할을 할 기회는 우연히 찾아왔다. 담임선생은 한 달에 한 번 직접 무작위로 추첨해 서로의 짝을 바꿔버리곤 했다. 공교롭게도 소연이 내 짝이 됐다. 그때 나는 처음으로 소연의 모습을 가까이에서 봤다. 평범하다고 생각했던 소연의 외모가 그날따라 이상하게 예뻐 보였다. 나는 어색함을 감추려고 소연을 외면했다. 그때 소연이 내 오른팔을 툭툭 치며 수첩을 내밀었다. 수첩에는 '안녕?'이라는 글자가 적혀 있었다.

"저는 소연이에게 무심코 작게 안녕이라고 말했는데, 걔가 고개를 갸우뚱거렸어요. 소연이가 청각장애를 가지고 있다는 걸 깜빡한 거죠. 미안한 마음에 저도 수첩에 안녕이라고 적었어요. 그러니까 소연이가 소리를 내지 않고 찡그린 표정을 지으며 웃더라고요."

소연과 짝이 된 이후, 내 학교생활은 다채로워졌다. 반 친구들은 쉬는 시간마다 수시로 소연을 찾아왔다. 학교에서 딱히 친하게 지내는 친구가 없었던 나는 소연이 덕분에 많은 친구를 사귈 수 있었다.

"돌이켜보면 오히려 소연이가 제 마니또였어요. 저는 소심하고 말수가 적은 편이었는데, 소연이가 늘 먼저 제게 수첩으로 말을 걸어줬거든요. 어떤 영화를 좋아하는지, 어떤 색깔을 좋아하는지, 어떤 음식을 좋아하는지. 가족이 아닌 누군가와 그렇게 친밀하게 긴 이야기를 나눠본 게 처음이었어요."

소연에게 호의적인 태도를 보이는 친구만 있지는 않았다. 몇몇 일진은 몰려다니며 뒤에서 소연을 수시로 조롱했고, 심지어 없는 소문을 만들어 퍼트리기도 했다.

"내 주변에 있는 사람 열 명 중에 일곱 명은 내게 무관심하고, 두 명은 나를 싫어하며, 한 명은 나를 좋아한다는 말이 있죠? 그냥 아무 이유 없이 소연이를 싫어하는 녀석들이 있었어요. 왜 특수학교로 가지 않고 일반학교로 와서 물을 흐리냐는 수준의 뒷담화는 양반이었습니다. 입에 담지도 못할 모욕적인 말을 내뱉는 녀석도 있었으니까요."

"어떤 말을요?"

"소연이를 '치토스'라고 놀리더라고요. 아시죠? 과자 이름."

"그 과자 아직도 나와요. 광고 문구도 예전 그대로예요. 언젠간 먹고 말 거야!"

"아무리 짓궂어도 여자애한테 할 말은 아니었죠. 엄연히 성추행인데."

어느 날 나는 다른 반 일진이 복도를 지나가는 소연의 뒤에서 "치토스"를 외치며 키득거리는 소리를 들었다. 나는 그 녀석에게 다가가 소연에게 사과하라고 소리를 질렀다.

"큰 용기를 내셨네요."

"솔직히 겁이 났어요. 그 녀석의 덩치가 저보다 훨씬 컸으니까요. 하지만 그냥 못 넘어가겠더라고요. 마니또 게임이 아직 진행 중이었거든요. 필요할 때 적절하게 도와줘야 한다는 규칙을 어기고 싶지 않았어요. 창피하잖아요."

일진에게 겁도 없이 덤빈 결과는 비참했다. 나는 복도에서 많은 친구가 보는 가운데 그 녀석에게 두들겨 맞았다. 제대로 덤벼보지도 못한 채 바닥에 쓰러진 나를 소연이 겁에 질린 얼굴로 바라보고 있었다.

"소연이는 수첩으로 제게 왜 싸웠는지 아프지 않은지 물었는데, 저는 아무 대답도 하지 않았어요. 쪽팔렸거든요. 제가 지금까지 살면서 가장 쪽팔렸던 순간 중 하나예요. 제가 수첩을 무시하니까 소연이는 제 눈치만 보며 어쩔 줄 몰라 하더라고요."

내가 일진한테 두들겨 맞았다는 소식이 담임선생의 귀에도 들어갔다. 나는 자초지종을 묻는 담임선생에게 소연이 학교에서 겪는 일을 털어놓았다. 다음 날부터 소연은 학교에 오지 않았고, 며칠 후 특수학교로 전학 갔다는 소식이 들려왔다.

"나중에 담임이 학년 조회에서 학생들을 모아놓고 호통을 치더라고요. 소연이의 부모님께서 학교에서 벌어진 일 때문에 큰 충격을 받았다고. 저도 소연이의 갑작스러운 전학에 충격을 받았어요. 걔가 떠난 빈자리를 보고 깨달았거든요. 제가 걔를 정말 좋아했다는 걸 말이죠. 부끄럽지만 그때 혼자 많이 울었습니다."

소연과 끊어졌던 인연은 이듬해 말에 다시 이어졌다. 소연이 내게 보낸 편지가 학교에 도착한 것이다. 편지에는 자신을 위해 싸워준 내게 제대로 작별 인사를 하지 못하고 전학을 가서 미안하다는 사과가 담겨 있었다. 올해 마지막 날 오후 일곱 시에 학교 운동장에서 만나자는 약속과 함께.

"편지는 저만 소연이를 좋아한 게 아니라는 증거로 보였어요. 학교에서 소연이의 편지를 받은 사람은 저뿐이었으니까요."

"편지. 정말 오랜만에 듣는 단어네요."

"21세기로 넘어가면서 사라진 낭만이죠."

나는 설렘과 기대 속에서 소연이 편지로 약속한 날을 맞았다. 소연은 약속 시간보다 이십 분 일찍 학교 운동장에 도착했다. 그보다 십 분 일찍 학교에 도착한 나는 울타리 밖에서 운동장에 서 있는 소연을 지켜봤다. 나는 양 겨드랑이에 차가워진 두 손을 끼운 채 소연의 모습을 초조한 마음으로 주시했다.

"입시에 성공해 소연이에게 당당한 모습을 보여주고 싶었는데 실패했어요. 제대로 공부하지 않았으니 당연한 결과였죠. 그렇지만 자신이 초라하다는 기분이 드니까 선뜻 소연이 앞에 나서지 못하겠더라고요."

어느덧 약속 시간보다 한 시간 더 흐른 오후 여덟 시가 됐다. 추위를 이기려고 발을 동동 구르며 운동장 주위를 살피던 소연은 기다림을 포기한 듯 발걸음을 교문 방향으로 옮겼다. 나는 여기서 더 지체하면 안 된다고 마음을 다잡으며 교문을 향해 달렸다. 그때 자동차 타이어가 끌리는 날카로운 소리와 함께 무언가가 부딪치는 둔탁한 소리가 들렸다.

"소연이가 교문 앞에서 급정거한 승합차에 부딪혀 멀리 날아가더라고요. 그 모습이 마치 슬로모션처럼 보여 비현실적으로 느껴졌어요."

나는 구급차에 실리는 소연의 모습이 내가 마지막으로 보는 소연의 모습임을 직감했다. 그런 상황에서도 나는 주위에 몰려든 사람들의 눈치를 보며 소연에게 아무런 말도 하지 못했다. 정신을 잃기 전에 나와 눈이 마주친 소연이 작은 목소리로 힘겹게 말했다.

"엉우야 니앙애……. 어눌한 목소리로 남긴 미안하다는 말이 소연이가 제게 처음이자 마지막으로 들려준 목소리였어요. 정말로 미안해해야 할 사람은 따로 있는데."

내 목소리에 깊은 회한이 실렸다.

"제가 제시간에 소연이 앞에 나타나기만 했어도, 최소한 교문 밖을 나서는 소연이보다 몇 초 먼저 교문 앞에 도착하기만 했어도, 소연이가 그렇게 허망하게 세상을 떠나는 일은 없었을 거예요."

그날 이후 소연은 내 인생의 유일한 연인이 됐다. 그것이 세상에 남은 내가 할 수 있는 마지막 도리라고 생각했다. 소연의 유골을 안치한 납골당에 들르는 일은 특별한 일과가 아닌 습관이 됐다. 항상 소연을 마음에 두고 있으니, 마치 소연과 장거리 연애라도 하는 듯한 착각을 하기도 했다.

"바보 같고 황당하죠? 상대방이 죽은 다음에 홀로 시작한 연애라니."

"범우 씨를 많이 원망했어요. 지금은 아니지만."

"네? 저를요?"

경선은 자신의 책상 서랍에서 액자를 꺼내 보여줬다. 액자 속 사진에는 소연과 소연을 닮은 어린 여자아이의 모습이 담겨 있었다. 나는 사진 속 어린 여자아이의 얼굴과 경선의 얼굴을 번갈아 바라보며 탄성을 내질렀다.

"세상에! 둘이 자매예요?"

경선은 액자를 도로 서랍 속에 집어넣고 창밖으로 시선을 돌렸다.

"슬픈 건 나이 든 몸이 아니라 함께 나이 들지 못한 마음이더라고요. 저보다 간절하게 언니를 그리워하고 기억해줘서 고마워요, 범우 씨."

경선이 나를 소연과 재회하던 순간의 기억 속으로 돌려보낼 준비를 마치고 내게 물었다.

"그때로 시간을 되돌리면 꼭 해보고 싶은 게 있나요?"

"소연이의 이름을 크게 불러보고 싶어요."

"네? 고작 그거예요?"

"그거면 충분해요."

소연이 세상을 떠난 후에야 깨달은 사실이 있었다. 돌이켜 보니 나는 단 한 번도 소연의 이름을 소리 내 불러본 적이 없었다. 내가 소연을 부르는 방법은 어깨나 팔을 툭툭 치는 게 전부였다. 소연은 내 목소리를 잘 듣지 못했으니까. 그 때문에 나는 납골당에 들르면 일부러 소연의 이름을 소리 내 불러보곤 했다.

"제가 범우 씨의 기억을 조금 손봤어요."

"어떤 부분을요?"

경선은 씩 웃으며 장난기 어린 표정을 지었다.

"그건 직접 언니를 만나 확인해보세요. 마음의 준비가 됐으면 말씀하세요."

"준비됐습니다."

경선이 내게 손을 흔들었다. 경선의 눈가에 눈물이 고였다.

"이제 범우 씨와 정말로 작별이네요. 그동안 고생 많으셨어요. 부디 언니와 행복한 기억 속에서 영원히 함께하시기를 빌어요. 잘 가요."

점점 주위가 밝아지며 경선의 모습이 흐려지기 시작했다. 나는 스스로 큰 짐을 짊어지기로 한 경선이 부디 큰 고초를 겪지 않기를 바랐다.

나를 감쌌던 빛이 사라지자 낯익은 풍경이 눈앞에 펼쳐졌다. 나는 학교 울타리 밖에 서 있었고, 운동장에서 나를 기다리는 소연의 모습이 보였다. 오랫동안 머릿속으로만 그리워했던 얼굴을 다시 보니 심장이 격렬하게 뛰었다. 시간을 확인해보니 이제 막 오후 일곱 시를 넘어가는 중이었다. 나는 당장 운동장으로 달려가고 싶은 마음을 누르고 조용히 소연을 지켜봤다. 두 손을 모아 입김을 부는 모습, 발을 동동 구르는 모습, 두리번거리는 모습. 그 모든 모습이 내게 귀한 풍경이었다. 이제 정말로 마지막인 만큼 가능한 한 오래 소연의 모습을 눈에 담고 싶었다.

시간이 오후 여덟 시에 가까워졌다. 나는 소연이 교문으로 발걸음을 돌리기 전에 먼저 교문을 향해 뛰었다. 교문 앞에 서서 가쁜 숨을 토하는 나와 소연의 눈이 서로 마주쳤다. 내 뒤로 승합차가 과속하며 스쳐 지나갔다. 승합차의 차체 바닥이 과속방지턱에 긁히는 소리가 날카로웠다. 승합차가 멀어지는 모습을 확인한 나는 소연을 바라보며 큰 소리로 외쳤다.

"소연아!"

서서히 어둠이 걷히고 따뜻한 바람이 불었다. 교문 옆에 서 있던 벚나무가 앙상했던 가지의 색을 붉히더니 거짓말처럼 하얀 꽃을 가득 피웠다. 소연이 찡그린 표정 대신 환한 미소를 지으며 또박또박 자연스럽게 말했다.

"범우야, 오랜만이야."

눈먼 자들의 우주

○

○

우크라이나와 러시아가 벨라루스 브레스트 주 벨라베슈 숲에서 정전 회담을 열 무렵, 우크라이나 남부 도시 헤르손 상공에 거대한 UFO가 나타났다. 도심 약 300미터 상공에 갑자기 나타난 UFO는 놀랍게도 바이올린 모양이었다. 길이가 500미터에 달하는 거대한 바이올린이 공중에 조용히 떠 있는 괴이한 모습은 그 자체로 전 인류에게 공포감을 불러일으켰다.

전 세계 언론 매체는 여러 항공우주 전문가의 멘트를 인용해 UFO를 지구 밖에서 온 물체라고 추정하는 보도를 쏟아냈다. 지구상의 어떤 나라도 다른 나라의 눈을 피해 그런 거대한 물체를 공중에 조용히 띄울 기술력을 보유하고 있지 않다는 게 추정의 근거였다. 하지만 누구도 UFO가 왜 인류에게 익숙한 바이올린 모양인지를 설명하진 못했다.

더 놀라운 사실은 UFO가 홀로그램처럼 실체가 없는 허상이라는 점이었다. UFO는 그림자를 지상에 드리우지 않았으며, 레이더로도 탐지하지 못했다. 헬리콥터나 드론이 가까이 다가

가면, UFO는 감쪽같이 시야에서 사라졌다. 미사일 같은 대공 무기는 아무런 충돌 없이 UFO를 뚫고 지나갔다. 다양한 주파수 대역의 전파를 UFO에 발사해봐도 돌아오는 응답은 없었다.

우크라이나와 러시아는 UFO의 정체가 밝혀질 때까지 정전하기로 합의한 후 서둘러 군병력을 철수했다. 두 나라 간의 전쟁에 긴장하고 분열했던 세계 각국은 UN에 모여 일제히 머리를 맞대고 협력 체계 구성에 나섰다. 아프가니스탄, 시리아, 예멘, 카슈미르 등 오랫동안 분쟁이 이어졌던 지역에서도 총성이 잦아들었다. UFO 때문에 인류는 느닷없이 불안한 평화를 맞았다.

UFO의 정체에 관한 온갖 추측이 난무하는 가운데, 한국에서는 UFO가 '타임 코스모스'라는 별명으로 불렸다. '타임 코스모스'는 만화 〈아기공룡 둘리〉에 등장하는 외계인 '도우너'의 물건으로, 우주선과 타임머신 기능을 가진 바이올린 모양의 기계다. 우연의 일치인지 몰라도 UFO와 '타임 코스모스'가 서로 닮은 터라, 한국에선 UFO가 '도우너'의 고향인 '깐따삐야' 별에서 왔다는 우스갯소리가 많은 사람의 입에 오르내렸다.

〈아기공룡 둘리〉를 그린 김수정 화백은 온라인 커뮤니티에서 예언자라는 별명을 얻으며 세간의 주목을 받았다. 가십거리를 찾던 언론 매체는 김 화백의 행방을 수소문했지만, 공교롭게도 그는 UFO 등장 이후 잠적해 누구와도 연락이 닿지 않았다. 그 때문에 김 화백이 UFO와 무언가 관련이 있고, 실제로 외계인일지도 모른다는 소문이 온라인상에 농담처럼 퍼졌다.

뒤숭숭한 분위기 속에서 유튜브에 '깐따삐야가 지구에 알림'이라는 제목으로 올라온 영상이 화제를 모았다. 영상에는 입술이 두껍고 곱슬머리를 한 남자가 등장해 UFO가 지구에 모습을 드러낸 배경과 앞으로 인류에게 벌어질 일을 설명했다. 검은 선글라스를 착용한 그의 모습은 〈아기공룡 둘리〉에 등장하는 캐릭터 '마이콜'과 비슷했다.

"안녕하세요, 지구인 여러분. 저는 지구에서 수만 광년 떨어진 행성 깐따삐야에서 온 도우너라고 합니다. 여러분이 믿든 믿지 않으시든 제 말은 사실입니다. 저는 깐따삐야에서 떠날 때 가지고 온 개인용 이동장치가 고장이 나는 바람에 오랫동안 지구에 발이 묶인 채 살아왔습니다. 한국인에겐 타임 코스모스라고 말하는 게 더 익숙하겠죠? 저도 지구인처럼 먹어야 살 수 있는 터라, 본래 모습을 감춘 채 라이브 무대에서 오부리, 아니 연주자로 밥벌이를 해왔습니다. 다행히 최근에 타임 코스모스가 다시 작동을 시작해 깐따삐야와 교신할 수 있게 됐지만, 슬픈 소식을 접했습니다. 얼마 전 우크라이나 남부 헤르손 지역에서 차에 타고 있던 일가족 다섯 명이 러시아군의 총격으로 몰살한 사건이 있었습니다. 사망자 중에는 여섯 살

꼬마와 생후 육 주밖에 안 된 아기도 있었죠. 러시아군은 차에 아이들이 타고 있다는 그들의 절규를 무시하고 총격을 퍼부었습니다. 그들은 깐따삐야에서 지구로 파견된 연구원의 가족이었는데, 아이들을 안전한 곳으로 대피시키기 위해 움직이다가 변을 당했습니다. 러시아군이 해당 지역을 통제하고 있어 시신을 수습하지 못하고 있다는 소식을 들었습니다. 끔찍한 일입니다. 깐따삐야는 이를 묵과할 수 없다는 결론을 내렸습니다."

남자가 선글라스를 벗었다. 그의 두 눈 흰자위에 검은색이 번졌고, 코가 둥글게 변하더니 붉은색으로 물들었다. 그 모습이 마치 '도우너' 같았다.

"깐따삐야는 지구와 금성의 위치를 서로 바꿔놓을 겁니다. 제 말을 결코 허세나 농담으로 듣지 마세요. 그 증거를 달의 뒷면에 있는 '모스크바의 바다'•에 남겨두겠습니다. 일주일 안에 증거를 찾으세요. 찾지 못하면 여러분은 금성의 위치에서 태양과 마주하게 될 겁니다. 아주 뜨겁겠죠? 여러분이 증거를 찾게 되는 날, 새로운 영상을 올리겠습니다. 아! 제 오랜 친구 김수정 화백께선 타임 코스모스를 통해 깐따삐야로 거처를 옮기셨으니 걱정하지 마시길. 뿅!"

처음엔 동영상 내용을 믿는 사람이 거의 없었다. 동영상 아

• 지구에서 관찰할 수 없는 달의 뒷부분에 있는 지름 276킬로미터의 평원 지대.

래에 달린 댓글은 대부분 비아냥거림이었다. 동영상 또한 딥페이크 기술과 컴퓨터그래픽을 조잡하게 결합한 싸구려 영상으로 취급받았다.

동영상을 대수롭지 않게 여겼던 분위기는 몇 시간 후 미국 CNN을 통해 긴급 속보가 보도되면서 바뀌었다. 헤르손 상공에 떠 있던 UFO가 갑자기 사라진 뒤 프리피야트 상공에 나타났다는 속보가 떴다. 그로부터 얼마 지나지 않아 러시아군이 점령한 프리피야트 소재 체르노빌 원자력발전소가 흔적도 없이 사라졌다는 영국 국방부의 발표가 이어졌다. 발표에 따르면 미국의 정찰 인공위성이 발전소가 사라진 모습을 포착했고, 우주기술업체 전문가들은 위성사진에 그 어떤 조작의 흔적도 없다고 분석했다. 이런 가운데 러시아는 군 관련 허위 정보를 공개 유포할 시 최대 삼 년의 징역형, 허위 정보로 국익에 중대한 결과를 초래하면 최대 십오 년의 징역형에 처하는 내용을 담은 형법 개정안을 의회에서 통과시켜 세계 각국의 비웃음을 샀다.

그리고 그다음 날 보도된 속보는 전 세계를 충격에 빠트렸다. 사라진 체르노빌 원자력발전소가 '모스크바의 바다'에서 발견됐다는 게 속보의 주요 내용이었다. 달의 궤도를 도는 NASA미국항공우주국의 인공위성 LROLunar Reconnaissance Orbiter가 '모스크바의 바다'에서 포착했다는 발전소의 사진이 속보에 첨부돼 있었다. 현재의 과학과 기술로는 설명할 수 없는 현상 앞에서 인류는 혼란에 빠졌다. 도우너가 유튜브에 남긴 영상을 다룬 보도는 일제히 전 세계 주요 언론 매체의 헤드라인을 장식했다. 〈아기공룡 둘리〉를 비롯해 김 화백이 지금까지 그린 작품을 두고 온갖 분석이 난무하는 가운데, 'UN 총회 개최를 촉구합니다'라는 제목을 단 도우너의 두 번째 영상이 유튜브에 올라왔다.

"여러분은 '모스크바의 바다'로 옮겨진 체르노빌 원자력발전소를 목격하셨을 겁니다. 지구와 금성의 위치를 바꾸겠다는 깐따삐야의 경고가 결코 허세나 농담이 아님을 모두 아셨겠죠? 이제 본론으로 들어가겠습니다. 깐따삐야는 UN 총회 개최를 촉구합니다. 그 자리에서 저는 중대 발표를 할 계획입니다. 아직도 제 말을 허세나 농담으로 듣는 분이 있을까 봐 이번에는 다른 걸 먼 곳으로 옮겨봤습니다. 일주일 안에 UN 총회를 개최하지 않으면 지구는 금성과 자리를 맞바꾸게 될 겁니다. 뭐 화성과 자리를 맞바꿀 수도 있고요. 많이 춥겠죠?"

영상이 공개된 지 십 분도 지나지 않아 긴급 속보가 떴다. 바티칸 성 베드로 광장 한복판에 서 있던 오벨리스크가 감쪽같이 사라졌다는 내용의 보도였다. 이틀 뒤, CNSA 중국국가항천국 화성 탐사 로버 '주룽祝融'이 촬영한 사진을 공개해 전 세계에 충격을 줬다. 사진에는 바티칸에서 사라졌던 오벨리스크가

'주룽'이 탐사 중인 유토피아 평원에 서 있는 모습이 담겨 있었다. 곧이어 NASA의 화성 정찰 위성 MROMars Reconnaissance Orbiter까지 오벨리스크의 존재를 교차 검증하자 UN은 긴급 특별 총회 개최를 결정했다.

인류는 지금까지 경험해보지 못한 압도적인 존재 앞에서 전율했다. 주변국에서 국경을 넘어 프리피야트로 몰려든 수많은 이들이 UFO를 향해 기도하며 구원해달라고 울부짖었다. 프리피야트를 점령했던 러시아군도 무기를 버린 채 기도 행렬에 동참하며 참회의 눈물을 흘렸다. 프리피야트로 오고 싶어도 오지 못하는 이들은 벽에 바이올린을 매달고 기도를 올렸다. 세계 각국에서 바이올린을 비롯해 바이올린 모양을 한 모든 물건이 불티나게 팔려나가며 품귀현상을 빚었다. 기독교, 이슬람교 등 절대 신을 믿는 종교는 대부분 괴멸적인 타격을 받으며 존폐 위기에 몰렸다.

UN 긴급 특별 총회가 열린 날, 도우너가 연단에 섰다. 체르노빌 원자력발전소와 오벨리스크가 갑자기 사라진 뒤 엉뚱한 곳에 나타났던 것처럼, 도우너도 느닷없이 연단에 등장했다. 도우너는 회의장을 둘러보며 피식 웃었다.

"설마 제가 비행기와 리무진이라도 타고 여기로 올 줄 아셨나 봅니다? 제가 한국에 오래 살아서 한국어에 익숙합니다. 동시통역 준비돼 있죠?"

각 회원국 대표는 도우너의 모습을 숨죽이며 불안한 눈빛으로 지켜봤다. 도우너는 몇 차례 헛기침을 한 뒤 연설을 시작했다.

"존경하는 UN 사무총장님, 세계 각국의 정상과 귀빈 여러분, 감사합니다. 의미 있는 자리에 초대받게 되어 대단히 영광입니다……. 이따위의 입에 발린 말은 안 하겠습니다. 저는 여러분을 조금도 존경하지 않으니까요. 그래도 일단 신원을 밝히는 게 먼저겠죠. 저는 도우너이고, 이미 밝혔듯이 깐따삐야에서 왔습니다. 오늘 이 자리는 지구인 여러분에게 마지막으로 중대 발표를 하는 자리이니 집중하시기 바랍니다."

도우너의 입에서 나온 '마지막'이라는 표현은 회의장 분위기를 얼어붙게 했다. 도우너는 그런 분위기에 아랑곳하지 않는다는 듯 심드렁한 표정으로 짝다리를 짚은 채 연설을 이어갔다.

"지구는 우리 은하계에서 문명화된 행성 중 깐따삐야와 스물한 번째로 가까운 곳에 있는 행성입니다. 깐따삐야를 비롯해 문명화된 행성의 모습은 서로 크게 다르지 않습니다. 산과 바다, 호수와 강이 있고, 해마다 아름다운 꽃이 피어나지요. 저는 그곳에서 행복한 어린 시절을 보냈고, 밤마다 하늘을 올려다보며 별의 숫자를 헤아렸습니다. 깐따삐야가 아닌 다른 별을 탐험하는 상상을 하면서."

도우너가 손가락을 튕기자 다른 문명을 가진 다양한 행성의 모습을 보여주는 영상이 회의장 공중에 파노라마처럼 펼쳐졌다. 회의장 곳곳에서 탄성이 터져 나왔다.

"얼마 전에 한국의 인기 그룹 BTS가 제가 서 있는 이 자리에서 연설하며 이런 말을 남겼습니다. 어제 실수했더라도 어제의 나도 나이고, 오늘의 부족하고 실수하는 나도 나입니다. 내일의 좀 더 현명해질 수 있는 나도 나일 것입니다. 그러니 우리 모두 한 발 더 나아가보자고 말입니다. 그래요. 좋은 말입니다. 아주 좋은 말이죠. 그런데 내일의 여러분은 정말 현명해질 수 있습니까?"

도우너가 다시 손가락을 튕겼다. 처참하게 파괴된 다른 행성과 문명의 모습이 차례로 회의장 공중에 스쳐 지나갔다.

"깐따삐야는 생명이 존재하는 여러 행성과 그 행성의 생태계에 가장 큰 영향력을 미치는 생물을 오랫동안 연구해왔습니다. 연구 결과 문명이 탄생하고 과학기술이 고도로 발전했던 많은 행성이 자멸했음을 알게 됐습니다. 절망적인 결론이지만, 자신의 생존과 안정을 위해 주변을 파괴하는 행동은 생물의 본능일지도 모르겠습니다. 깐따삐야 역시 오래전에 자멸할 뻔했던 역사가 있으니까요. 뭐 상관없습니다. 깐따삐야에 피해를 주지 않는다면. 깐따삐야가 함부로 다른 문명을 파괴할 권리는 없으니까요."

도우너가 한 차례 손뼉을 쳤다. 회의장 공중에 그래프를 닮은 도형이 그려졌다.

"그런데 지구는 조금 다릅니다. 지구인은 자멸하는 속도보다 깐따삐야에 다다를 만큼 과학을 발전시키는 속도가 더 빠르더군요. 지금까지 모은 연구 자료를 바탕으로 시뮬레이션을 해보니 여러분이 이백 년 안에 깐따삐야에 닿을 수 있게 될 거라는 예측이 나왔습니다. 깐따삐야가 활용하는 기술과 비슷한 수준의 기술로 말이죠. 문제는 여러분이 깐따삐야를 공격할 가능성이 100퍼센트에 가까웠다는 점입니다. 며칠 전에 러시아군이 우크라이나에서 아이들에게 총격을 퍼부었듯이 잔인하게! 결론부터 말씀드리겠습니다. 깐따삐야는 지구인 여러분의 생식능력을 제거해 다가올 미래를 막을 겁니다."

각국 대표들이 웅성거리는 소리가 점점 커져 회의장을 가득 채웠다. 도우너는 그들을 돌아보며 팔짱을 꼈다.

"여러분으로선 억울하겠지만, 깐따삐야 입장에선 자위自衛를 위한 예방조치입니다. 여러분도 편의와 즐거움을 위해 다른 동물의 생식능력을 마음대로 조절해오지 않았습니까? 집에서 키우는 고양이와 강아지는 물론, 식용으로 키우는 소와 돼지까지. 심지어 닭 수천수만 마리를 병이 들었다는 이유로 땅속에 산 채로 묻어버리기도 하고요. 여러분이 그런 동물과 비교해 뭐가 그렇게 다른 존재인가요? 제가 보기에는 다를 게 없는데 말입니다."

몇몇 대표가 자리에서 일어나 격앙된 표정으로 도우너에게 분통을 터트렸다. 다른 대표들도 모욕감을 겨우 참고 있는 듯한 표정을 짓고 있었다. 도우너는 눈살을 찌푸리며 왼손 검지를 입술에 댔지만, 소란은 쉽게 잦아들지 않았다. 도우너가 큰 소리로 말했다.

"여러분께 기회를 드리겠습니다!"

도우너의 말 한마디에 회의장이 고요해졌다. 모두의 시선이 자신에게 모였음을 확인한 도우너는 목소리를 차분하게 내리깔았다.

"여러분이 진심으로 서로를 사랑할 수 있는 존재란 걸 증명하세요. 원래 깐따삐야의 여론은 지구에 거대한 소행성을 투하해야 한다는 쪽으로 기울어져 있었습니다. 저는 인간을 제외한 다른 생명까지 빼앗는 건 부당하다는 의견을 깐따삐야에 전달했습니다. 그 결과로 나온 절충안이 여러분의 생식능력 제거였습니다. 저는 그 또한 지나치게 가혹하다고 반대 의견을 냈습니다. 오랫동안 지구에서 살아온 저는 여러분이 진심으로 서로를 사랑할 수 있는 존재라는 일말의 믿음을 가지고 있기 때문입니다. 꼭 제 믿음을 증명해주세요. 그래야만 여러분은 평온한 일상을 찾게 될 겁니다. 제가 여러분께 베풀 수 있는 호의는 여기까지입니다."

도우너가 손가락을 튕기자 회의장 공중에 숫자 5,000,000,000이 떴다.

"현재 지구인의 수는 약 80억 명입니다. 이들 중 전쟁 수행이 가능한 나이인 15세 이상 64세 미만이 50억 명을 조금 넘습니다. 깐따삐야에서 조사 인력이 도달하기 전까지 이들 50억 명이 진심으로 서로를 사랑할 수 있다는 걸 증명해야 합니다. 기한은 제가 깐따삐야에서 조사 인력과 함께 지구로 돌아오는 일 년 후까지입니다. 조건은 그것뿐입니다."

미국 대표가 발언권을 얻어 도우너에게 항의했다.

"깐따삐야가 무슨 절대자라도 됩니까? 신입니까? 도대체 무슨 권리로 아직 다가오지도 않은 미래를 가지고 지구인의 운명을 결정한다는 말입니까? 백번 양보해 자위권 차원의 조치라고 칩시다. 도대체 무슨 방법으로 지구인 50억 명의 진심을 확인할 수 있다는 겁니까?"

도우너는 어깨를 으쓱거렸다.

"체르노빌 원자력발전소와 오벨리스크가 지금 어디에 있는지 잊으셨습니까? 현재 지구인의 과학기술 수준으로 모든 걸 판단하지 마세요. 다 방법이 있습니다."

영국 대표가 발언권을 얻어 도우너에게 질문했다.

"만약 50억 명이 진심으로 서로를 사랑할 수 있다는 걸 증명하지 못한다면? 나머지는 아무 잘못이 없어도 함께 거세, 아니

생식능력을 잃게 된다는 말인가요?"

"그렇습니다."

"당신은 깐따삐야의 아이들이 러시아군의 총격을 받아 죽은 데에 분노하고 있죠? 아이들은 아무런 죄가 없기 때문일 겁니다. 마찬가지입니다. 아무 죄도 없는 지구의 아이들이 어른들과 똑같은 취급을 받아 생식능력을 잃는 게 과연 옳은 일입니까? 그런 결정은 깐따삐야의 윤리에도 어긋나지 않겠습니까?"

도우너는 고개를 끄덕이며 고민하는 표정을 지었다.

"듣고 보니 그 말도 일리가 있네요."

프랑스 대표가 거들었다.

"만약 50억 명에서 5억 명이 모자란다면 어떻게 하시겠습니까? 그 5억 명 때문에 죄 없는 아이들을 포함한 모든 지구인의 생식능력을 잃게 할 겁니까?"

"그렇다면 45억 명만 증명하세요."

중국 대표도 발언권을 얻어 목소리를 높였다.

"우리나라는 현재 자국 인구조차 완전히 파악하지 못하고 있습니다. 비슷한 처지에 있는 나라가 그렇지 않은 나라보다 많은 게 현실이고요. 이런 상황에서 40억 명만 증명하면 어떻게 하실 겁니까?"

도우너의 표정이 무거워졌다.

"40억 명이면 지구인의 절반에 달하는군요. 증명이나 집계야 깐따삐야가 얼마든지 할 수 있긴 한데……. 알겠습니다. 40억 명만 증명하세요."

러시아 대표가 주변의 눈치를 보며 발언권을 얻었다.

"누군가에게 호감을 느끼는 데에는 시간이 필요한 법입니다. 그런데 호감을 넘어 진심으로 사랑한다? 정말 어려운 일입니다. 도우너 당신도 지구에서 오래 살았으니 아시지 않습니까. 저도 질문을 드릴 테니 노여워하지 마십시오. 만약 30억 명만 증명하면 어떻게 하시겠습니까? 그래도 죄 없는 아이들을 벌할 겁니까?"

도우너가 입을 열기도 전에 독일 대표가 끼어들었다.

"30억 명도 너무 많습니다! 20억 명으로 줄여주세요!"

일본 대표도 다급하게 외쳤다.

"고작 일 년 동안 무슨 수로 20억 명을 증명합니까? 염치없는 부탁이지만 10억 명으로 줄여주십시오!"

도우너는 고개를 저으며 쓴웃음을 흘렸다.

"이미 오래전부터 느껴왔지만, 지구인은 참으로 뻔뻔하군요. 그래요. 어떤 식으로든 10억 명만 증명해보세요. 증명하면 깐따삐야는 그 10억 명을 위해 나머지 70억 명의 미래에 개입하지 않겠습니다. 저도 어떤 식으로든 약속을 지키겠습니다."•

• 구약성서 창세기 18장 16~33절에서 모티브를 얻음.

도우너가 회의장 공중을 가리켰다. 공중에 떠 있던 숫자 5,000,000,000이 0으로 바뀌었다.

“제가 떠난 후부터 회의장 공중에 증명한 지구인의 숫자가 실시간으로 뜰 겁니다. 10억 명이 증명을 마치는 날, 하늘에 떠 있는 타임 코스모스에서 바흐의 〈G선상의 아리아〉가 울려 퍼질 겁니다. 일 년 후에 이 자리로 다시 찾아오겠습니다. 그때까지 최선을 다해 서로를 사랑하세요.”

도우너가 회의장에서 사라지자마자 10억 명의 배분을 둘러싸고 회원국 간에 입씨름이 벌어졌다. 미국을 비롯한 서방 선진국은 각국의 인구에 비례해 배분해야 한다고 주장한 반면, 러시아는 각국의 경제 규모에 따라 배분해야 한다고 맞섰다. 중국은 이번 사태의 원인인 우크라이나 전쟁에 책임이 있는 러시아, 러시아를 자극한 미국과 EU가 책임을 나눠 짊어져야 한다며 발을 뺐다. 나머지 회원국은 자국에 가장 유리한 주장을 펼치는 강대국 뒤에 줄을 서서 눈치를 봤다.

UN 회의장 공중에 떠 있는 숫자는 회원국이 특별한 조처를 하지 않아도 꾸준히 증가했다. 숫자는 자연스럽게 도우너 지수라는 별명을 얻었고, 매일 실시간으로 전 세계에 공개됐다. 프리피야트 상공에는 여전히 타임 코스모스가 떠 있었지만, 한 달이 지나가기도 전에 도우너 지수가 5억을 돌파하자 인류는 빠르게 안정을 되찾았다. 세계 각국의 주요 언론도 향후 분위기를 낙관하는 보도를 전했다. 지구 또한 깐따삐야와 더불어 우주 시민의 일원으로 합류하게 될 거라고 전망하는 여론도 고개를 들었다.

희망적인 분위기는 예상치 못한 사태의 발생으로 돌변했다. 프리피야트 주변 지역을 시작으로 안구 전체가 검은색으로 변한 사람이 전 세계 곳곳에서 나타났다. 그들은 특별한 이상 증세를 보이지는 않았지만, 시선을 드러내지 않는 검은 눈은 그 자체로 주위에 이질감을 넘어 공포감까지 느끼게 했다. 사람들은 도우너의 안구 전체가 검은색으로 변하는 영상을 떠올렸고, 외계에서 온 정체불명의 바이러스가 사태의 원인이 아니냐는 소문이 급속도로 퍼져나갔다. 이 같은 현상에 '도우너 증후군'이라는 이름이 붙었다. 겁을 먹은 각국 정부는 도우너 증후군 발현자를 발견하는 대로 격리하는 조처를 했다.

세계 각국의 의료진이 투입돼 매달렸음에도 도우너 증후군의 원인은 밝혀지지 않았다. 그저 증후군 발현자에게 몇 가지 특이사항이 있다는 사실만 드러났을 뿐이었다. 통계적으로 가족, 친구, 연인 등 가까운 관계와 신체 접촉이 많았던 사람일수록 증후군 발현 확률이 높았다. 특히 임산부와 어린아이를 키우는 여성이 발현자의 절반 가까이나 됐다. 발현자 대부분의 안구는 격리된 지 얼마 지나지 않아 원래대로 돌아왔지만, 얼마 지나지 않아 다시 안구 전체가 검게 바뀌어 재격리되는 경우가 잦았다.

증후군 발현으로 격리됐던 사람은 혐오의 대상이 됐고, 안구가 원래대로 돌아와도 가족에게서 버림받거나 직장에서 강제로 쫓겨나는 등 심각한 차별을 겪었다. 심지어 대낮에 길거리에서 얻어맞거나 살해당하는 사건이 벌어지기도 했다. 자신의 처지를 비관해 자살을 선택하는 발현자도 속출했다. 8억 돌파를 앞뒀던 도우너 지수는 증가세를 멈추더니 하락세로 전환했다. 증후군 발현자가 격리 시설에 수용할 수 없을 정도로 걷잡을 수 없이 늘어나자, 각국 정부는 사실상 관리에 손을 놓았다. 일부 인권단체와 종교단체는 깐따삐야가 지구를 시험하는 거라며 발현자를 향한 혐오를 멈춰달라고 호소했지만, 공포와 결합한 혐오의 불길을 잠재우기에는 역부족이었다. 증후군 발현자의 숫자가 도우너 지수와 같을지도 모른다는 가설도 제기됐는데, 소수의견에 그쳐 진지하게 받아들여지진 않았다.

도우너가 지구로 돌아오겠다고 약속한 날이 여섯 달 정도 남았을 무렵, 도우너 지수는 5억 아래로 내려갔다. 각국 정부는 도우너 지수를 끌어올리기 위한 대책 마련에 부심했지만, 인위적인 대책으로 사람의 마음을 움직이기는 불가능했다. 특히 많은 국가의 청년 세대는 사태를 그리 심각하게 받아들이지 않았다. 그들은 어차피 지금도 살기가 팍팍해 결혼과 연애를 포기하고 사는 사람이 많은데, 대가 끊어지는 게 무슨 대수냐는 논리를 펼쳤다. 기성세대는 이 같은 청년 세대의 태도를 이기적이라고 몰아붙였다. 전 세계적으로 세대 간 갈등이 극심해졌다. 갈등이 깊어질수록 도우너 지수가 떨어지는 속도도 빨라졌다. 각국 정부는 지금은 서로를 미워할 때가 아니니 자중해달라고 호소했지만, 갈등을 막기에는 역부족이었다.

도우너 지수가 마침내 1억 아래로 떨어졌을 무렵, 도우너가 지구로 돌아오겠다고 약속한 날은 불과 넉 달을 남겨두고 있었다. 세계 각국의 통계 자료를 바탕으로 도우너 증후군을 연구해온 학자들은 증후군 발현자의 숫자가 도우너 지수와 같을지도 모른다는 가설이 사실임을 파악했다. 세계 각국의 증후군 발현자 현황은 숫자가 줄어들수록 정확하게 실시간으로 집계됐고, 그 숫자가 도우너 지수와 거의 일치한다는 사실이 확인된 것이다. 이 사실을 미리 알리지 않은 도우너를 향한 비난 여론이 전 세계에 들끓었다. 각국 정부는 뒤늦게 증후군 발현자를 격리했던 정책을 우대하고 보호하는 정책으로 변경하겠다고 선언했다. 모든 국가에서 발현자의 명칭이 공식적으로 '구원자'로 바뀌었다.

그러나 발현자 대부분은 정책의 갑작스러운 변화에 오히려 분노했다. 그들 중 상당수는 바뀌었던 안구의 색이 원래대로 돌아갔고, 도우너 지수도 그만큼 떨어졌다.

도우너가 지구로 돌아오겠다고 약속한 날이 두 달 앞으로 다가왔다. 정책의 변화 이후 도우너 지수는 다시 증가세로 전환했지만 3억 언저리에서 맴돌 뿐, 그 이상의 극적인 변화는 없었다. 인류는 체르노빌 원자력발전소를 달의 뒤편으로, 바티칸 성 베드로 광장 한복판에 서 있던 오벨리스크를 화성으로 순식간에 옮기는 깐따삐야의 기술력을 떠올리며 저항 의지를 잃었다.

모두가 속수무책으로 도우너가 지구로 돌아올 날을 시한부 환자처럼 기다리는 가운데, 중국에서 놀라운 연구 결과를 발표했다. 호르몬 조절로 안구를 검은색으로 바꿀 수 있으며, 바뀐 사람의 수만큼 도우너 지수도 증가한다는 게 연구 결과의 핵심 내용이었다. 중국 연구진은 1,000명의 실험 대상에게 같은 시간에 일정량의 옥시토신oxytocin•을 주사했고, 그중 약 30퍼센트의 안구가 검은색으로 변했다고 밝혔으며, 안구의 색이 변한 실험 대상의 숫자와 비슷한 숫자만큼 실시간으로 도우너 지수가 오르는 모습을 확인했다고 덧붙였다.

중국의 연구 결과가 전 세계 언론 매체의 헤드라인을 장식

• 뇌하수체 후엽에서 분비되는 신경전달물질. '자궁수축 호르몬'으로 잘 알려져 있으며, 출산이나 모유 수유, 가족과의 포옹, 연인과의 성관계 등의 경우에 분비된다. 호감 가는 상대를 보았거나 매력을 느낄 때도 분비되어 '사랑의 호르몬'으로도 불린다.

하자 리웨이李偉 국가 주석이 안구가 검은색으로 변한 모습으로 기자회견에 등장했다. 리 주석은 "세계의 안정화에 중국이 앞장설 것"이라며 "세계 각국은 중국의 희생과 노력을 인정해야 할 것"이라고 주장했다. 아울러 리 주석은 자국민에게 옥시토신 주사를 맞으라고 권장하며 파격적인 지원금 혜택을 약속했다.

미국은 중국의 연구 결과 발표에 위험한 발상이라며 반대했다. FDA 미국식품의약국는 "옥시토신을 많이 분비하는 포유류가 사랑하는 대상 외의 개체를 향해 공격적으로 행동하는 경향을 보인다는 건 이미 검증된 연구 결과"라며 "도우너 지수를 높이기 위한 대책으로 초반에 고려했다가 폐기한 바 있다"고 주장했다. 영국, 프랑스, 독일, 일본 등 미국의 주요 동맹국도 미국과 의견을 같이했다.

반면 러시아는 중국의 연구 결과 발표를 환영하며 자국민의 옥시토신 접종에 적극적으로 동참하겠다는 입장을 내놓았다. 이반 스미르노프Ivan Smirnov 러시아 대통령은 "미국은 대책도 없이 반대를 위한 반대를 하고 있다"며 자신이 옥시토신 주사를 맞는 모습을 전 세계에 공개했다. 안구가 검은색으로 변한 스미르노프 대통령은 "러시아의 모든 국민이 나와 뜻을 함께해 '구원자'가 될 것"이라며 자국민에게 옥시토신 주사 접종을 권고했다.

중국과 러시아가 빠른 속도로 옥시토신을 접종하면서 도우너 지수도 급격하게 상승세를 탔다. 양국의 적극적인 움직임이 인류의 미래를 구원하는 결과를 가져온다면 공고했던 미국의 패권국 지위도 흔들릴 것이라는 예측이 힘을 키웠다. 미국도 대통령 이하 정부 각료가 옥시토신 주사를 맞는 모습을 공개하고, 전 국민과 동맹국에 옥시토신 접종을 독려했다.

전 세계 언론이 도우너 지수와 함께 각국의 옥시토신 접종자 수를 실시간으로 중계했다. 중국이 선두를 달리는 가운데 미국과 러시아가 치열한 2위 그룹을 형성하며 마치 스포츠를 방불케 하는 경쟁을 벌였다. 전 세계에서 옥시토신 접종 의무화를 반대하는 시위와 이에 맞불을 놓는 접종 의무화 찬성 시위가 벌어졌다. 곳곳에서 격렬한 충돌과 유혈사태가 빚어졌고, 그 중심에 '구원자' 무리가 있었다.

도우너가 지구로 돌아오겠다고 약속한 날이 보름 앞으로 다가왔을 때, 타임 코스모스에서 바흐의 〈G선상의 아리아〉가 울려 퍼졌다. 전 세계는 그 어느 때보다 혼란스러운 가운데 축제 분위기를 맞았다. 다가올 미래의 패권이 '구원자' 수에 달려 있다고 판단한 강대국들은 도우너 지수가 10억을 돌파했는데도 옥시토신 접종을 멈추지 않았다. 도우너 지수는 〈G선상의 아리아〉가 울려 퍼진 후에 더 급격한 상승세를 그렸다.

도우너가 UN 회의장에 다시 찾아왔을 때, 도우너 지수는 막 20억을 넘긴 참이었다. 각국 대표는 자신만만한 표정으로 도우너를 바라봤다. 도우너는 놀란 표정으로 회의장에 앉아 있는 각국 대표를 둘러보며 손뼉을 쳤다.

"세상에……. 지금 이 자리를 보니 눈에 사랑이 가득한 분들이 꽤 많으시네요. 얼추 세어보니 절반을 훌쩍 넘는 듯합니다. 정말 대단하네요. 대단해."

미국 대표가 팔짱을 낀 채 비아냥거렸다.

"대단해요? 지금 이 상황이 재미있습니까? 당신, 아니 깐따삐야가 지구인을 사실상 기만한 거 아닙니까? 눈이 검은색으로 변하는 이유만 살짝 귀띔해줬더라면 지구는 혼란을 덜 겪고 지금보다 빨리 평화를 되찾았을 겁니다."

도우너는 고개를 갸우뚱거렸다.

"사랑이란 게 그렇게 쉬운 감정인가요? 소중한 감정이니 진지하게 찾아 헤매는 맛이 있어야죠. 그런데 말입니다."

도우너가 손가락을 튕기자 회의장 공중에 지구 곳곳에서 벌어지는 혼란을 보여주는 다중영상이 펼쳐졌다.

"평화를 되찾았다고요? 제가 대충 살펴보니 지구는 일 년 전보다 훨씬 시끄러워진 듯하던데요? 서로를 사랑하는 사람이 많아졌지만, 미워하는 사람도 그만큼 많아진 듯하고요. 제가 잘못 본 건가요?"

중국 대표가 격앙된 목소리로 반문했다.

"어떤 식으로든 10억 명만 증명해보라고 말한 건 당신 아닙니까? 지구, 아니 중국은 끊임없이 방법을 연구했고 결국 문제를 해결할 방법을 찾아냈습니다! 그리고 다른 나라도 모두 중국의 방법을 따랐습니다! 여기에 무슨 문제가 있습니까?"

도우너는 멋쩍은 미소를 지으며 머리를 긁적였다.

"솔직히 이런 식으로 문제를 해결하리라고는 전혀 예상하지 못한 터라 매우 당황스럽네요."

중국 대표가 도우너 지수를 가리켰다.

"어떤 식으로든! 당신은 분명히 어떤 식으로든 10억 명만 서로 사랑할 수 있다고 증명하면, 그 10억 명을 위해 나머지 70억 명의 미래에 개입하지 않겠다고 말했습니다. 그리고 중국을 포함한 모든 나라는 힘을 합쳐 목표의 두 배인 20억 명을 증명해 보였습니다. 이제 당신, 아니 깐따삐야가 약속을 지킬 때입니다!"

중국 대표의 발언에 많은 나라가 동조하며 목소리를 높였다. 도우너는 침통한 표정으로 무겁게 입을 열었다.

"여러분은……. 여러분은 만약 지구에서 제3차 세계대전이 벌어진다면 전장에서 어떤 무기가 쓰일 거라 생각하십니까?"

도우너의 예상치 못한 질문에 회의장이 웅성거렸다. 도우너는 차분하게 말을 이어갔다.

"제3차 세계대전에서 어떤 무기가 쓰일지는 저도 잘 모르겠습니다. 하지만 제4차 세계대전에서 어떤 무기가 쓰일지는 확실히 알겠습니다."

도우너는 도우너 지수를 올려다보며 무겁게 말했다.

"돌멩이와 나무 몽둥이입니다.• 저는 제 예상이 틀리기를 진심으로 바라고 있습니다. 지구에 부디 진정한 사랑과 평화가 깃들기를. 약속대로 저는 지구에서 떠나겠습니다."

도우너가 지구를 떠나고 며칠이 지났다. '구원자'로 구성된 러시아군 일부가 상부의 지시가 없는데도 정전 협상을 무시한 채 우크라이나 침공을 재개했다. '구원자'로 구성된 우크라이나군이 러시아군에 맞서 격렬한 전투를 벌여 수많은 사상자가 발생했다. 미국의 CNN이 리웨이 중국 국가주석이 정교한 컬러 렌즈를 착용한 채 옥시토신 주사를 맞은 것처럼 연기했다고 보도했다. 중국은 즉각 보도에 반발하며 이는 선전포고에 준하는 무례한 행위라고 미국을 비난했다. 전 세계 각지에서 '구원자' 무리가 다른 '구원자' 무리를 대상으로 테러를 저지르는 사태가 벌어졌다.

최첨단 지하 벙커로 몸을 숨긴 스미르노프 러시아 대통령은

• 1949년 잡지 『리버럴 유대주의Liberal Judaism』에 실린 알프레드 베르너Alfred Werner와 알베르트 아인슈타인Albert Einstein의 인터뷰에서 인용.

피곤한 듯 검은 눈을 비비며 핵 버튼을 눌렀다. 우크라이나의 수도인 키이우를 비롯해 베를린, 파리, 로마 등 유럽 주요 도시로 러시아의 핵폭탄이 날아들었다. 대서양을 넘어오는 러시아의 핵폭탄을 감지한 미국은 모스크바, 상트페테르부르크 등 러시아의 주요 도시를 목표로 핵폭탄을 쏘아 올렸다. 대만, 일본, 한국에서도 미국이 배치한 핵폭탄이 중국 전역을 향해 발사됐다. 중국은 최첨단 대륙간 탄도미사일에 핵탄두를 실어 미국 주요 도시로 날려 보냈다.

사랑의 유통기한

○

○

"오랜만이에요."

오랜만이라는 말은 인사로써 전혀 이상하지 않다. 하지만 생전 처음 보는 여자가 낯선 남자에게 건네는 인사라면 이상한 말임이 틀림없다. 그것도 꽤 아름다운 여자라면 더 그렇다. 처음 들른 바Bar에서 호가든 한 병을 주문한 내게 엉뚱하게도 백세주를 가져오는 바텐더가 바로 그런 여자다.

"주문을 잘못 받으신 것 같은데요?"

"알아요."

"그런데 어째서 백세주를."

"이번에는 제가 살게요. 저번에는 당신이 한턱냈잖아요. 백세주가 더 낫지 않나요? 자칭 맥주 애호가들이 한국에서 만들어져 맛이 다르다고 외면하는 오가든보다는 말이죠. 병행 수입한 오리지널 호가든이라면 모를까."

"네? 제가 한턱냈다니요? 그리고 저는 그쪽과 만나 술을 마신 기억이 없는데요?"

"같이 마셨다고도 할 수 있고 아니라고도 할 수 있고…… 상관없어요. 제 이름은 웅녀예요. 앞으로는 웅녀라고 불러주세요."

"웅녀요? 당신이 웅녀면 저는 단군이겠네요."

"단군이요? 단군은 제 아들인데……."

아들? 나는 화들짝 놀라서 굽혔던 허리를 세웠다.

"결혼하셨어요?"

그녀는 어깨를 으쓱거렸다.

"여러 번 했는데 지금은 싱글이에요. 뭐 문제라도 있나요?"

젊어 보이는데 결혼을 여러 번 했고 아들까지 있다? 나는 표정에 실망을 감추지 못했다.

"뭐 문제라고까지는."

"아무러면 어때요. 저는 앞으로 당신을 단군이라 부를게요. 오랜만이에요, 단군 씨. 저도 한 잔 따라주시겠어요?"

자칭 웅녀라는 여자가 잔 두 개를 가져왔다. 황당했지만 아름다운 여자 바텐더와 잔을 나누는 일을 마다할 사내가 세상에 있을까? 결혼을 여러 번 했고 아들도 있다지만 지금은 혼자라는데? 나와 결혼할 것도 아니고, 자기가 먼저 나서서 같이 마시고 싶다는데?

"저와 대작하는 건 감사한 일인데, 영업은 어쩌고요?"

"영업이요? 안 하면 되죠."

웅녀는 입구 바깥 손잡이에 폐점을 알리는 푯말을 매달았다.

"앞으로 단군 씨가 찾아오시면 저렇게 문을 닫을 거예요."

"네? 여기 사장님이 아시면 어쩌려고요?"

"제가 사장인데 영업을 하건 말건 무슨 상관인가요?"

"웅녀 씨가 사장이라고요? 알바가 아니고요?"

"왜요? 이상한가요?"

웅녀는 동그란 눈을 깜빡이며 고개를 갸웃거렸다. 바의 조명이 어둡기 때문인지 몰라도 외모만으로는 웅녀의 나이가 쉽게 짐작되지 않았다. 처음에는 이십 대 후반에서 삼십 대 초반으로 보였는데 지금은 이십 대 중반으로도 보였다. 이렇게 젊은 여자가 근사한 바의 사장이라는 사실이 믿어지지 않았다. 결혼을 여러 번 했고 아들까지 있다는 말은 더더욱.

"혹시 집안이 재벌인가요?"

"아닌데요."

"로또라도 맞았나요?"

"그것도 아닌데요."

"그렇다면 무슨 돈으로 이렇게 근사한 바를 차리신 건가요?"

"무슨 돈이라니요? 당연히 제가 벌어서 차렸죠."

"정말요? 정말 웅녀 씨가 직접 번 돈으로 이런 바를 차리신 거라고요?"

"물론이죠."

허탈해진 나는 입에서 바람 빠지는 소리를 흘렸다.

"세상에…… 능력 좋으시네요. 나는 인생을 헛살았네. 혹시 코인으로 대박을 치셨어요?"

"코인은 무슨요. 제가 가장 많이 가지고 있는 것은 시간이거든요."

"시간요? 그게 무슨 말씀이죠?"

"시간은 돈이라고 하잖아요."

웅녀는 지갑에서 천 원짜리 지폐 한 장을 꺼내 바 위에 올려놓았다.

"제가 시간이 돈이 된다는 사실을 증명해드릴게요."

"퇴계 이황을 앞에 두고 주문을 외우면 세종대왕으로 변하기라도 한답니까?"

"안 될 이유도 없죠."

웅녀는 싱긋 미소를 지어 보였다. 나는 이번 학기에 장학금을 받지 못해 마지막 학기 등록금을 대출로 겨우 해결한 상황이었다. 다행히 미등록 제적이라는 불상사는 면했지만, 빚은 고스란히 남았다. 웅녀의 말에 귀가 솔깃했다. 웅녀는 지폐를 가리키며 말했다.

"아인슈타인이 남긴 말 중에서 가장 유명한 말이 무엇인지 아세요?"

"E는 MC의 제곱 아닌가요?"

"아니에요. 아인슈타인은 우주에서 가장 강력한 것은 복리라는 말을 남겼어요."

"복리요? 원자폭탄이 아니고요?"

"복리가 무엇인지 아시죠?"

"제가 그런 기본적인 상식도 없을까 봐 무시하나요? 원금에 이자를 더한 금액에 이자가 붙는 방식 아닙니까. 그런데 설마 아인슈타인 같은 위대한 과학자가 그런 황당한 말을 남겼겠어요?"

"못 믿으셔도 할 수 없지만 아인슈타인은 정말로 그런 말을 남겼어요. 왜 그런지 제가 직접 증명해드릴게요. 아니, 단군 씨가 직접 증명해보세요. 그게 더 실감 날 테니."

"네? 제가 어떻게요?"

웅녀는 메모지와 볼펜을 가져와 내게 건넸다.

"간단해요. 월 5퍼센트의 복리로 1,000원짜리 한 장을 맡기면 한 달 후에 얼마가 될까요? 직접 계산해보세요."

"굳이 볼펜으로 적어가며 계산할 필요까지 있나요? 1,050원입니다."

"일 년 후에는 얼마가 될까요?"

"글쎄요."

"1,796원. 십 년 후에는 얼마가 될까요?"

"글쎄요. 한 10만 원쯤 되나요?"

"348,911원. 이십 년 후에는 얼마가 될까요?"

"100만 원쯤 되려나요?"

그녀는 고개를 저으며 종이에 볼펜으로 숫자를 적어 보여주었다. 나는 너무 놀라서 입을 다물 수가 없었다.

"네? 이게 얼마죠? 일, 십, 백, 천, 만……."

"1억 2,173만 1,593원. 계산이 복잡해 비과세로 계산했어요."

"설마요? 1,000원짜리 지폐가 이십 년 만에 이렇게 불어난다고요?"

"믿기지 않으면 직접 계산해보세요. 계산하는 데 시간이 꽤 오래 걸리겠지만, 결과는 달라지지 않아요. 그러면 삼십 년 후에는 얼마가 될까요?"

"이십 년이 이 정도라면 삼십 년은 어마어마하겠군요."

"맞아요. 삼십 년 후에는 약 42억 원, 오십 년 후에는 무려 5,000조 원이 된답니다. 이로써 시간이 돈이라는 제 말이 사실이라는 게 증명됐죠?"

5,000조? 나는 벌어지는 입을 다물지 못하면서도, 왜 웅녀가 내게 이런 말을 하는지 의구심이 들었다.

"그럴듯한 이야기처럼 들리지만, 혹시 다단계 아니죠? 미리 말해두는데, 저는 빚밖에 없으니 데려가도 손해입니다."

"다단계가 사기꾼 같나요? 다단계의 하부 조직원도 시간과 그 시간을 기다리는 인내심만 충분하다면 부자가 될 수 있어요. 물론 그 시간과 인내심이 충분하지 못해 다단계 조직이 무너지는 게 더 빨라서 문제지만. 천재라던 아인슈타인도 주식 투자에선 실패했거든요."

"그렇다면 웅녀 씨에겐 시간과 인내심이 충분하다는 이야기인가요?"

"충분하냐고요? 넘쳐서 감당할 수 없어요."

"넘쳐서 감당할 수 없다고요? 누가 들으면 영생이라도 하는 줄 알겠어요."

"맞아요. 세상에 저보다 나이 많은 사람은 손에 꼽을걸요?"

"아니, 그러면 웅녀 씨가 정말 단군신화 속의 웅녀라도 된다는 말입니까?"

웅녀가 내게 손가락으로 브이 자를 펴 보이며 웃었다.

"넵! 제가 바로 그 단군신화 속에 등장하는 웅녀랍니다."

나는 다음 날 저녁에도 바를 찾았다. 황당했지만 웅녀의 이야기는 나름대로 재미가 있었다. 무엇보다도 솔로로 지낸 지 꽤 오래된 나로서는 오랜만에 새로운 여자와 만나 이야기를 나누는 일이 꽤 즐거웠다. 바를 찾은 손님이 모두 나가자 웅녀는 폐점을 알리는 푯말을 출입문 바깥 손잡이에 매달았다. 그녀는 내게 맥주 한 병과 잔을 건네며 말했다.

"다시 찾아오실 줄 알았어요."

"오가든 대신 백세주를 내오던 분이 오늘은 웬 오가든인가요?"

"이건 호가든이에요. 병행 수입한 벨기에산 오리지널 호가든."

"정말요?"

웅녀의 말대로 병에는 오가든을 만드는 국내 주류회사의 흔적이 보이지 않았다. 나는 호가든 전용 잔에 맥주를 삼분의 이 정도 채운 뒤 병에 남아 있는 맥주를 흔들어 거품을 내 맥주 위를 덮었다. 호가든의 맛은 오가든과 다르지 않았다. 더 솔직하게 말하자면 다른 점을 느낄 수 없었다. 오히려 오가든의 맛이 호가든보다 낫다는 생각도 들었다. 웅녀는 내게 맛이 어떻게 다른지 물었다.

"글쎄요. 어제 웅녀 씨가 한 말이 기억나서 오늘 낮에 인터넷으로 호가든과 오가든의 차이점이 무엇인지 검색해봤어요. 맛이 다르다는 반응이 대부분이더군요. 그런데 직접 맛을 보니 잘 모르겠습니다. 제 싸구려 혓바닥이 미묘한 차이를 느끼지 못하는 것인지, 아니면 사람들이 선입견 때문에 심리적으로 그런 차이를 느끼는 것인지."

"브라보!"

웅녀는 내게 엄지손가락을 추켜올리더니 손뼉을 쳤다.

"갑자기 왜 박수를?"

"단군 씨는 솔직하세요. 술을 많이 다루는 제 입맛에도 호가든과 오가든의 맛의 차이는 크지 않아요. 어떨 땐 오가든이 더 신선하게 느껴지기도 해요. 맥주는 신선도가 생명이잖아요. 오랜 시간 동안 물 건너온 호가든이 과연 오가든보다 신선할까요? 오가든이 맛없다고 평가절하하는 태도는 선입견 때문에 본질을 제대로 보지 못해 벌어지는 일이죠. 단군 씨는 제가 어제 말씀드린 이야기를 있는 그대로 받아들이실 수 있나요?"

"네? 설마 웅녀 씨가 정말 단군신화 속의 웅녀라는 이야기 말인가요?"

"단군 씨는 제가 웅녀라는 사실을 믿지 못하시겠어요?"

"당연히 못 믿죠."

"왜죠?"

"생물학적으로 사람은 그렇게 장수할 수 없으니까요. 웅녀 씨는 자신이 반만년을 살아온 진짜 웅녀라는 증거를 가지고 있나요?"

"증거요? 제가 이렇게 존재한다는 자체가 증거죠. 이보다 더 큰 증거가 필요한가요?"

"그런 말은 저도 할 수 있습니다. 저는 공자입니다. 춘추시대에 살았던 사상가 공자 말입니다. 웅녀 씨는 제 말을 믿을 수 있어요?"

"아니요. 단군 씨는 공자가 아니니까요. 공자는 제가 직접 본 일이 몇 번 있어서 알아요. 공자는 단군 씨와 달리 기골이 장대한 인물이었어요. 전차도 얼마나 잘 몰았는데요."

"아니! 어떻게 웅녀 씨가 공자를 알아요? 아무튼! 저도 웅녀 씨도 객관적으로 다른 사람들을 설득할 만한 증거를 가지고 있지 않습니다. 그러니 어떻게 제가 웅녀 씨가 단군신화 속의 웅녀라고 믿을 수 있겠습니까? 이럴 때 입증 책임은 주장하는 사람에게 있는 거예요."

웅녀의 표정이 어두워졌다. 웅녀의 말이 너무 허무맹랑해 살짝 발끈했는데, 괜히 미안한 마음이 든 나는 말없이 맥주만 홀짝거렸다. 웅녀가 먼저 입을 열었다.

"제가 비밀을 한 가지 말씀드릴게요."

"비밀이요? 웅녀 씨가 단군신화 속의 웅녀라는 것보다 더 큰 비밀이 있나요?"

"그런가요? 그런데 제가 어떻게 지금까지 살아남을 수 있었는지 그 비결이 더 큰 비밀이 아닐까요?"

"불로장생이야말로 인간의 영원한 꿈 아닙니까? 그래서 진시황도 불로초를 찾기 위하여 곳곳에 신하를 보냈다는 이야기가 역사적 기록으로도 남아 있다고 하고요."

"맞아요. 진시황은 불로초를 찾기 위해 동남동녀 오백 명을 서복에게 딸려 동쪽으로 보냈죠. 서복은 그때 제주도에 와서 불로초를 찾는 데 성공했어요."

"네? 서복이 불로초를 찾았다고요? 그것도 제주도에서요?"

"그럼요. 제게서 불로초를 가져간 사람이 바로 서복이니까요."

웅녀의 이야기는 점입가경이었다. 웅녀의 말에 따르면 그녀는 약 오천 년 전 오늘날 두만강 상류의 한 작은 마을에서 태어났다. 열일곱 살에 다른 부족의 마을로 시집을 간 웅녀는 스무 살 무렵 여름에 기이한 일을 겪는다.

개울가에서 몸을 씻던 웅녀는 갑자기 하늘에 등장한 거대한 둥근 물체를 보고 두려워 도망치다 강렬한 빛에 둘러싸여 정신을 잃고 말았다. 잠시 후 정신을 차린 웅녀의 눈에 가장 먼저 들어온 건 누워 있는 자신을 둘러싼 대여섯 명의 사람들이었다. 그들은 저마다 피부색이 달랐는데, 입고 있는 옷의 색은 모두 흰색이었다. 웅녀는 처음 보는 형태의 옷이었다. 그들은 웅녀를 두고 이런저런 대화를 나눴지만, 웅녀는 그들의 말을 전혀 알아들을 수 없었다. 그중 나이가 가장 많아 보이는 여자가 웅녀에게 구슬 하나를 건넸다. 그녀는 웅녀에게 그 구슬을 삼키라는 듯 손짓으로 시늉을 했다. 웅녀는 겁이 나 망설였지만, 계속되는 그녀의 손짓에 못 이겨 구슬을 삼켰다. 잠시 후 웅녀의 배 속이 부글부글 끓어오르더니 온몸이 불타는 것처럼 뜨거워졌다. 웅녀는 후회하며 정신을 잃었다.

그날 저녁, 웅녀는 개울가를 지나가던 마을 사람들에게 발견됐다. 모든 게 꿈만 같았지만, 웅녀의 손에는 낯선 사람들이 자신에게 먹인 구슬과 똑같은 구슬이 쥐어져 있었다. 그녀는 왠지 모르게 그 구슬을 잘 간직해야 한다는 생각이 들어 품속에 깊이 갈무리했다. 그 이후 웅녀에겐 별다른 일이 벌어지지 않았다. 그사이에 낳은 아이들은 건강하게 잘 자랐고 농사도 풍년이었다. 그렇게 몇 년 동안 웅녀에게 평안한 나날들이 계속됐다.

그러던 어느 날, 마을의 여러 사내와 함께 사냥을 떠났던 남편이 호환으로 죽고 말았다. 아이들도 별다른 이유 없이 하나 둘씩 시름시름 앓다가 세상을 떠났다. 그뿐만 아니라 서른이 넘고 마흔이 가까워져가는데도 웅녀의 얼굴에선 조금도 나이 드는 티가 나지 않았다. 그러자 마을 사람들 사이에서 웅녀가 저주를 받았다는 소문이 돌았다. 집요한 핍박을 받고 마을에서 쫓겨난 웅녀는 자신이 늙지 않는 이유가 오래전에 이상한 사람들이 먹인 구슬 때문이 아닌지 의문을 품게 됐다. 웅녀는 자신이 늙지 않는다는 사실을 저주로 여기고, 그 저주를 풀기 위해 수많은 곳을 떠돌았다. 그러나 영험하다는 제사장들은 그녀가 늙지 않는다는 말을 믿어주지 않았고, 사내들은 홀로 이리저리 떠도는 그녀를 호시탐탐 노렸다.

절망한 웅녀는 스스로 목숨을 끊으려 절벽에서 뛰어내리거나 나무에 목을 매기도 했다. 그런데도 웅녀는 죽지 않았다. 아니, 죽을 수가 없었다. 나무에 목을 매면 나뭇가지가 부러졌고, 절벽에서 뛰어내리면 나뭇가지에 걸리거나 물에 빠져 구사일생으로 살았다. 죽기 위해 어떤 시도를 해도 결코 죽을 만큼의 치명상은 입지 않았고 회복 속도도 빨랐다. 깊은 강이나 바다에 뛰어들어도 허우적거리다 보면 어느새 물 밖으로 나와 있었고, 맹수들도 웅녀를 알아서 피했다. 굶어 죽으려 아무것도 먹지 않아도 정신만 맑아질 뿐이었다. 악에 받친 웅녀는 죽기가 이렇게 어려우니 오기로 한번 제대로 살아보겠다고 결심했다.

오랜 시간 동안 사람들과 떨어져 홀로 황야에서 지내다 보니, 먹어도 되는 식물과 먹으면 안 되는 식물을 거의 구별할 수 있게 됐다. 구별법은 간단했다. 먹어도 탈이 없으면 먹어도 되는 식물이고, 탈이 나면 먹으면 안 되는 식물이었다. 어차피 독초를 먹어도 토하거나 어지럼증으로 잠시 고생할 뿐 죽지는 않았으니까.

"한의학 발전에 제가 기여한 공이 얼마나 큰 줄 아세요? 저 아니었으면 수많은 사람이 독초를 구별하지 못하고 먹다가 죽었을걸요? 제가 여럿 살렸어요."

더불어 웅녀는 어지간한 짐승들의 습성도 모두 파악할 수 있게 됐다. 그만큼 짐승을 잡는 일이 수월해져 식단도 풍성해졌다. 그렇게 수십 년의 세월이 흐르자 웅녀는 그 어떤 건장한 사내도 함부로 건드릴 수 없는 강한 여자가 돼 있었다. 밤마다 하늘을 바라보며 잠든 웅녀는 수많은 별과 다르게 움직이는 별 다섯 개를 알게 됐고, 그 별들의 움직임이 달처럼 일정한 주기를 가지고 있음을 파악했다. 뿐만 아니라 웅녀는 구름의 모양과 벌레들의 움직임을 살펴보는 것만으로도 날씨의 변화를 예측할 수 있게 됐다.

"그 다섯 별이 수성, 금성, 화성, 목성, 토성이란 걸 알게 된 건 먼 훗날의 일이에요. 당시에는 그 별들이 그저 특이하게 움직이는 별이라고 여겼을 뿐이에요. 차라리 그 별들이 행성이란 걸 모르는 게 나을 뻔했어요. 예전에는 하늘에 붙박인 수많은 별 사이를 이리저리 오가는 행성들의 모습이 마치 정처 없이 떠도는 저를 닮은 것 같아 남처럼 느껴지지 않았거든요. 그런데 정체를 알고 나니까 정이 뚝 떨어지더라고요. 단군 씨는 행성들이 어떻게 움직이는지 잘 모르죠?"

"도시에선 밤이 지나치게 밝아 하늘에 떠 있는 별이 잘 보이지 않으니까요."

"행성 중에서도 샛별, 아니 금성이 얼마나 밝은지 모르죠? 달이 보이지 않는 어두운 밤에 금성이 밝게 뜨면, 땅에 그 빛으로 그림자가 드리워질 정도예요."

자신감을 얻은 웅녀는 마을 곳곳을 돌아다니며 풍흉과 천재지변을 예언했다. 처음에는 웅녀를 배척했던 사람들도 웅녀의 예언이 대부분 맞아떨어지자 그녀를 저주받은 여자가 아닌 신의 대리인으로 숭배하기 시작했다. 따르는 무리가 많아지자 웅녀는 더욱 과감해졌다. 웅녀는 곰을 한 마리 잡아 가죽을 벗겼다. 곰의 모든 습성을 파악하고 있던 웅녀에게 곰 한 마리쯤 잡는 일은 어려운 일이 아니었다. 그때부터 웅녀는 곰의 가죽을 뒤집어쓴 채 사람들에게 풍흉과 천재지변을 예언하며 신과 같은 존재로 군림했다. 허무맹랑하지만 나름 앞뒤가 맞고 재미있는 이야기였다.

“정말 대단하신데요? 곰의 가죽을 뒤집어쓴 채 사람들을 호령하는 웅녀 씨라니.”

“이제 제 이야기를 믿으시겠어요?”

“재미있는 이야기이긴 하네요. 그렇다면 웅녀 씨에게 구슬을 먹인 이상한 사람들은 누구인지 아세요?”

“저는 그때 본 사람들이 막연하게 신이라고 생각해왔어요. 불과 몇십 년 전까지도 말이죠. 지금 돌이켜보면 그 사람들은 미래에서 온 인류이거나 외계인이 아닌가 싶어요. 저를 납치했던 둥근 물체는 요즘 말로 UFO가 아닌가 싶고.”

“그들이 왜 하필 다른 사람도 아닌 웅녀 씨를 선택해 영원히 살게 만든 걸까요?”

“글쎄요. 저를 통해 무언가를 연구하기 위한? 어쩌다 한 번씩 그 사람들을 만나는 꿈을 꾸는데, 너무 생생해서 꿈이 아닌 것 같아요. 제게 구체적으로 물어보는 게 정말 많거든요. 꿈이라면 그렇지 않을 텐데 말이죠. 그 이유를 알기 위해 오랫동안 고민해왔는데, 아직도 모르겠어요. 그냥 사는 대로 사는 거죠. 하지만 언젠가 그들을 다시 직접 만나게 될지도 모른다는 예감이 들어요.”

나는 웅녀가 어디까지 허무맹랑한 이야기를 들려줄지 끝까지 들어보기로 마음먹고 그녀에게 물었다.

"웅녀 씨의 이야기가 사실이라면 웅녀 씨는 인류 역사상 최고의 지식인이겠네요?"

웅녀가 손사래를 쳤다.

"에이! 그렇지는 않아요. 단군 씨가 저보다 훨씬 다양한 지식을 가지고 있을지도 몰라요. 저는 지구가 둥글다는 사실을 알게 된 것도 최근이에요. 예전에 닐 암스트롱이 달에 발자국을 남기는 모습을 흑백텔레비전으로 봤을 때도 저는 사기라고 생각했어요. 우습죠? 정작 저는 말도 안 되게 오랫동안 이 세상에 살아 있는 존재인데. 저는 그저 과거 기억의 파편과 언제까지 제게 주어질지 모르는 시간만을 가지고 있을 뿐이에요."

"젊음을 유지하면서 영원히 살아갈 수 있다…… 인간이라면 누구나 원하는 꿈이 아닌가요?"

"정말로 그렇게 생각하세요?"

"당연하죠. 현대의학이 꿈꾸는 최종 목표가 바로 불로장생이니까요."

웅녀는 무거운 표정을 지으며 고개를 저었다. 나는 다시 웅녀에게 물었다.

"영원히 젊음을 유지하면서 산다는 게 불행한 일인가요?"

"그렇게 생각했던 때도 잠깐 있었지만, 꼭 그렇다고 말할 수도 없어요. 굳이 표현하자면 99퍼센트의 절망과 1퍼센트의 희망으로 사는 거예요."

"1퍼센트의 희망이라? 너무 가혹하지 않나요?"

"단군 씨도 지난날을 생각해보세요. 좋은 일과 나쁜 일 중 어떤 일이 더 많았나요? 사람 사는 세상이 다 그래요. 사람들 대부분이 판도라의 상자 속에 마지막으로 남아 있을지도 모를 희망만을 바라보며 살아가요."

"그렇다면 웅녀 씨에게 그 희망은 무엇인가요?"

"아무리 긴 세월이 흐른다고 해도 만날 사람은 언젠가 만나게 된다는 희망?"

웅녀가 나를 그윽한 눈빛으로 바라봤다.

"반가워요. 반세기 만이네요. 우주선이 달에 착륙하는 모습을 함께 본 게 마지막 만남이었으니."

다음 날 저녁, 나는 또다시 바를 찾았다. 웅녀의 이야기는 허무맹랑했지만, 누가 들어도 거짓인 이야기를 천연덕스럽게 풀어내는 그녀의 모습은 꽤 매력적이었다. 그런데 오늘은 입구에 폐점을 알리는 푯말이 걸려 있었다. 아쉬움을 느끼며 돌아서는데 갑자기 문이 열렸다.

"오늘도 오실 줄 알았어요, 단군 씨."

"계셨군요! 그런데 오늘은 왜 벌써 문을 닫으신 거죠?"

"단군 씨와 나누는 대화를 방해받고 싶지 않아서요. 아마 단군 씨와 제가 하는 이야기를 다른 손님들이 들으면 백이면 백이 미쳤다고 할걸요? 들어오세요."

맞는 말이다. 이런 대화를 진지하게 나누는 둘을 누가 제정신으로 보겠는가. 웅녀는 호가든을 가져와 내게 건넸다. 나는 바로 질문을 던졌다.

"웅녀 씨에게서 불로초를 가져갔다는 서복에 대해 이야기해 주실 수 있나요?"

"이제 제가 웅녀라는 사실을 믿으시나요?"

"솔직히 그건 아니에요. 하지만 매우 흥미롭긴 했어요. 제가 웅녀 씨와 헤어진 후 인터넷으로 서복에 대해 알아봤어요. 정말 서복이 제주도를 다녀갔다는 전설이 있더라고요. 서귀포라는 지명도 서복과 관련된 지명이었고요."

웅녀는 눈을 가늘게 떴다.

"이야기가 흥미로운 건가요, 제가 흥미로운 건가요?"

"훅 들어오니 이것 참. 웅녀 씨를 보러 온 것도 맞고, 웅녀 씨의 이야기를 들으러 온 것도 맞아요. 얼른 질문부터 하나 할게요. 불로초를 가져간 서복은 아직도 살아 있나요?"

"물론이죠. 불로초를 먹었으니 살아 있어야죠. 아마 지금 일본에 있을 거예요."

"웅녀 씨가 말하는 불로초는 외계인들이 건네준 구슬이죠?"

"그렇죠. 하지만 서복에 대해 이야기를 하려면 그 전에 다른 이야기를 더 풀어야 해요. 저를 있는 그대로 받아들여준 첫 남자에 대해."

나를 바라보는 웅녀의 눈빛이 촉촉해졌다.

"설마 그게 저라는 말은 아니겠지요?"

웅녀는 말없이 내 눈을 바라봤다.

"제가 웅녀 씨처럼 반만년을 살아오기라도 했다는 말인가요?"

"그렇지는 않아요. 하지만 저는 당신을 알아볼 수 있어요. 아무리 오랜 세월이 흐른다고 해도 저는 당신을 알아볼 수 있어요. 단군 씨는 윤회를 믿으세요?"

"전생이나 윤회 모두 아무런 증거가 없잖아요. 티베트의 달라이 라마를 예로 들며 인간의 영혼이 윤회한다고 주장하는 사람들도 있지만, 저는 솔직히 믿을 수 없어요. 저는 이 세상에서 누구도 부정할 수 없는 진리는 두 가지밖에 없다고 생각하거든요. 첫 번째는 우리가 살아 있다는 사실, 두 번째는 우리는 모두 언젠가는 반드시 죽는다는 사실."

"영원한 사랑을 믿나요?"

나는 얼마 전에 헤어진 여자친구를 떠올리며 쓴웃음을 지었다.

"사랑이라는 감정이 과연 영원할까요? 불 같은 것 아닌가요? 사랑이라는 이름을 가진 화려한 불길로 서로를 태우다가, 정이라는 이름의 잿더미를 지저분하게 뒤집어쓴 채 화려했던 불길을 평생 추억하며 사는 것……. 그게 보통 사람들이 사랑하는 모습 아닌가요?"

웅녀는 내 잔에 담긴 맥주를 한 모금 마시며 말했다.

"사랑은 일종의 운명 같은 거예요. 오로지 나만이 짊어지고 가야 할 운명."

"그래요. 일단 웅녀 씨의 말이 진실이라는 전제하에 이야기할게요. 그렇다면 저는 한때 웅녀 씨와 인연을 맺었던, 그러니까 단군의 아버지인……."

"지금은 하느님의 아들인 환웅이라고 불리는 남자죠."

"네? 제가 환웅이었다고요?"

웅녀는 시선을 옆으로 돌리며 한숨을 쉬었다.

"전설은 어디까지나 전설이에요. 당신과 저 사이에 낳은 아들이 조금 특별했을 뿐이죠. 저는 제 아들 이름을 단군이라고 지은 일이 없어요. 혹시 『삼국유사』에 실린 김제상에 관한 이야기를 아시나요?

"대충 무슨 내용인지는 알고 있는데, 박제상 아닌가요?"

"『삼국사기』에는 박제상으로 실려 있고 『삼국유사』에는 김제상으로 실려 있어요. 왜국에서 눌지왕의 동생을 탈출시킨 김제상이 왜왕으로부터 얼마나 지독한 고문을 받고 죽었는지도 아시겠네요?"

"물론이죠."

"그걸 믿으세요?"

"『삼국유사』라는 역사책에 실린 내용이니 믿을 수 있는 이야기 아닌가요?"

"당시 고문 과정을 옆에서 하나하나 지켜본 신라인이 과연 있었을까요? 누가 어떤 방법으로 김제상이 그런 고문을 받았는지 알 수 있죠? 누가 계림의 개나 돼지가 될지언정 왜국의 신하는 될 수 없으며, 계림에서 형벌을 받을지언정 왜국의 벼슬이나 녹은 받지 않겠다는 그의 말을 듣고 기록했을까요? 역사란, 사실이라는 큰 줄기에 정치적인 필요로 가공된 이야기들이 덕지덕지 붙어서 만들어지는 거예요. 역사적 사실은 눌지왕의 동생 미사흔을 구한 김제상이 신라로 돌아오지 못하고 왜국에서 죽었다는 내용이 전부예요."

일리 있는 말이다. 나는 고개를 끄덕였다. 웅녀는 내게로 시선을 돌리며 말을 이었다.

"당신은 두려움 없이 제게 다가왔던 첫 번째 남자였어요. 정신이 그리 온전하지 않은 사람. 마을에서 한참 어린 아이들에게도 놀림을 받는 바보. 그런데 저를 바라보는 당신의 눈빛은 매우 깊었고, 고통과 연민으로 가득 차 있었어요. 마치 제가 어떤 존재이며 어떻게 살아왔는지 모두 알고 있다는 듯한 눈빛이었죠."

웅녀가 아련한 표정을 지으며 눈시울을 붉혔다.

“저는 당신이 두려웠어요. 당신 같은 사람은 처음이었으니까. 저는 신의 대리인이라는 권위를 앞세워 당신을 내쳤어요. 그런데도 당신은 제게 다가오는 일을 멈추지 않더군요. 감히 신의 대리인에게 겁 없이 다가오는 불경한 사내에게 가해진 응징은 가혹했죠. 당신은 한쪽 눈을 잃고 한쪽 팔까지 제대로 쓸 수 없게 됐어요. 그런데도 당신은 제게 다가오는 일을 멈추지 않았어요. 경외의 눈빛 대신 애정 어린 눈빛과 함께. 아직도 저는 당신이 왜 그런 핍박을 받고도 제게 다가왔는지 이유를 모르겠어요. 바보였으니 그리했겠죠. 제가 이렇게 오랜 세월 당신을 기다리고 또 기다리는 것처럼.”

“그래서 저를, 아니 환웅을 받아들이는 데엔 문제가 없었나요?”

“간단해요. 제가 사람들에게 신이 내게 당신을 점지해줬으니 앞으로 당신을 나처럼 섬기라는 선언을 했죠. 게임 끝.”

“아니, 그렇게 간단히요?”

“종교인과 위정자가 따로 구분되어 있지 않던 시대였으니까요. 세월이 흐르면서 당신은 점점 늙어갔어요. 저는 구슬을 당신에게 먹여야 하나 말아야 하나 많이 고민했어요. 저는 당신과 영원히 함께하고 싶었으니까요. 하지만 구슬이 당신에게 영원한 생명을 가져다줄지, 영원한 생명이 영원한 사랑으로 이어질지 확신할 수 없었어요. 당신에게 영원한 생명이 축복이 될지 확신할 수도 없었고요. 영원한 생명이 제겐 축복이 아니었으니까요."

"그래서 환웅, 아니 저는 어떻게 됐나요?"

"결국 세상을 떠났죠. 그 후에 저는 신의 뜻이라는 이야기만 남긴 채 아들에게 모든 것을 맡기고 먼 곳으로 향했죠."

"당신이 떠나면 아들은 어떡하고요?"

"아들은 어렸지만 똑똑했어요. 어쨌든 명분상 신의 대리인인 저와, 신이 제게 점지한 당신 사이에서 생긴 아들이니 이보다 더 신에 가까운 사람이 어디 있나요? 아들은 그 명분을 충분히 활용해 위대한 지도자가 됐죠. 저는 아들에게 부담이 되지 않도록 멀리 서쪽으로 떠났어요. 그리고 그곳에서 오랜 세월을 보냈죠. 그곳에서도 저는 신과 가장 가까운 여자로 명성을 날렸죠."

"서쪽이라면 중국?"

"네. 그런데 그곳에서 당신을 다시 만나게 됐어요. 이번에도 당신이 저를 찾아왔어요."

"그래요? 제가 한때 중국인이었다는 말인가요?"

"중국인이라기보다는 한국인과 더 가까운 종족의 나라였죠. 당시 중국 땅은 지금보다 훨씬 습하고 더운 땅이어서 열대 지방처럼 코뿔소과 코끼리도 돌아다녔어요."

"코뿔소와 코끼리요? 세상에나."

"믿지 못하는 눈치네요. 아무튼, 당신은 무정이라는 이름을 가진 왕이었어요. 그가 저를 찾아왔을 때 저는 그 사람이 당신이라는 사실을 바로 알아챌 수 있었어요."

"제가 왕이었다고요? 이거 정말 대단한데요?"

"물론 당신은 저를 알아보지 못했어요. 하지만 처음에는 지혜만을 원해 저를 찾아왔던 당신도, 나중에는 저에게 반해 청혼하게 됐죠."

"그래서 웅녀 씨는 왕비가 되신 건가요?"

웅녀는 깔깔거리며 한참 동안 웃었다.

"왕비요? 당신에겐 예순 명이 넘는 부인이 있었어요. 저는 그중 한 사람이었고요. 물론 나중에 정실부인이 되긴 했지만."

"제 전생이 그토록 화려했다니! 웅녀 씨가 그 많은 경쟁률을 뚫고 저의 정실부인이 됐다고요?"

"어제 말씀드렸죠? 어지간한 짐승을 잡는 일은 제게 식은 죽 먹기라고. 저는 당신과 함께 늘 전장을 뛰어다니며 무수한 전투를 치렀어요. 그 공으로 정실부인 자리를 차지했죠."

나는 웅녀의 얼굴과 아담한 체구를 훑으며 실소를 터트렸다. 이제는 전쟁터를 종횡무진 활약하던 여장군이라니. 심각한 표정으로 진지하게 이야기하는 웅녀의 모습이 어처구니없지만 귀여웠다. 나는 다시 터져 나오려는 웃음을 참으며 웅녀에게 물었다.

"결국 무정, 아니 저도 죽었겠군요."

"너무 괴로워 견딜 수 없었어요. 당신에게 구슬을 먹여야 하나 말아야 하나 번민했죠. 다시 만난 당신을 다시 놓치고 싶지 않았으니까. 하지만 저는 처음 당신을 떠나보낼 때와 같은 이유로 구슬을 당신에게 먹일 수 없었어요. 그뿐만 아니라 세월이 지나도 늙지 않는 저에 관한 온갖 억측과 소문이 왕궁에 난무했죠. 떠날 때가 됐죠. 결국 저는 당신이 죽던 날 몰래 왕궁을 빠져나왔어요. 순장도 피해야 했고."

"순장이요?"

"왕이 죽으면 수십 명쯤 함께 무덤에 파묻는 게 당연한 시대였어요."

"진짜 살벌했네요. 이번에는 어디로 가셨나요?"

"처음과 반대로 동쪽으로 움직였어요. 백성들 사이에선 제가 당신이 죽던 날 하늘로 사라져버렸다느니, 혹은 동쪽으로 떠나는 저를 목격했다느니 하는 소문이 돌았죠. 그리고 그 소문은 전설이 됐고요."

"그 전설이 혹시 불로초에 관한 전설로 와전된 건가요?"

"그런 셈이죠. 늙지 않는 왕비가 동쪽으로 멀리 도망갔다는 소문이 세월이 흘러 동쪽 끝에 불로초가 있다는 전설로 변해버렸어요."

"그 이후로도 저를 만났나요?"

"네. 그 이후로는 당신을 조금 더 자주 만나게 됐어요. 하지만 이름은 잘 기억나지 않아요. 무정 같은 왕이 아니라 모두 평범한 사람들이었으니까요. 백 년 만에 만난 일도 있고, 삼백 년 만에 만난 일도 있고요. 심지어 당신이 여자로 나타난 일도 있었어요. 그땐 당신과 자매처럼 지냈죠. 그렇게 오랜 세월 당신과 만나면서 깨달은 게 있어요."

"뭐죠?"

"당신이 죽을 때까지 당신과 함께하기보다는 당신과 잠시 스치는 인연으로 만나는 게 가슴이 덜 아프다는 사실을요. 저는 이미 제 앞에서 죽어가는 당신의 모습을 여러 번 지켜봤어요. 당신이 가졌던 많은 이름을 모두 기억하진 못하지만, 이별의 순간에 관한 기억만큼은 아직도 제 가슴에 전부 깊게 남아 있어요. 마치 나무에 박힌 못을 뽑아내도 그 흔적은 그대로 남아 있듯이 말이죠. 저는 당신과 짧게 만나되 영원히 만나는 길을 선택했어요. 아무리 오랜 세월이 흘러도 당신은 언젠가 반드시 지금과 또 다른 모습으로 제 앞에 나타날 테니까요. 그렇게 되면 저는 늘 당신에게 새로운 여자이고 당신은 제게 새로운 남자일 테니 얼마나 설레는 일인가요? 단군 씨, 저는 내일 바의 문을 닫을 거예요."

"네? 바를 닫는다고요?"

"이만큼 당신을 봤으면 족해요. 제가 천년만년 여기서 장사할 줄 아셨어요? 내일은 일요일이니 별일 없으시죠?"

무슨 이렇게 자기 멋대로인 여자가 있나? 당황해 아무런 말도 못 하는 내게 웅녀가 우산을 건넸다.

"내일 오후 두 시에 동대문구청에서 가까운 청계천에서 만나요. 그곳에 '고산자교古山子橋'라는 다리가 있어요. 그 다리 아래서 기다릴게요. 곧 비가 내릴 것 같으니 이 우산을 가져가세요."

"비요? 오늘 뉴스에는 그런 일기예보가 없었는데……."

"일기예보보다 제가 더 정확할걸요?"

웅녀는 바 바깥까지 나와 나를 배웅했다. 얼떨결에 바에서 밀려나온 나는 정신을 차릴 수가 없었다. 잠시 후 콧잔등 위로 물방울이 하나 떨어졌다. 곧 소나기가 거리를 뒤덮기 시작했다. 나는 급하게 우산을 펼쳤다.

나는 다음 날 오후 두 시에 약속 장소에 도착했다. 웅녀의 말이 진실이든 아니든 간에 실제로 중국 은나라 때 무정이라는 왕이 있었다는 사실을 웹서핑으로 알게 됐다. 무정에게는 부호라는 이름을 가진 왕비가 있었고, 그 왕비는 중국 최초의 여장군이라고 불릴 정도로 여걸이었다는 사실도 함께 알게 됐다. 또한 은나라는 한족이 아닌 동이족의 나라라는 주장도 많았다. 이유야 어찌 됐든 웅녀는 역사에 관한 지식이 풍부한 여자임이 분명했다. 그런데 그녀가 갑자기 바를 닫겠다니. 만날 때마다 허무맹랑한 이야기를 하는 여자이지만 이대로 인연의 끈을 놓치고 싶진 않았다.

"제가 조금 늦었죠?"

웅녀는 화사한 화이트 원피스 차림으로 내 앞에 모습을 드러냈다. 웅녀는 수줍은 미소를 지으며 고개를 숙였다. 이런 여자가 장군이라고? 곰의 가죽을 뒤집어쓴 채 사람들을 호령했다고? 나는 어이가 없어 헛웃음을 터트렸다.

"왜 웃으세요?"

"아! 아니에요. 그런데 정말 바를 정리하실 건가요?"

"물론이죠. 그리고 오늘은 단군 씨와 작별 인사를 하려고요."

"네? 작별 인사라니요?"

바를 닫는 데 이어 작별 인사를? 나는 겨우 며칠 만나놓고 붙잡겠다고 나서면 우스운 일인 것 같아 무언가 말을 꺼내려다 주저했다. 그때 맞은편에서 자전거를 타고 다가오던 노인이 갑자기 웅녀 앞에서 페달을 멈췄다. 자전거에서 내린 노인은 웅녀의 얼굴을 빤히 쳐다보다 머리를 긁적이며 혼잣말을 되뇌었다.

"그럴 리가 없는데……. 그럴 리가 없는데……."

웅녀는 어색하게 미소를 지으며 노인에게 목례하고 자리를 피했다. 노인이 갑자기 웅녀의 손목을 붙잡았다. 나는 다급하게 웅녀의 손목에서 노인의 손을 떼어냈다.

"어르신! 이게 무슨 짓입니까!"

노인은 그럴 리가 없다는 혼잣말만 반복하며 표정을 무너뜨렸다. 웅녀는 핸드백에서 지갑을 꺼내 노인에게 주민등록증을 보여줬다.

"누구와 착각하셨는지 모르지만, 어르신께서 아시는 분인지 직접 확인해보세요."

나는 노인과 함께 웅녀의 주민등록증을 살폈다. 주민등록증에는 웅녀 대신 김민정이라는 이름과 96으로 시작하는 주민등록번호가 적혀 있었다. 확인을 마친 노인은 낙담하며 말없이 뒤돌아섰다. 나는 웃음을 터트렸다.

"웅녀 씨, 아니 이제는 민정 씨인가요? 저랑 동갑이셨네요?"

웅녀의 낯빛이 어두웠다. 웅녀는 자전거를 끌고 멀어져가는 노인의 뒷모습을 바라보며 쓸쓸한 표정을 지었다.

"당신의 막냇동생이에요."

"네? 그게 무슨?"

"우리 일단 걸으면서 이야기해요."

저 노인이 내 막냇동생이라고? 나는 반세기 만에 나와 만나 반갑다던 웅녀의 말을 떠올렸다. 나는 멀어져가는 노인을 쫓아가 가족관계를 물어보려 했으나, 웅녀가 내 손을 붙잡았다. 웅녀는 장난스럽게 웃으며 혓바닥을 내밀었다.

"세상에 영원히 사는 사람이 어디 있어요? 아까 제 주민등록증을 보셨잖아요? 장난이에요, 장난. 손님으로 찾아온 단군 씨가 솔직히 제 스타일이라 친해지려고 엉뚱한 소리를 해본 거예요."

지금까지 들려준 모든 이야기가 장난이라고? 빈정이 상한 나는 퉁명스럽게 웅녀에게 물었다.

"바를 정리한다는 말은 사실인가요?"

"당연히 아니죠. 그 건물은 제 고모 건물이에요. 바는 고모 덕에 차릴 수 있었고요. 대학을 졸업한 후에 취직이 되지 않아 이것저것 해보다가 차린 게 바예요. 제가 무슨 돈이 있어서 그런 바를 차려요. 고모 덕에 겨우 개업한 바인데 열심히 해야죠. 혹시라도 오해하셨다면 정말 미안해요. 그냥 저는 단군 씨를 놀리고 싶어서 엉뚱한 소리를 해본 거예요. 설마 정말로 제 이야기를 믿으신 거예요?"

"그러면 그렇지! 민정 씨 장난이 너무 심하시네요! 이제 민정 씨라고 불러도 되죠? 민정 씨는 정말 작가를 하셔도 되겠어요. 처음에는 민정 씨 이야기가 허무맹랑하게 들렸는데, 조금 전에는 진짜인 줄 알고 할아버지 뒤를 쫓아갈 뻔했어요."

"부르고 싶은 대로 부르세요. 거짓말이란 게 들켜서 김이 새긴 했는데, 그래도 서복에 관한 이야기를 마저 들어보실래요? 뻥인 걸 알고 들어도 재미있을 거예요."

나는 가벼운 마음으로 그녀의 말에 귀를 기울였다.

"서복은 제가 머무는 제주도의 동굴로 찾아왔어요. 그는 저를 만나자마자 불로초를 아느냐고 묻더군요. 처음에 저는 아는 게 없다고 발뺌했지만, 그는 어떤 경로를 통했는지 몰라도 저의 정체에 대해 어느 정도 짐작하고 있었어요. 저는 그 구슬에 미련이 없었어요. 그저 제 운명은 오로지 제가 감당해야만 하는 일이라고 여겨왔기 때문에 구슬을 계속 지니고 있었을 뿐이죠. 한편으로는 구슬을 시험해보고 싶은 마음도 있었어요. 정말 구슬이 불로장생의 힘을 가졌는지 궁금했거든요. 제 운명을 누군가와 공유한다면 덜 외로울지도 모르겠다는 이기적인 생각도 조금 있었고요."

서복은 이미 환갑에 가까운 노인이었다. 그는 조금도 물러설 생각이 없어 보였다. 물론 그에겐 진시황에게 불로초를 가져다줄 생각도 전혀 없는 것 같았다.

"이미 서복이 동굴 주위에 군사를 잔뜩 배치해놓은 터라, 제가 몸을 피하기도 어려운 상황이었어요. 저는 서복에게 후회하지 않을 자신이 있냐고 물었죠. 그는 망설임 없이 고개를 끄덕이더군요. 저는 미련 없이 서복에게 구슬을 던졌어요. 서복은 구슬을 받자마자 삼키더니 비명을 지르며 쓰러졌어요. 저는 혼란스러워진 틈을 타 재빨리 비밀통로로 그곳에서 빠져나왔고요."

"서복은 처음에 무척 실망했겠군요."

"아마도요. 겉으로는 아무런 변화가 없었을 테니 말이죠. 아무것도 얻은 게 없으니 어차피 진시황에게 돌아가봐야 그에게 돌아올 대가는 죽음뿐이었어요. 게다가 저는 작정하고 숨어버렸으니 서복은 저를 찾을 수가 없었죠. 결국 서복은 배를 몰아 진나라에서 가장 멀리 떨어진 왜국으로 도망치듯 떠났어요."

"그리고 세월이 흘러 자신이 더 늙지 않는다는 사실을 깨닫게 됐겠네요?"

"빙고! 서복에겐 영생이 더 큰 불행이었어요. 나이 들어 몸이 불편한 상태로 영원히 살게 됐으니."

"이후에 서복을 만난 일이 있나요?"

"네. 몇 번 더 만났어요. 첫 번째는 그로부터 백 년 정도 흐른 뒤였어요. 당시 그는 거지꼴로 혼자 제주도까지 저를 찾아왔어요. 그는 제게 왜 젊어지지 않느냐고 따지며 절규하더군요. 저는 후회하지 않겠다던 기개는 어디로 갔느냐고 비웃어줬죠. 그는 죽음을 원했어요. 저는 그동안 제가 살아온 이야기를 기억나는 대로 모두 서복에게 들려줬지요. 제 말을 듣고 체념한 서복은 결국 다시 왜국으로 돌아가버렸어요."

"그다음에는?"

"그로부터 오랜 세월이 흐른 뒤에 만났어요. 저는 그때 왜국에서 음양사로 있었어요."

"음양사요? 무당과 비슷한 일을 했나요?"

"점술을 보기는 하죠. 하지만 실제 음양사는 천문학이나 기상학, 지리학을 연구해 이를 농업이나 군사전략 수립과 같은 현실에 응용하는 과학자와 비슷한 존재였어요. 한곳에 머물러 사는 일이 따분해 왜국에서 살았던 일도 있거든요. 그곳에서 우연히 음양사 일을 하고 있던 서복을 만났죠. 그때는 서로 말없이 스쳐 지나갔어요."

"마지막은 언제죠?"

"몇 년 전이에요. 홀로 일본에 배낭여행을 떠났다가 들른 절에서 만났죠. 이제는 승려가 돼 있더군요."

"음양사에서 승려요?"

민정은 씁쓸한 표정으로 웃었다.

"몸을 감추기 가장 쉬운 곳이 그런 곳이니 어쩔 수 없죠. 제가 그동안 무당이나 비구니로 살아온 세월이 얼마나 긴지 아세요?"

"어휴! 그런 표정 짓지 말아요. 거짓말을 그렇게 정색하며 말하니 당황스러워요. 아! 벌써 청계천이 다 끝나가네요."

청계광장을 알리는 원뿔 모양의 조형물이 점점 가까워지고 있었다.

"이제 가볼게요, 추영랑."

"네? 이제는 추영랑인가요? 그 이름도 한때 제 이름이었나요?"

“저는 광화문역에서 지하철을 타고 갈게요.”

“제가 바래다드릴게요.”

“괜찮아요.”

“그러면 내일 저녁에 민정 씨에게 들를게요. 내일은 민정 씨가 무슨 이야기보따리를 풀어놓을지 벌써 기다려지는데요?”

내게서 멀어져가던 민정이 걸음을 멈추고 뒤돌아 환한 미소를 지으며 말했다.

“기다림은 저 혼자로 족해요. 다음에 봐요.”

다음 날 저녁, 바의 문은 잠겨 있었다. 문 앞에는 그동안 찾아주신 손님들께 감사하다는 메모가 붙어 있었다. 바에 오면 당연히 그녀를 만날 수 있다는 생각에 따로 전화번호를 받아놓지 않은 터라 연락할 길이 없었다. 나는 힘없이 거리를 거닐었다. 거리에선 유난히 손을 잡고 걷는 연인들의 다정한 모습이 자주 눈에 띄었다.

나는 벤치에 앉아 스마트폰을 꺼내 전화번호를 뒤적이다가 포털사이트 메인 페이지에 걸린 뉴스를 봤다. 어제 오후 경북 울진에서 세월에 마모됐지만, 원형이 잘 보존된 신라시대의 비석이 발굴됐다는 내용의 뉴스였다. 비석에는 추영과 보현이 언젠가 다시 만날 것을 약속하는 내용이 담겨 있었다.

추영은 사서나 금석문 어느 곳에서도 발견되지 않는 인물명이고, 보현은 지증왕의 딸인 보현공주로 추정된다는 게 전문가들의 의견이었다. 보현은 수지공과 혼인해 영실공을 낳았다고 기록돼 있는데, 전문가들은 연인 사이였던 추영과 보현이 현실에선 사랑을 이루지 못해 비석으로나마 둘의 변치 않을 사랑에 대한 맹세를 새긴 뒤 땅속에 묻은 것이 아니냐는 낭만적인 분석을 하고 있었다.

동상이몽

○

고진시민연합 소속 회원들이 서울 여의도 행복당 당사 앞에서 열린 시위를 마치고 인근 식당에 모였다. 식당 내 테이블에 삼삼오오 모여 앉은 회원들은 명재일 행복당 대선 후보의 집값 관련 발언을 성토하며 서로의 술잔을 채웠다. 회원들의 잔에 술이 모두 채워지자 회장이 일어나 건배사를 했다.

"오늘 모두 수고 많으셨습니다. 명재일과 행복당은 이번 대선에서 고진시민을 무시한 대가를 톡톡히 치러야 할 겁니다. 며칠 후 치러질 대선에서 투표로 '고진 이런 데' 사는 사람이 얼마나 무서운지 확실하게 보여줍시다. 제가 '명재일 잘 가라'고 선창하면 여러분은 '멀리 못 나간다'고 외쳐주시기 바랍니다. 명재일 잘 가!"

회원들은 서로 잔을 부딪치며 일제히 큰 소리로 외쳤다.

"멀리 못 나간다!"

최근 몇 년 사이에 수도권 지역 부동산 시세가 급격하게 오르자, 정부와 여당인 행복당은 부동산 시장의 투기 과열을 막으려고 담보인정비율LTV•을 지속해서 낮추는 정책을 펼쳤다. 이 같은 정책은 가진 돈이 많지 않아 대출을 끼지 않고는 주택을 마련할 수 없는 무주택 실수요자의 강한 반발을 불러왔다. 명재일 후보는 민심을 되돌리고자 생애 최초 주택 구매자를 위해 LTV를 90퍼센트까지 올리겠다고 공약했다.

논란의 불씨는 며칠 전에 열린 대선 후보 토론회에서 지펴졌다. 토론회에서 정상순 개혁당 후보는 명재일을 겨냥해 "LTV를 90퍼센트까지 올리면 대출 원리금이 많아져 고소득자만 유리해진다"고 지적했다. 명재일은 "시세의 절반 정도에 불과한 조성원가와 건축원가를 분양가로 하겠다는 게 공약의 핵심"이라며 "총부채원리금상환비율DSR•• 규모는 20평 아파트 정도면 한 2, 3억 원대"라고 반박했다. 정상순이 "도대체 어느 지역에 2, 3억 원짜리 20평 아파트가 있느냐"고 묻자, 머뭇거리던 명재일은 "고진 이런 데에 있다"고 답했다.

행복당의 텃밭인 고진 지역 주민은 명재일의 발언에 분노했다. 고진시민연합은 "고진의 아파트 평균 매매가는 지난달 기

• 주택을 담보로 돈을 빌릴 때 인정되는 자산가치의 비율. 예를 들어, 담보인정비율이 60퍼센트이고 3억 원짜리 주택을 담보로 돈을 빌린다면, 빌릴 수 있는 최대 금액은 1억 8,000만 원이 된다.

•• 대출을 받으려는 사람의 소득 대비 전체 금융부채의 원리금 상환액 비율. 연간 총부채 원리금 상환액을 연간 소득으로 나눠 산출한다.

준 6억 원에 육박한다"며 "50만 시민이 사는 고진을 고작 '이런 데'라고 무시한 명재일 후보는 당장 사과하라"고 목소리를 높였다. 행복당은 "신규 아파트 분양용지 공급가격 기준을 조성원가로 환원하고 분양원가도 공개하면 2, 3억 원대에 20평 아파트를 공급할 수 있다는 의미에서 나온 발언"이라고 해명했다. 이에 고진시민연합은 "조성원가를 낮춰 주택을 공급하는 일보다 교통 인프라 구축이 시급하다"며 "교통 인프라 구축도 없이 값싼 아파트만 잔뜩 지으면 고진 이런 데 사는 사람들은 지금보다 더 심각한 교통지옥에 시달릴 것"이라고 반발했다. 행복당이 교통 인프라 구축에 관한 대책을 내놓지 못하자, 고진시민연합은 행복당 당사 앞에서 시위를 벌이고 후보 사퇴를 촉구했다.

"이렇게 한자리에 모여 술잔을 나누는 것도 인연인데 서로 통성명이나 하시죠. 저는 태산에 사는 전호권이라고 합니다."

오십 대 초반쯤으로 보이는 중년 남자가 베레모를 벗고 지갑에서 명함을 꺼내 동석한 세 사람에게 돌렸다. 명함에는 '참맛고깃골'이라는 상호와 사장이라는 직함이 적혀 있었다. 그의 앞에 앉은 사십 대 초반으로 짐작되는 여성이 명함을 보고 반색했다.

"참맛고깃골! 여기 태산에서 맛집이라고 소문이 자자하던

데. 저도 태산에 살아요. 허연수라고 합니다. 반가워요. 나중에 꼭 들를게요."

허연수 옆에 앉은 노인이 불만 섞인 표정을 지으며 명함을 숟가락 옆에 놓았다.

"태산동에 사는 사람들은 꼭 자기가 고진이 아니라 태산에 산다고 말하더라. 태산이 무슨 벼슬이라고. 나는 강촌동에 사는 김인형이라고 하고, 공무원 오래 하다가 지금은 연금 받고 살고 있어서 명함은 따로 없습니다."

김인형 앞에 앉은 젊은 남성이 명함을 돌리며 멋쩍게 웃었다.

"저는 임성윤이라고 합니다. 지금은 육아휴직 중입니다."

전호권이 임성윤의 명함을 보며 감탄했다.

"여산전자에서 일해요? 이야! 좋은 데 다니시네. 실례지만 올해 몇 살이세요?"

"저는 올해 서른넷입니다."

"젊으시네. 나중에 우리 아들도 여산에 취직하면 소원이 없겠습니다."

허연수도 부럽다는 표정으로 명함을 살피며 앓는 소리를 냈다.

"여산에선 남자도 육아휴직을 마음대로 쓸 수 있어요? 진짜 좋은 회사네……."

임성윤은 민망하다는 듯 머리를 긁었다.

"아직도 마음대로 쓸 수 있는 분위기는 아니고요. 그냥 한번 질러봤어요. 아이가 크는 모습을 못 보고 지나가면 후회할 것 같아서. 저는 오히려 여기 계신 어르신이 훨씬 부럽습니다. 여산에서 일하다가 공무원 시험을 준비하겠다고 나간 직원이 한둘이 아니에요. 요즘같이 불안한 세상에서는 안정적인 직업이 최고죠. 공무원 연금도 대단하고요."

김인형은 기분이 좋아졌는지 입꼬리를 올렸다.

"공무원 연금 좋다는 말도 옛말입니다. 자식한테 손 안 벌리고 손주에게 용돈 좀 주며 사는 정도지 뭐. 흰소리하지 말고 술이나 마십시다."

술잔이 몇 차례 돌자, 살짝 안색이 붉어진 전호권이 미간을 찡그렸다.

"고진 이런 데? 명재일 그 양반 현실감각이 참 남달라요. 고진에 2억, 3억에 살 수 있는 아파트가 있다고요? 그런 아파트가 있으면 내가 먼저 샀겠네요. 태산에서 그 돈이면 방 두 개짜리 빌라나 겨우 구해요. 이 동네 집값도 모르는 사람이 무슨 표를 얻겠다고. 어이가 없어서."

허연수가 주변을 살피더니 목소리를 낮췄다.

"없는 건 아니에요. 중교읍 쪽에 가면 그 가격에 살 수 있는 구축 아파트가 좀 있긴 해요."

전호권이 고개를 저었다.

"그 동네는 고진이 아니죠. 역사적으로도 다른 동네였고요.

고진에 편입된 지 고작 이십 년밖에 안 된 곳이고."

김인형이 숟가락 옆에 뒀던 전호권의 명함을 다시 들어 살폈다.

"중교읍에도 지점을 두고 장사하시는 분이 그런 말을 하면 좀 그렇지 않나?"

네 사람 사이에 잠시 침묵이 흘렀다. 허연수가 어색하게 미소를 지으며 임성윤에게 물었다.

"성윤 씨는 어디에 사신다고 했죠? 아까 말씀을 안 하셔서."

임성윤도 허연수처럼 어색하게 미소를 지었다.

"아, 저는 강하동에 삽니다. 빼꾸기단지."

"같은 동네에 사시네요? 저는 두루미단지에 살아요."

"아까 태산에 사신다고 하지 않았어요?"

"강하동도 곧 태산에 편입될 예정이잖아요."

김인형이 술잔을 비우며 비웃음을 흘렸다.

"아직 편입되지도 않았는데 사는 동네 이름부터 미리 세탁하는 건 좀 웃기지 않나?"

김인형은 자신이 강촌동 주민이라는 사실에 자부심을 느껴왔다. 태산동에 조성된 태산신도시가 최근 들어 베드타운으로 주목받고 있지만, 시청과 주요 기관은 강촌동에 있기 때문이다. 또한 강촌동은 서울과 경계를 맞대고 있어 태산신도시만큼 유입 인구도 많았다. 역사가 긴 강촌동은 여전히 고진의 행정과 문화의 중심지로 기능했다.

서울의 전세난과 가격 상승을 피해 수도권으로 유입되는 인구가 늘어남에 따라, 서울 외곽에 조성된 여러 신도시가 대체 주거지로 급부상했다. 고진에 조성된 태산신도시도 그중 하나였다. 고진 토박이로 삼십 년 넘게 공무원으로 일해온 김인형의 눈에 태산신도시는 어처구니없는 동네였다. 신도시 개발 이전의 태산동은 태산이라는 동 이름과 어울리지 않게 홍수가 연례행사인 저지대였다. 김인형은 기반시설도 제대로 갖추지 못한 채 아파트 단지만 덩그러니 세워진 그런 곳에 어떻게 사람이 사나 싶었다. 실제로 태산신도시는 입주 초기에 생활이 불편하다는 민원이 쏟아져 고진에서 폭탄 취급을 받았고, 김인형도 공무원으로 일했던 시절에 태산신도시 입주민의 수많은 민원을 접했다.

그랬던 태산신도시가 개발 마무리 단계에 접어들자 두 배 넘게 시세가 뛰어올라 명품신도시라는 별명을 얻었다. 고양의 일산, 성남의 분당과 판교, 수원과 용인의 광교, 화성의 동탄처럼 태산이라는 동 이름도 브랜드가 됐다. 태산신도시 입주민은 자신을 고진 사람이 아닌 태산 사람이라고 칭했다. 다른 동 주민은 이를 고깝게 바라보면서도 태산신도시 개발의 프리미엄이 자기가 사는 동네에도 미치기를 바랐다. 이 같은 변화에 김인형이 태산동을 바라보는 감정도 복잡해졌다.

얼마 전 김인형의 심기를 크게 불편하게 한 사건이 있었다. 고진시가 강하동을 태산동에 편입하겠다는 행정구역 개편안을 내놓은 것이다. 강하동은 법정동인 강촌동의 행정동이었다. 각 시·도의 하부 행정구역 단위인 동은 법정동과 행정동으로 구분된다. 법정동은 예전부터 쓰던 고유지명을 법률로 지정한 행정구역 단위로 신분증, 부동산 관련 문서 등 공부公簿상 주소로 쓰이며 명칭 변동이 거의 없다. 행정동은 행정 운영의 편의를 위해 설정한 행정구역 단위로 주민 수의 증감에 따라 수시로 설치 또는 폐지된다.

인구가 많은 법정동이라면 한 법정동에 여러 행정동이 설치될 수 있다. 서울 송파구의 법정동인 잠실동은 주민이 많아 잠실본동, 잠실2동, 잠실3동, 잠실7동 등 총 네 개의 행정동으로 이뤄져 있다. 반면 인구가 적은 법정동을 하나의 행정동으로 묶을 수도 있다. 대전 대덕구의 행정동인 신탄진동은 갈전동, 미호동, 부수동, 삼정동, 신탄진동, 용호동, 이현동, 황호동 등 여덟 개의 법정동 행정 업무를 처리한다.

과거에 강하동은 태산동과 강촌동 사이에 끼어 있던 법정동으로 생활권이 강촌동에 가까웠다. 고진시는 강하동을 강촌동과 합쳐 강촌동이라는 하나의 법정동을 만들었다가, 세월이 흘러 강촌동의 인구가 급증하자 기존 강하동 지역에 같은 이름의 행정동을 설치했다. 그런데 태산신도시 개발 후 강하동의 생활권은 강촌동보다 태산동에 가까워졌다. 고진시가 강하동을 태산동과 합치기로 결정한 이유였다.

김인형은 억울했다. 자신도 태산신도시 입주민처럼 태산택지개발분담금을 부담했는데, 도로 공사를 비롯한 기반시설 확충이 대부분 태산신도시를 중심으로 이뤄졌기 때문이다. 태산신도시에 편중된 기반시설 확충을 누릴 수 없다면, 태산동에 편입해 부동산 가격 상승이라는 프리미엄이라도 누려야 한다는 여론이 강촌동 주민 사이에서 힘을 얻었다. 김인형도 겉으로는 표현하지 않았지만 내심 여론에 공감했다. 이런 분위기 속에서 강하동만 태산동으로 묶이게 되자, 강촌동 주민의 반발이 격화됐다. 일부 주민들 사이에선 고진시로부터 개발분담금을 환수해야 한다는 움직임까지 일어나는 등 갈등이 증폭됐다.

김인형은 자신의 빈 잔을 바라보며 모두 들으라는 듯 혼잣말을 했다.

"다 가져갔으면 역 이름이라도 양보하는 게 도리일 텐데, 태산동에 사는 사람들 너무 욕심이 많아요. 다 같이 잘 살아야 하는데 정이 없어."

"어르신, 제가 따라드리겠습니다."

임성윤이 자신의 빈 잔에 직접 소주를 따르는 김인형을 만

류했다. 김인형은 못 이긴 척 술병을 임성윤에게 건넸다. 전호권이 임성윤에게 자신의 빈 잔을 가리켰다.

"저도 한 잔 주시죠."

전호권은 잔을 받자마자 비우고 손등으로 입을 닦았다.

"어르신 마음을 이해 못 하는 건 아니지만, 아무리 그래도 전철역 이름을 가지고 그렇게 우기시는 건 곤란하죠. 엄연히 태산의 중심부에 서는 전철입니다. 다른 동에 세워지는 역이 태산이라는 이름을 가져가는 건 상식적으로 말이 안 되죠."

김인형이 못마땅한 얼굴로 전호권을 흘겨봤다.

"안산에 있는 4호선 한대앞역에 가보셨소? 한양대가 어디에 있나 찾아보시오. 사십 분은 걸어가야 교문이 나와요. 서울을 볼까? 1호선 서울대입구역도 마찬가지예요. 역에서 나와 삼십 분 넘게 언덕을 넘어야 교문이 나와요. 안 될 이유가 없지 않나?"

고진은 오십만 명이라는 인구에 걸맞지 않은 열악한 교통사정으로 악명이 높았다. 고진에서 서울로 이어지는 하나뿐인 국도가 시가지를 거쳐 지나가다 보니, 출퇴근 시간마다 고진 시민은 지독한 교통체증으로 몸살을 앓았다. 몇 년 전 우회도로 개통으로 교통체증이 조금 줄어들었지만, 근본적인 해결책이 되어주진 못했다. 이 때문에 최근 공사를 마친 고진도시철

도에 거는 고진시민의 기대가 컸다.

문제는 역명이었다. 국토교통부는 태산동에 들어서는 역명을 '태산신도시역', 강촌동에 들어서는 역명은 '고진시청역'으로 확정해 고시했다. 이후 태산동과 강촌동 주민 사이에 '태산'이라는 명칭을 두고 신경전이 벌어졌다. 태산동 주민은 역사가 들어서는 동네의 이름이 역명이 되는 게 당연하다며 어이없어 했고, 강촌동 주민은 역명이라도 가져와야 균등한 지역 발전을 이룰 수 있다고 맞섰다. 여기에 태산동과 맞닿은 다른 동까지 '태산'을 역명에 집어넣겠다고 나서면서 갈등이 확산됐다. 고진시가 시민배심법정까지 열었는데도 결론을 내지 못해 역명 쟁탈전은 계속되는 중이었다.

"우리끼리 힘을 합쳐도 모자랄 때인데 왜들 그러세요. 다 같이 한잔하시죠. 건배!"

허연수가 건배를 권하자 나머지 세 사람도 어색하게 잔을 부딪쳤다. 김인형이 술잔을 반쯤 비우고 허연수를 빤히 쳐다봤다. 살짝 당황한 허연수가 김인형에게 물었다.

"왜요? 제 얼굴에 뭐가 묻었나요?"

"그건 아니고, 기분이 아주 좋아 보여서요. 입이 귀에 걸렸네. 좋은 일이라도 있나 봐요?"

"좋은 일은 무슨요."

"좋은 일이 없을 리가 있나. 강하동이 태산동에 붙으니까 두루미단지도 가격이 조금 올랐잖소. 안 그래요?"

허연수는 새어 나오는 웃음을 꾹 눌러 참았다.

"그렇게 많이 오르지는 않았어요."

허연수는 오 년 전 서울에서 고진으로 이사 왔다. 서울 변두리 지역 빌라 전세를 전전하는 데 지쳐 있었던 남편은 허연수에게 서울을 떠나자고 제안했다. 평생 서울에서 살아온 허연수는 반대했지만, 이 년마다 감당하기 어려울 만큼 오르는 전셋값 앞에서 결국 무너졌다. 서울과 멀어도 내 집 한 칸을 마련해 눈치 보지 않고 사는 게 속은 편하지 않겠느냐는 남편의 말이 가슴에 박혔다. 아이도 점점 커가고 있던 터라 집을 넓힐 필요가 있었다. 당시 고진에는 명재일의 발언대로 2, 3억 원대 아파트가 꽤 있어서 전세금에 대출을 보태면 충분히 내 집 마련이 가능했었다. 마침 강하동에 딱 주머니 사정에 맞는 대단지 아파트가 있었다.

서울 밖에서 살면 큰일이라도 날 줄 알았는데 생각보다 꽤 살 만했다. 일단 집이 넓어지니 숨통이 트였다. 지하주차장 시설이 잘 갖춰져 있으니 주차 걱정을 할 필요가 없었다. 대형마트도 멀지 않아서 장을 보기도 편했다. 아파트 단지 주변에 넓은 공원이 있어 산책하기 좋았고, 주말에 차를 몰고 삼십 분만 움직이면 바다를 즐길 수도 있었다. 단점은 서울에서 멀어졌다는 것 하나뿐이었다. 이른 새벽에 일어나 서울로 출근하는 남편의 모습이 안쓰러웠지만, 광역버스가 늘어난 데다 곧 전철까지 개통되니 큰 문제는 아니라고 생각했다.

고진 살이에 익숙해지면서 숨 쉴 때마다 목에 걸리는 게 생겼다. 바로 태산신도시였다. 강하동은 태산신도시와 가깝지만, 부동산 가격 상승세는 태산신도시보다 훨씬 더뎠다. 허연수의 아파트는 이 년 만에 1억 원 정도 올랐지만, 태산신도시의 같은 평수 아파트는 같은 기간에 2억 원 넘게 올랐다. 시간이 흐를수록 두 곳의 가격은 점점 벌어졌다. 허연수는 매일 인터넷으로 강하동과 태산신도시의 부동산 실거래가를 비교하며 열등감에 사로잡혔다. 장을 보러 태산신도시 근처에 있는 대형마트에 들렀다가 집으로 돌아올 때면, 그는 초라해지는 기분을 떨칠 수가 없었다.

강하동의 태산동 편입은 의기소침했던 허연수에게 로또 당첨 소식처럼 들렸다. 고진시가 강하동과 태산동을 합친다고 발표하자마자 두루미단지의 30평대 아파트 가격이 5,000만 원 이상 뛰었다. 아파트의 몸값을 더 높이기 위해 단지 이름 앞에 '태산'을 추가하자는 현수막도 곳곳에 붙었다. 그는 점점 살기 좋아지고 가치도 높아지는 동네를 보욕한 명재일을 용서할 수 없었다.

“찬물을 끼얹는 소리처럼 들릴지 모르겠는데, 솔직히 태산동 사람들이 강하동을 같은 동네라고 생각할까요? 두루미단지가 태산신도시와 끈끈한 관계가 있는 동네도 아니고. 안 그렇습니까, 전 사장?”

전호권은 김인형의 뼈 있는 질문에 난감한 표정으로 대답을 얼버무렸다.

“뭐…… 이제는, 같은 동네죠.”

허연수가 안색을 붉히며 전호권에게 따지듯 물었다.

“그렇다면 강하동에 사는 아이들이 태산신도시에 있는 학교에 다녀도 문제가 없는 거네요? 같은 동네니까요. 그렇죠?”

허연수는 학군 변경에도 큰 기대를 걸었다. 태산신도시의 초등학교는 모두 신설이어서 강하동의 초등학교보다 교육 환경이 좋은 편이었다. 초등학교 입학을 앞둔 딸을 둔 그는 두루미단지의 학부모와 함께 고진교육지원청에 태산초로 통학구역을 지정해달라고 촉구했다. 전호권은 허연수의 눈치를 보며 말을 흐렸다.

“지금도 거기에 애들이 너무 많아서…….”

전호권의 늦둥이 아들은 태산초에 다니고 있었다. 그의 아들이 입학했던 삼 년 전, 태산초는 스물다섯 개 학급에 학생 수가 육백 명인 학교였다. 신도시에서 통학하는 학생이 매년 늘어나면서 태산초는 증축 공사를 벌였고, 현재 쉰네 학급에 학생 수가 천이백오십 명에 달하는 과대과밀 학교가 됐다. 이런 가운데 느닷없이 두루미단지의 학부모가 단체로 고진교육지원청에 태산초로 통학구역을 지정해달라고 촉구하자 신도시 학부모 사이에 비상이 걸렸다.

전호권은 어떻게든 태산신도시 프리미엄에 편승하려고 역명 변경에 억지를 쓰는 강촌동이 마음에 들지 않았지만, 같은 동으로 묶였다는 이유로 숟가락을 얹으며 아들의 교육 환경까지 엉망으로 만드는 강하동이 더 마음에 들지 않았다. 며칠 전 그의 아내는 신도시 내 학부모로 구성된 비상대책위원회에 참가해 고진교육지원청에 태산초 학생 추가 배정을 반대하는 의사를 전달하기도 했다. 전호권은 허연수를 비롯해 나중에 자신의 식당에 손님으로 방문할지도 모를 강하동 주민이 신경 쓰였지만, 할 말은 해야겠다고 생각했다.

"이런 말씀을 드리기가 죄송한데, 현실을 말씀드릴 필요가 있겠습니다. 아시겠지만 태산신도시 인구가 매년 급격하게 늘고 있어요. 태산초도 이미 학생으로 포화 상태이고요. 제 아들이 올해 3학년이에요. 학교를 계속 지켜보니까 입학할 때보다 공용 시설이 줄어들더니 급식이나 체육활동도 예년만 못해졌더라고요. 교육 환경이 떨어지는 게 눈에 보이는데, 추가로 학생을 더 받아들이는 게 옳은 선택인지 잘 모르겠습니다. 어쩌면 강하동에 있는 학교의 교육 환경이 더 나을지도 몰라요."

허연수가 말없이 전호권을 쏘아보았다. 김인형은 그 모습을 보며 코웃음을 쳤다.

"그거 봐요. 내가 뭐랬어. 태산동 사람들은 강하동 사람을 같은 동네 사람 취급을 안 한다니까."

전호권이 정색하며 목소리를 낮췄다.

"어르신. 이 자리에서 굳이 동네를 나눠가며 분란을 일으키시는 이유가 뭡니까. 서로 뭉쳐도 모자랄 때인데 왜 이간질을 하십니까."

김인형이 들고 있던 잔을 테이블에 세게 내려놓았다.

"이보세요! 말조심합시다! 이간질이라니!"

"목소리 낮추시죠. 다른 테이블에서도 듣습니다."

"내가 무슨 틀린 말이라도 했소? 태산동 사람들이 자기들끼리 고진과 태산을 구별하며 잘난 척하는 거 사실 아닌가?"

전호권의 눈빛이 싸늘해졌다.

"태산에 강하동만 편입되고 강촌동은 빠진 게 불만은 아니시고요?"

정곡을 찔린 김인형이 흥분했다.

"이 사람이 보자 보자 하니까!"

"제가 틀린 말을 하진 않았나 봅니다."

김인형의 호흡이 거칠어지고 눈에 핏발이 섰다.

"장사하면서도 나이 든 손님을 이런 식으로 대합니까?"

"나이가 들면 입은 닫고 지갑은 열라 했습니다."

"뭐요? 이 양반이 진짜!"

임성윤이 둘 사이에 끼어들어 말다툼을 말렸다.

"두 분 모두 진정하시고요. 여기 우리끼리 싸우자고 모인 자리가 아니지 않습니까. 보는 눈이 많으니 이쯤에서 멈추시죠."

김인형과 전호권은 헛기침을 하며 서로를 외면했다. 허연수가 말없이 자신의 잔을 비웠다. 임성윤이 부리나케 허연수의 빈 잔에 소주를 채웠다.

"천천히 마시세요."

허연수와 전호권의 눈이 마주쳤다. 전호권이 허연수의 시선을 피했다. 허연수는 쓴웃음을 지으며 잔을 비웠다.

"천천히 마실 기분이 아니어서요. 한 잔 더 주세요."

다시 채워지는 잔을 바라보던 허연수가 임성윤에게 물었다.

"여산에선 경력직 안 뽑나요?"

"공채를 없앤 지 몇 년 된 터라 수시로 경력직을 뽑고 있습니다."

허연수는 지갑에 넣었던 임성윤의 명함을 도로 꺼내 살폈다.

"재무팀에서 일하시는 것 같은데, 혹시 자리 없나요?"

"자리야 있죠. 그 자리에 올 만한 사람이 없는 게 문제죠. 추천할 만한 분이 있나요?"

"제가 여산에 경력직 원서를 넣어도 될까요?"

허연수가 전호권을 힐끗 쳐다봤다. 전호권은 시선을 식당 바깥으로 옮겼다.

"저도 다시 일을 시작해서 돈을 벌어보려고요. 신도시에 입주해야 아이도 학교에서 눈칫밥을 안 먹을 것 같아서 말이죠."

허연수는 자신이 중소기업에서 십오 년 동안 경리 업무로 경력을 쌓았다고 자랑스럽게 말했다. 임성윤은 난감한 표정을 숨기려고 애를 썼다. 허연수의 경력이 여산에 아무런 쓸모가 없기 때문이었다. 여산이 원하는 경력직은 회계법인이나 세무법인의 사무장급, 최소 중견급 이상 기업에서 자체 기장 경력을 오래 쌓은 직원이었다. 중소기업은 기장을 외부에 맡기는 경우가 많다. 그러다 보니 경리 역시 아무리 오래 일해도 출납 업무와 엑셀 작업만 반복할 뿐, 회계나 세무 관련 전문적인 업무 경험을 쌓지 못한다. 이 때문에 중소기업 출신 경리는 여산에서 경력직 서류 전형의 대상이 아니었다. 임성윤은 허연수의 기분을 언짢지 않게 하려고 돌려 말했다.

"여산 홈페이지에 들어오시면 인재채용 페이지가 따로 있어요. 거기서 수시로 원서를 접수하니까 참고하세요."

허연수는 실망한 듯 입술을 내밀었다.

"그건 저도 알죠. 제 말은 그게 아니고요. 여산에 제가 원서를 넣으면 성윤 씨가 여산에 좋은 말을 해줄 수 있느냐는 거죠."

임성윤은 헛웃음을 터트렸다.

"저 고작 대리입니다. 윗사람 눈치 보며 겨우 육아휴직을 쓰는. 그런 힘 전혀 없어요. 그런 건 요즘 세상에 임원도 못 하는 일입니다."

허연수는 임성윤의 명함을 지갑에 도로 집어넣고 화제를 돌렸다.

"성윤 씨도 머지않아 학부모가 되실 텐데, 아이를 어느 학교로 보낼 건가요?"

"아직 거기까지 생각해보진 않았습니다."

허연수는 마치 전호권이 들으라는 듯 힘줘 말했다.

"이왕이면 신설 학교가 낫죠. 이거 남 이야기가 아니에요. 성윤 씨도 이제 곧 태산동 주민이잖아요. 학군 문제 신경 쓰셔야 해요. 아이들 금방 커요."

임성윤은 고개를 갸우뚱거렸다.

"글쎄요. 저는 강하동이 굳이 태산동에 편입할 필요가 있나 싶습니다."

서울 토박이인 임성윤이 고신에 터를 잡은 이유는 아내 때문이었다. 사 년 전 신혼집을 얻을 당시, 아내는 시작부터 큰 짐을 지고 사는 기분을 느끼고 싶지 않다며 대출을 끼고 집을 얻는 데 반대했다. 아내는 시댁과 친정의 지원도 거부했다. 지원을 빌미로 한 양가의 간섭을 피하고 싶다는 게 이유였다. 문제는 둘이 모은 돈으로는 서울에서 대출을 끼지 않고 집을 얻는 게 불가능하다는 점이었다. 몇 달에 걸쳐 발품을 판 끝에 얻은 아파트가 강하동의 빼꾸기단지였다. 빼꾸기단지는 천이백 세대 규모의 대단지였지만, 지어진 지 삼십 년이 넘은 구축이어서 주변의 다른 아파트 단지보다 저렴했다.

고진 살이는 생각보다 괜찮았다. 구축이어도 입주 전에 리모델링을 해놓으니 내부만큼은 그럭저럭 신축 같았다. 주거비용으로 들어가는 돈이 관리비와 공과금 정도이고, 맞벌이를 하니 통장에 돈이 쌓이는 게 보였다. 주변에 넓은 공원이 있고, 상권도 잘 형성되어 있어서 서울보다 사는 게 산뜻했다. 단점은 서울에서 멀어졌다는 것 하나뿐이었는데, 그것이 모든 장점을 덮을 만큼 치명적이었다.

왕복 서너 시간이 걸리는 출퇴근길은 말 그대로 지옥이었다. 사내커플인 임성윤과 아내는 이른 새벽에 나란히 광역버스에 몸을 실어 가까스로 회사 출근 시간에 맞추고, 저녁이면 광역버스에 짐짝처럼 실려 퇴근하는 일상을 반복했다. 차를 몰고 출퇴근하는 일은 기름값이 무서워서 엄두를 내지 못했다. 주말에 가까운 캠핑장이나 바다에서 레저를 즐길 수 있을 거라고 기대했지만, 주중에 밀린 잠을 자느라 레저는 자연스럽게 뒷전으로 밀렸다.

지친 임성윤은 아내에게 '영끌'•을 해서라도 서울로 돌아가자고 제안했고, 아내도 군말 없이 동의했다. 하지만 '영끌'을 해도 서울에서 빼꾸기단지와 비슷한 평수의 아파트를 구하는 건 불가능했다. 서울의 아파트 가격은 지난 몇 년 사이에 둘이 아무리 '영끌'을 해도 닿을 수 없을 만큼 훌쩍 뛰었다. 둘은 뒤늦게 고진에 신혼집을 잡은 걸 후회했다. 그사이에 아이가 생겼는데, 아이를 맡길 시댁과 처가는 먼 곳에 있었다. 둘은 번갈아 육아휴직을 하기로 합의했다. 아내가 먼저 일 년 동안 휴직했고, 그가 그 뒤를 이었다.

돈을 모아서 서울에 입성하긴 어렵다는 결론을 내린 임성윤은 재건축에 기대를 걸었다. 고진에서 가장 오래된 아파트 단지인 빼꾸기단지는 재건축 연한인 삼십 년을 넘겼지만, 정부의 안전진단기준•• 강화로 당분간 재건축이 어렵다는 평가를 받아왔다. 석윤열 자유당 대선 후보가 재건축 안전진단기준 완화를 내걸면서 빼꾸기단지 입주민의 여론이 빠르게 석 후보 지지로 기울었다. 고진은 전통적인 행복당 지지 지역이어서

• '영혼까지 끌어모으다'를 줄인 말. 가능한 대출을 모두 끌어모은다는 의미로 쓰이는 은어.

•• 재건축 시행 여부를 판정하는 절차로 지난 2003년 노무현 정부 때 무분별한 재건축과 이에 따른 집값 폭등 현상을 막자는 취지로 만들어졌다.

빼꾸기단지 입주민만으로 전체 여론을 움직이긴 어려웠다. 명재일의 발언은 고진 시민 전체의 여론을 석윤열 지지로 돌릴 좋은 명분이 됐다.

석윤열이 내건 분양가 상한제• 폐지 공약도 매력적이었다. 강하동 내 다른 아파트 단지와 달리 빼꾸기단지는 태산동 편입이 결코 반가운 일이 아니었다. 정부는 최근 태산신도시를 포함한 태산동 전체를 상한제 적용 지역으로 지정했다. 강하동이 강촌동에서 떨어져 나와 태산동과 합쳐지면 빼꾸기단지에도 상한제의 불똥이 튈 판이었다. 상한제가 시행되면 사업성이 크게 떨어져 재건축 사업을 추진할 이유가 없어지고, 사업을 추진하더라도 손실을 줄이기 위해 부실 공사를 진행할 가능성이 커진다. 임성윤은 명재일과 강하동의 태산동 편입이 모두 불만이었다. 그가 아이를 장모에게 맡기고 이날 시위에 참여한 이유였다.

"저를 포함한 빼꾸기단지 입주민 중에 태산동 편입을 찬성하는 사람은 거의 없어요. 오히려 분양가 상한제 지역인 태산동과 함께 묶여서 재건축만 어려워졌으니까요."

• 주택의 분양가격을 원가에 연동해 책정하는 제도. 주택 가격이 급등하면서 건설업체가 과도하게 이익을 남기고 있다는 사회적 비판에 따라 2005년 1월 8일 주택법을 개정하여 3월 9일부터 시행되었다.

허연수의 얼굴에 당황한 기색이 역력했다.

"에이, 그래도 태산 편입 호재 때문에 아파트 가격이 많이 올랐잖아요. 안 그래요?"

"다른 단지는 몰라도 빼꾸기단지는 아니에요. 연식이 삼십 년을 넘긴 구축이어서 단지 이름 앞에 태산이라는 두 글자가 붙어봤자 얼마 오르지도 않을 거예요. 제 말이 믿기지 않으면 인터넷에서 시세를 찾아보세요."

허연수는 휴대전화로 빼꾸기단지의 최근 실거래가를 검색해본 뒤 입을 다물었다.

"빼꾸기단지 입주민은 조만간 비대위를 구성해서 강하동의 태산동 편입이 확정되기 전에 편입 반대 의견을 시청에 전달할 거예요."

화들짝 놀란 허연수가 휴대전화를 손에서 놓쳤다.

"그런 법이 어디 있어요? 그리고 이미 정해진 걸 빼꾸기단지가 무슨 수로 바꿔요?"

임성윤의 목소리는 담담했다.

"빼꾸기단지 입주민 수가 강하동 인구의 삼분의 일은 됩니다. 시청도 저희 의견을 무시하긴 어려울 거예요. 그리고 말입니다. 아마 남편께서 힘이 많이 드실 거예요. 아침저녁에 서너 시간을 출퇴근길에 버리는 거 말이죠, 그거 쉬운 거 아니에요. 삶이 피폐해져요."

허연수는 주말에 아이와 놀아주지 않고 소파에 누워 잠만 자는 남편의 모습을 떠올리며 한숨을 쉬었다. 김인형과 전호권이 피식 웃으며 서로 술잔을 부딪쳤다. 그때 옆 테이블에 앉아 홀로 국밥에 소주를 마시던 중년 남자가 술에 취해 모두가 들으라는 듯 큰 소리로 떠들었다.

"싸움 중에서 제일 재미있는 싸움이 뭔지 알아? 좆밥끼리 치고받고 싸우는 거야. 없는 것들끼리 옹기종기 모여서 아주 지랄들 한다! 지랄을 해!"

김인형이 언짢은 목소리로 중년 남자를 타박했다.

"거, 조용히 합시다! 당신이 여기 전세 냈소?"

전호권도 나서서 김인형을 거들었다.

"없는 것들끼리 모여서 지랄한다? 듣기가 심히 불편하네. 그거 설마 우리보고 한 말입니까?"

중년 남자가 풀린 눈으로 전호권을 바라보며 비웃었다.

"지금까지 여기서 시끄럽게 떠들던 게 누군데? 자기들끼리도 뭉치지 못하는 주제에. 그러니까 고진 이런 데 산다는 소리나 듣고 살지. 좆밥들 같으니."

전호권이 중년 남자의 멱살을 잡았다.

"뭐라고 인마? 다시 말해봐!"

중년 남자도 전호권의 멱살을 잡으며 실실 웃었다.

"흐흐. 꼴에 자존심은 있나 보네. 다시 말해줄까? 좆! 밥! 들!"

화를 참지 못한 전호권이 중년 남자를 밀쳤다. 임성윤이 둘 사이에 끼어들어 싸움을 말리다가 안경을 바닥에 떨어트렸다. 다른 테이블에 앉아 있던 회원들이 싸움을 말리려고 달려왔다. 그중 한 회원이 임성윤의 안경을 밟았다. 식당 안이 순식간에 아수라장으로 변했다. 김인형은 관심 없다는 듯 홀로 잔에 술을 채웠다. 허연수는 안색이 파랗게 질린 채 허둥댔다.

소란은 경찰이 출동한 뒤에야 잦아들었다. 경찰은 전호권과 중년 남자를 순찰차에 태우고 여의도 지구대로 이동했다. 남아 있는 회원들이 소란을 정리하고 다시 테이블에 앉자, 회장이 잔을 들고 자리에서 일어났다.

"조금 전에 불미스러운 일이 있었습니다. 우리가 제대로 뭉치지 않으면, 조금 전처럼 우리를 비웃는 인간들이 계속 나타날 겁니다. 안 그렇습니까?"

"옳소!"

"이번에 본때를 보여줍시다!"

테이블 곳곳에서 호응하는 외침이 터져 나오자 회장은 만족스러운 듯 고개를 끄덕였다.

"여러분! 모두 잔을 들어주십시오!"

안경을 잃은 임성윤이 실눈을 뜬 채 김인형과 허연수의 잔에 소주를 따랐다. 김인형의 잔에서 소주가 넘쳐 테이블에 흘렸다. 김인형은 임성윤을 못마땅한 눈으로 바라보며 그의 잔에 소주를 채웠다. 허연수는 테이블에 흐르는 소주를 물수건으로 닦았다. 회원들의 잔이 모두 채워졌음을 확인한 회장이 외쳤다.

"제가 '명재일 잘 가'라고 선창하면, 여러분은 '멀리 못 나간다'라고 외쳐주시기 바랍니다. 그다음에 제가 '고진은'이라고 선창하면, 여러분은 '하나다'라고 외쳐주십시오. 명재일 잘 가!"

"멀리 못 나간다!"

"고진은!"

"하나다!"

안부

○

○

국토 종주, 영산강 자전거길, 여기서부터는, 전라남도, 목포시, 입니다. 나는 자전거에서 내려 목포 진입을 알리는 파란 표지판에 적힌 글자를 천천히 눈으로 읽었다. 표지판 너머로 시선을 옮기자 저 멀리 아파트 단지가 보였다. 아파트 단지는 여정이 얼마 남지 않았음을 알리는 신호 같았다. 불과 사흘 전만 해도 내가 목포 땅을 밟으리라고는 전혀 상상하지 못했다. 그것도 자전거를 타고 발을 들일 줄은 더더욱.

나는 휴대전화를 꺼내 표지판을 배경으로 두고 사진을 찍었다. 이틀 동안 자외선 차단제를 제대로 바르지 않고 페달을 밟은 터라, 사진 속 내 얼굴은 붉게 달아올라 있었다. 깊어지는 가을을 따라 서늘해진 바람이 나를 훑고 지나가며 이마에 맺힌 땀을 식혔다. 길가에 자라난 억새가 바람이 부는 방향을 따라 누웠다가 일어났다. 눈부신 오후 햇살이 내려앉은 영산강은 설탕 가루를 뿌려놓은 듯 반짝였다. 고개를 들어 하늘을 올려다봤다. 솜사탕 모양을 닮은 구름이 높고 파란 하늘에서 천천히 흐르고 있었다. 나는 눈을 감은 채 두 팔을 벌려 햇살을 느꼈다. 기분 좋은 따뜻함이 몸을 감쌌다.

누군가가 자전거를 급히 몰고 오는 소리가 점점 가까워졌다. 민망해진 나는 아무 일도 없었다는 듯 벌렸던 두 팔을 내리고 자전거를 길 가장자리로 옮겼다. 잠시 후 로드바이크를 탄 남자가 위협하듯 벨 소리를 울리며 빠른 속도로 나를 스쳐 지나갔다. 인생이 100미터 달리기도 아닌데, 뭘 그리 속도를 내며 달리는 걸까. 나는 멀어져가는 남자의 뒷모습을 멍하니 바라보다가 해야 할 일을 떠올리며 휴대전화에 저장된 연락처를 뒤졌다. 박윤하. 목포에 오면 쉽게 통화 버튼을 누를 수 있을 줄 알았는데, 용기가 나질 않았다. 카카오톡으로 윤하의 프로필을 확인해봤지만, 기본 사진뿐이어서 근황을 파악할 만한 단서가 없었다. 잘 지내고 있는지 연락해 안부를 묻는 게 뭐가 그리 어렵다고. 나는 몇 차례 망설이다가 다시 자전거에 몸을 싣고 하굿둑으로 향했다.

이 년 전, 나는 경기도 A시가 민간위탁으로 운영하는 민원안내 콜센터에 전화상담원으로 취직했다. 콜센터 근로환경이 아무리 열악해도 지방자치단체가 위탁해서 운영하는 곳이라면 조금 낫지 않을까 싶었는데 착각이었다. 접수 전화가 하루에 최소 수백 통씩 밀려들었는데, 이십사 시간 삼교대로 일해도 손에 쥐는 월급은 고작 최저임금 수준이었다. 월세와 생활비를 빼면 남는 돈이 거의 없었다. 하루 벌어 하루 먹는 일상이 쳇바퀴 돌듯 계속 이어졌다. 그런데도 상담원으로 취직할 수밖에 없었던 이유는 하나, 내게 면접 기회를 준 곳이 콜센터밖에 없었기 때문이다.

어려운 가정환경 때문에 학창시절부터 아르바이트로 용돈을 벌어 썼다. 겨우 수도권 사 년제 대학에 진학했지만, 등록금을 내지 못해 제적당했다. 자기소개서를 채울 학력과 경력이 없고 가진 게 젊음뿐인 여성인 내가 지원할 수 있는 번듯한 직장은 없었다. 나 같은 여성이 무리한 육체노동을 하지 않으면서 빠르게 취업할 수 있는 일자리는 콜센터 상담원뿐이라는 현실을 파악하는 데 그리 긴 시간이 걸리지 않았다. 그곳에서 윤하를 만났다.

윤하는 나보다 두 살 어렸지만 오 년 차를 맞은 베테랑 상담원이었다. 콜센터의 근로환경은 그야말로 비인간적이었다. 간격이 1미터도 안 되는 좁은 칸막이 사이에 앉아 종일 전화를 받는 직원들의 모습은 마치 닭장을 방불케 했다. 심지어 업무 중에 창밖으로 눈을 돌리지 못하게 블라인드까지 내리는 등 철저하게 환경을 통제했다. 윤하는 관리팀장의 막말과 민원인의 폭언 때문에 헤드셋을 던지듯이 벗고 우는 나를 처음으로 흡연실로 이끈 동료였다.

직장 내 흡연실이 점점 사라지는 시대에, 콜센터는 직원 스트레스 관리를 명목으로 오히려 흡연을 장려하며 시대를 거슬렀다. 관리팀장은 직원이 오가는 시간을 줄이기 위해 사무실과 가까운 테라스에 흡연실을 만드는 꼼꼼함까지 잊지 않았다. 윤하와 함께 담배를 피우는 사 분 남짓의 짧은 시간이 없었다면, 나는 콜센터에서 한 달도 버티지 못했을 거다. 필요악이라는 단어를 공간으로 만들면 흡연실이 아닐까 싶다.

학연, 지연, 혈연만큼이나 직장동료와 친해질 수 있는 연줄이 흡연이라지 않던가. 윤하와 함께 흡연하는 시간이 쌓이면서 자연스럽게 서로의 개인사도 공유하는 친밀한 사이가 됐다. 목포가 고향이라는 윤하의 과거는 나보다 훨씬 참담했다. 윤하는 어린 시절 부모에게 버려져 보육원에서 자랐고, 고등학교 졸업식 다음 날 그곳에서 나왔다. 그때 윤하가 국가로부터 받은 지원은 자립 정착금 300만 원이 전부였다. 준비 없이 사회로 내몰린 윤하는 지긋지긋한 고향에서 벗어나고 싶어 무작정 멀리 떠났다. 자립 정착금으로 보증금을 부담할 수 있는 월세방과 아르바이트 자리를 찾다 보니 아무런 연고가 없는 A시까지 닿았다.

윤하는 호프집, 편의점, 카페 등 온갖 아르바이트를 전전하다가 콜센터에 발을 들였다. 아르바이트에 지친 윤하는 안정된 일자리를 간절히 원했다. 하지만 나처럼 내세울 학력과 경력이 없고 젊음이 전부인 여성에겐 선택지가 많지 않았다. 사람을 상대하는 아르바이트를 많이 해온 터라 상담원 일이 어려워도 그럭저럭 견딜 만했다는 게 그나마 다행이었다. 문제는 신입인 나와 베테랑인 윤하의 월급이 똑같이 최저임금 수준이라는 점이었다. 이는 다가올 내 미래가 윤하와 다를 바 없다는 말과 같았다. 아무리 열심히 오래 일해도 미래를 설계할 수 없는 현실. 그런 현실이 나를 점점 지치게 했다.

목포에 진입한 지 십 분도 지나지 않아 영산강 자전거길의 종착지인 하굿둑 인증센터에 도착했다. 공중전화 부스를 닮은 인증센터 가까이에 다가가자, 휴대전화에 설치한 '자전거 행복나눔' 앱이 영산강 자전거길 종주 인증을 알렸다. 아무런 준비도 안 된 몸으로 장거리를 라이딩한 대가는 혹독했다. 엉덩이가 안장에 앉아 있기 힘들 정도로 아팠고, 손바닥은 회초리를 맞은 것처럼 저릿했다. 인증센터 앞에 자전거를 세운 나는 다리가 풀려 바닥에 주저앉고 말았다.

지난 이틀 동안 133킬로미터를 두 바퀴로 달려온 여정이 눈앞에 주마등처럼 스쳐 지나갔다. 자전거길의 시작점인 담양댐 주변 길가에 가득 피어 있던 하얀 구절초, 도로를 사이에 두고 양쪽 길가에 끝없이 늘어선 높다란 메타세쿼이아, 잎 사이로 청량하게 흐르는 바람 소리가 페달을 멈추게 했던 대나무숲,

여장을 푼 영산포에서 처음 도전했다가 실패한 홍어, 이른 아침에 피어올라 강물을 따라 장엄하게 흐르던 물안개, 한반도 지형을 닮은 물돌이를 내려다볼 수 있었던 전망대, 보를 지날 때마다 점점 폭을 넓히던 강물, 그 강물 가운데에 홀로 서 있던 작은 등대, 그리고 목포…….

나는 휴대전화를 꺼내 인증센터를 배경으로 두고 사진을 찍었다. 사진 속 내 얼굴은 몹시 지쳐 보였지만, 미소를 숨기지 못했다. 내가 중간에 포기하지 않고 끝까지 달려 여기까지 오다니. 자랑스러웠다. 돌이켜보니 지금까지 살아오면서 크든 작든 무언가 의미 있는 성취를 일궈낸 경험은 이번이 처음이었다. 축하해주는 사람은 아무도 없었지만, 무언가 뜨거운 게 가슴속에서 치밀어 올라와 눈물을 밀어냈다. 나는 두 손에 얼굴을 묻고 눈물을 삼켰다.

콜센터에는 방광염 때문에 기저귀를 차고 일하는 직원이 몇 명 있었는데, 몇 달 후 나도 그들 중 하나가 됐다. 자리에 앉아 있다 보면 화장실 가는 일조차 잊어버릴 정도로 콜이 쏟아지는 일이 다반사인데, 상담 인력은 늘 부족했다. 내가 받지 못한 콜은 다른 상담원의 몫이 되므로, 자리를 비울 때마다 반드시 보고절차를 거쳐야 했다. 심지어 관리팀장은 매달 상담원별로 화장실에 다녀온 시간을 통계 내 공지사항으로 올려 모욕을 줬다. 콜센터는 쉬는 시간이란 개념 자체가 없는 세계였다.

이런 사정을 모르는 민원인들은 전화가 연결되면 대체 무얼 하느라 전화를 늦게 받았느냐고 항의하기 일쑤였다. 반말은 기본이고, 이유 없이 전화해서 욕설을 쏟아내는 민원인도 많았다. 때로는 성희롱도 발생했다. 마음에도 없는 죄송하다는 말을 반복할 때마다 억울한 감정이 가슴속에 켜켜이 쌓였는데, 그 감정을 조금이나마 풀어낼 방법은 과도한 흡연뿐이었다. 그 때문에 상담원 상당수가 불면, 피로, 신경과민 등 니코틴 금단증상에 시달렸다.

인건비를 줄이려고 상담원 수를 늘리지 않는 구조가 열악한 근로환경의 원인이었지만, 결과는 늘 동료 직원 사이의 갈등이나 다툼으로 끝났다. 근로환경 개선을 기대하기 어려우니, 당장 나를 불편하게 만드는 동료를 탓하는 게 쉬웠다. 관리팀장은 그저 뒷짐 진 채 상황을 관망하다가 문제를 일으킨 직원을 징계하면 그만이었다. 돌아가는 꼴이 이렇다 보니 오래 버티지 못하고 퇴사하는 직원이 부지기수였지만, 관리팀장은 신경 쓰지 않았다. 얼마든지 대체 가능한 인력인 데다 충원도 쉬우니까.

그러던 어느 날, 충격적인 사건이 벌어졌다. 내 옆자리에 앉아서 일하던 경희 언니가 민원인의 욕설을 듣다가 갑자기 가슴 통증을 호소하며 쓰러진 것이다. 경희 언니는 이혼 후 홀로 두 딸을 키우던 오십 대 여성으로, 상담원 경력 십 년을 넘긴 콜센터 최고의 베테랑이었다. 놀란 상담원들이 일어나 쓰러진 경희 언니를 바라보며 웅성거렸지만, 관리팀장은 대수롭지 않다는 태도로 119에 신고한 뒤 상담원들에게 당황하지 말고 업무를 계속하라는 지시를 내렸다.

민원인과 통화하는 동안에도 나는 경희 언니에게서 시선을 거둘 수 없었다. 쓰러진 동료 직원을 바로 옆에 두고도 일을 멈출 수 없는 처지가 기가 막혀 눈물이 터져 나왔고 목소리는 뭉개졌다. 민원인은 내 목소리를 알아들을 수 없다며 입에 담지 못할 욕설을 퍼부었다. 경희 언니는 잠시 후 도착한 구조대원의 발 빠른 심폐소생술 덕분에 목숨을 건졌지만, 그날 이후 콜센터에 다시 출근하지 못했다. 이 사건은 SNS를 통해 폭로돼 사회적 공분을 일으켰다. 폭로자는 뜻밖에도 누구보다 열악한 근로환경을 잘 견뎌왔던 윤하였다.

나는 휴대전화 지도 앱으로 이번 여정의 최종 목적지인 평양냉면집으로 가는 경로를 검색했다. 하굿둑에서 약 6킬로미터 떨어진 곳에 평양냉면집이 있었다. 삼십 분가량 천천히 페달을 밟으면 닿을 가까운 곳이었다. 다른 곳도 아니고 음식의 간이 세기로 유명한 남도, 그것도 바다와 인접해 해산물로 유명한 목포에 슴슴한 음식의 대명사인 평양냉면을 만드는 식당이 있다니. 심지어 개업한 지 삼십 년이 넘은 노포였다. 내가 엉뚱하게 목포까지 와서 평양냉면을 찾는 이유는 윤하 때문이었다.

새 옷을 산 때가 언제인지 기억이 가물가물할 정도로 살림살이가 빠듯한 가운데, 평양냉면은 내가 나에게 허락한 유일한 사치였다. 내가 평양냉면에 빠지게 된 계기는 〈300/30〉이라는 노래 때문이었다. 나는 처음 A시에서 방을 구할 때 유튜브로 부동산 관련 정보를 찾다가 우연히 이 노래를 들었다. 당시 내가 보증금으로 부담할 수 있는 돈은 최대 300만 원, 월세는 30만 원이었다. 유튜브 검색창에 '300에 30'이라는 키워드를 입력하자 맨 위에 뜬 결과가 이 노래였다.

300에 30으로 신월동에 가보니
동네 옥상으로 온종일 끌려다니네
이것은 연탄창고 아닌가
비행기 바퀴가 잡힐 것만 같아요
평양냉면 먹고 싶네

'씨 없는 수박 김대중'이라는 희한한 이름을 가진 가수가 성의 없는 목소리로 부른 이 노래의 가사는, 마치 내가 방을 구하는 모습을 지켜보고 쓴 듯 우습고 서글펐다. 이 노래의 특징은 서울 신월동에 이어 녹번동, 이태원에서 방을 구하며 겪은 황당한 경험을 늘어놓다가 마지막에 평양냉면이 먹고 싶다는 말을 빼놓지 않는다는 점이었다.

평양냉면이 도대체 얼마나 맛있는 음식이기에 그렇게 고생한 뒤에 먹고 싶다는 노래까지 만들어진 걸까. 노래를 듣고 생긴 호기심이 A시에서 가장 유명하다는 평양냉면집으로 나를 이끌었다. 짙은 육향과 깊은 감칠맛을 자랑하는 맑은 육수, 구수하고 담백한 메밀면, 그 둘이 입안에서 어우러지며 남기는 긴 여운. 한 번 먹어서는 모르고 최소한 두세 번은 먹어야 감칠맛을 느낄 수 있다는데, 나는 처음부터 평양냉면의 맛에 빠져들었다. 이후 나는 한 달에 한두 번씩 대중교통으로 닿는 지역에 있는 평양냉면집을 순례하듯 찾아다녔다.

흡연실에서 내 이야기를 들은 윤하는 목포에도 평양냉면집이 있다는 말을 해줬다. 어떤 맛이냐는 내 질문에 윤하는 먹어본 적이 없어서 모른다며 고개를 저었다. 그저 자신이 태어나기 전부터 있던 곳이니 맛있지 않겠느냐고 추측할 뿐이었다. 목포에 평양냉면 노포가 있다? 마치 지리산에 삼대째 이어온 광어회 맛집이 있다는 말처럼 믿기지 않았다. 그날 이후 나는 언젠가 목포에 갈 일이 있으면 꼭 그곳에 들러야겠다고 별러온 터였다. 미지의 맛을 상상하자 페달을 밟는 허벅지에 다시 힘이 들어갔다.

관리팀장은 사건을 SNS에 폭로한 윤하에게 어미 아비도 없는 년을 거둬줬더니 세상 무서운 줄 모르고 미쳐 날뛴다고 폭언을 서슴지 않았다. 윤하는 관리팀장의 폭언까지 녹음해 SNS에 공개하고 상담원들을 설득해 노동조합을 만들었다. 노조위원장을 맡은 윤하는 위탁 운영 과정에서 발생한 콜센터의 부실을 지적하고 근로환경 개선을 촉구했다.

윤하의 노조 활동은 처음엔 힘을 받지 못했다. 대놓고 노조를 적대시하는 관리팀장의 눈치를 보느라 노조 가입을 망설이는 상담원이 많았기 때문이다. 왜 사서 고생하느냐는 내 물음에 윤하는 담배 연기를 내뿜으며 쓸쓸하게 말했다. 십 년 넘게 일한 경희 언니도 저렇게 쉽게 내치는 콜센터가 우리 중 한 명이 일하다가 죽는다고 눈 하나 깜짝하겠느냐고. 살기 위해 저들에게 개기는 거라고.

노조 활동을 미심쩍은 눈으로 바라봤던 상담원들은 근속 수당과 명절 상여금 지급이 처음으로 이뤄지자 화들짝 놀랐다. 긍정적인 변화가 피부로 와닿자 노조 가입을 원하는 상담원이 늘어났다. 그때도 나는 노조에 가입하지 않았다. 노조가 콜센터와 싸워 얻어낸 복지와 혜택은 비노조원에게도 똑같이 적용됐으니까. 누군가가 나서야 하는 일이지만, 그게 굳이 나일 필요는 없다고 생각했다. 윤하 또한 내게 노조 가입을 강요하지 않았다.

앞날이 밝아 보였던 노조의 행보 앞에 얼마 지나지 않아 그림자가 드리워졌다. A시가 느닷없이 민간위탁 운영하던 콜센터를 직영체제로 전환한다고 발표했다. A시 퇴직 공무원 출신 인사가 신설된 콜센터 본부장 자리에 낙하산을 타고 내려왔다. 이후 노조원은 고용 승계에서 제외될 것이라는 흉흉한 소문이 돌았다. 윤하는 A시에 소문의 진상을 밝히라고 강력하게 항의했지만, A시는 소문은 그저 소문일 뿐이라며 항의를 일축했다. 이 과정에서 불안을 느낀 노조원 상당수가 노조에서 발을 뺐고, 윤하는 고립 상태에 놓였다.

고용 승계 과정에서 윤하를 포함한 노조 간부 출신 상담원 전원이 서류 미비 및 근태를 이유로 해고당했다. 윤하는 SNS와 언론 인터뷰를 통해 해고는 노골적인 노조 탄압이라고 맞섰지만, A시는 공정한 면접을 거쳐 고용을 승계했으니 노조 탄압이란 주장은 근거가 없다고 반박했다. 윤하는 거리에서 홀로 직영화와 부당해고 철회를 요구하며 철야농성을 벌였지만, 아무도 그 목소리에 귀를 기울이지 않았다. 나 역시 그런 윤하를 외면했다. 그로부터 몇 개월이 지난 뒤 윤하는 거리에서 조용히 사라졌다. 목포로 되돌아갔다는 소문만 남긴 채.

나는 평양냉면집을 향해 밟던 페달을 '만남의 폭포' 앞에서 멈췄다. 비록 인공 폭포이긴 해도, 제법 높이가 있는 데다 쏟아지는 물의 양이 많아 장관이었다. 폭포 앞으로 다가가자 시원한 물보라가 내게 달려들었다. 나는 눈을 감고 물보라를 맞으며 이번 여정에서 가장 좋았던 순간이 언제였는지를 돌이켜 떠올려봤다. 엉뚱하게도 그 순간은 아름다운 풍경을 본 순간이나 자전거길 종주를 마친 순간이 아니었다.

오늘 아침, 영산포에서 출발해 죽산보를 지나칠 무렵이었다. 나는 잠시 페달을 멈추고 자전거에서 내려 주변 풍경을 살폈다. 왼쪽으로 시선을 돌리자 푸른 나무로 뒤덮인 야트막한 산이 보였다. 오른쪽으로 시선을 돌리자 잔물결이 일렁이는 영산강이 눈에 들어왔다. 길가에 피어난 이름 모를 여러 들꽃에 휴대전화 카메라 렌즈를 들이대고, 포털사이트 앱의 꽃 검색 기능을 실행했다. 왕고들빼기, 물봉선, 한련초, 해당화……. 뭐 하고 사느라고 이 좋은 걸 모르고 살았나. 이름 없는 꽃이 하나도 없었다. 나는 가만히 서서 천천히 눈을 감았다. 잔잔하게 부는 바람에서 풀냄새가 느껴졌다. 오가는 사람 하나 없는 길은 고요하고 평화로웠다. 문득 살아 있다는 건 참 좋은 일이란 생각이 들었다. 그때 느낀 기분을 윤하에게도 전해주고 싶었다.

나는 휴대전화를 꺼내 다시 윤하의 연락처를 살폈다. 뚫어지도록 연락처를 바라봐도, 통화 버튼을 누를 용기가 나지 않았다. 너는 여기 목포에서 잘 살고 있는 거니. 목포에 있긴 있는 거니. 나는 평양냉면집에 도착하면 꼭 통화 버튼을 누르겠다고 다짐하며 다시 자전거 핸들을 잡았다. 기우는 햇살을 따라 그림자가 길어졌고, 바람에 서늘한 기운이 스며들었다. 나는 페달을 밟으며 윤하에게 해주고 싶었던 말을 홀로 속삭였다.

너를 혼자 거리에 내버려둬서 미안해. 정말 미안해.

새로운 콜센터 본부장은 회식을 지나치게 좋아했다. 그는 회식 자리에서 직원의 술 시중 없이 술을 마시지 않았고, 시중은 늘 젊은 여성 상담원의 몫이었다. 회식은 자정 넘어 끝나기 일쑤였지만, 그렇다고 술 시중을 든 상담원의 다음 날 업무가 줄어들진 않았다. 업무에 지장이 생기는 사태를 막기 위해 자연스럽게 상담원 사이에선 술 시중을 드는 순번이 정해졌다. 시간이 흐르자 관리팀장은 대놓고 순번인 상담원에게 출근할 때 옷차림에 신경을 쓰라는 지시까지 했다. 상담원들은 흡연실에 모여 노조가 있었다면 이런 일은 없었을 거라고 하소연만 할 뿐, 누구도 노조를 다시 만들겠다고 나서진 않았다.

본부장은 유난히 나를 살갑게 대했고, 회식 자리에서도 순번과 상관없이 나를 옆에 두는 일이 많았다. 그때마다 그는 내게 실수인지 아닌지 파악하기 어려운 신체 접촉을 시도했는데, 그

수위가 명확한 거부 의사를 보이기에는 모호해 혼자 속을 끓였다. 동료 상담원들에게 고민을 털어놓아도, 내가 너무 예민하게 반응하는 것 아니냐는 반응만 돌아왔다. 심지어 내가 본부장과 그렇고 그런 사이라는 어이없는 소문이 돌기도 했다. 그로부터 얼마 지나지 않아 내가 술 시중 순번이었던 회식 자리에서 본부장이 본색을 드러냈다. 그날 술에 취한 그는 내 허벅지에 슬쩍 자신의 손을 올렸다. 나는 깜짝 놀랐지만 별다른 반응을 보이지 않았다. 그러자 그는 대놓고 내 허벅지를 주물렀다. 나는 자리에서 벌떡 일어나 밖으로 도망치듯 빠져나갔다.

다음 날부터 나를 콜센터에서 내보내려는 압박이 시작됐다. 관리팀장은 다른 상담원보다 훨씬 엄격하게 내 근태를 평가했다. 잠깐만 자리를 비워도 바로 경고했고, 할당량을 초과 달성한 날은 전혀 고려하지 않고 미달한 날만 집계해 해고하겠다고 협박했다. 그런데도 내가 버티자 관리팀장은 막무가내로 사표를 쓰라고 강요했다. 나는 실업급여라도 받을 수 있게 권고사직으로 처리해달라고 요구했지만, 관리팀장은 내 요구를 무시했다. 관리팀장은 나를 뺀 채 모든 회의를 진행하는 등 대놓고 사내 왕따를 주도했다. 급기야 동료 상담원들까지 단체로 나를 탓하며 퇴사를 종용하는 지경에 이르렀다.

경찰에 본부장을 성추행 혐의로 고발하고 싶었지만, 증거는 커녕 나서서 당시 상황을 증언해줄 동료조차 없었다. 나는 콜센터에 사표를 내고 나오며 뒤늦게 윤하의 얼굴을 떠올렸다.

너는 정말 대단한 일을 했던 거구나. 그리고 무척 외로웠겠구나. 너는 내게 먼저 손을 내밀어줬는데, 나는 너를 끝까지 외롭게 만들었구나.

갑자기 미치도록 윤하가 그리웠다. 하지만 먼저 연락해 안부를 물을 염치가 없었다.

문득 자전거를 타고 영산강 자전거길을 달려 목포까지 가보고 싶어졌다. 정신없이 페달을 밟다 보면 왠지 없던 염치가 생겨 윤하의 얼굴을 볼 수 있을 것 같았다. 그 길로 나는 집에 들러 대충 짐을 챙긴 뒤 당근마켓에서 저렴한 하이브리드 자전거를 중고로 샀다. 고속버스에 자전거와 짐을 싣고 광주에 도착한 나는 그곳에서 하룻밤 머무른 뒤 시외버스로 갈아타고 자전거길이 시작되는 담양으로 향했다. 목포에 윤하가 있는지 확인도 하지 않은 채. 내 생에 가장 충동적인 결정이었다.

나는 해가 질 때쯤 평양냉면집에 도착했다. 붉은 벽돌로 지은 오래된 이 층 주택에 걸린 직관적인 상호. 내 경험상 맛이 없으려야 없을 수 없는 곳임이 분명했다. 문을 열고 들어가 빈 테이블에 자리를 잡았다. 세월의 흐름을 고스란히 간직한 낡은 테이블과 의자가 노포 분위기를 물씬 풍겼다. 물냉면을 주문하자 육수를 담은 주전자가 나왔다. 간장으로 간을 한 육수는 서울의 유명 평양냉면집보다 간이 센 편이었다. 목포에선 평양냉면도 남도의 간을 닮는 건가 생각하는 사이에 냉면이 나왔다. 살얼음이 동동 뜬 짙은 육수에 면이 담겨 있고 그 위에 먹기 좋게 썬 양지, 삶은 달걀, 배, 오이가 고명으로 올라와 있었다. 나는 휴대전화로 냉면 사진을 찍은 뒤 카카오톡을 열어 윤하의 이름을 찾았다.

잘 지내고 있니?

나 평양냉면 먹으러 자전거 타고 목포에 왔어.

나는 될 대로 되라는 심정으로 윤하에게 냉면 사진을 보내고 메시지를 남겼다. 할 일을 마쳤다는 홀가분한 기분으로 냉면에 젓가락질을 하려는데, 테이블 위에 둔 휴대전화에서 진동이 울렸다. 발신자는 윤하였다. 깜빡이라도 켜고 들어오지. 정신이 멍해지나니 양쪽 귀에서 심장 바동 소리가 들렸다. 나는 호흡을 가다듬고 통화 버튼을 눌렀다.

"언니, 오랜만이에요. 잘 지내셨어요?"

윤하가 반가운 목소리로 내게 먼저 안부를 물었다. 나는 겨우 침착하게 답했다.

“그럭저럭 지내고 있어. 그동안 잘 지냈니?”

“저도 뭐 그럭저럭 지내고 있죠. 그나저나 자전거를 타고 목포까지 오셨다고요? 그것도 평양냉면을 먹으러?”

“알잖아, 나 평양냉면에 환장하는 거. 전에 네가 목포에 유명한 평양냉면집이 있다는 말을 해줬잖아. 그때부터 꼭 한번 와 보고 싶었어.”

윤하는 진심으로 감탄한 듯 목소리를 높였다.

“정말 대단해요! 평양냉면이 그 정도로 맛있는 음식이에요? 저는 이 동네에 살면서도 한 번도 안 먹어봤는데.”

이 동네에 산다는 윤하의 말이 내 귀에 콕 박혔다.

“지금 목포에 있어?”

“1897개항문화거리라고 아세요? 거기서 분식집 개업을 준비하고 있어요. 평양냉면집에서 멀지 않은 곳이에요.”

“아, 완전히 고향으로 돌아왔구나.”

“마음에 들진 않지만, 잘 아는 동네에서 개업해야 망하지 않을 것 같더라고요. 상담원 일은 이제 누가 때려죽인다고 협박해도 못 하겠고요. 마침 시에서도 청년 창업을 적극적으로 지원하고 있더라고요. 미워도 제 고향이니 앞으로 정붙이고 살아보려고요.”

“잘됐네.”

“언니는, 아직도 거기서 일하세요?”

내 근황을 묻는 윤하의 목소리가 조심스러웠다. 나는 피식 웃으며 민망함을 감췄다.

"나도 때려치웠어. 그러니까 목포까지 자전거를 타고 왔지."

"그랬구나……. 아! 다른 일정 없으면 이따가 여기로 오실래요? 자전거 타고 오면 금방이에요. 제가 만든 떡볶이 맛을 보고 평가 좀 해주세요. 여기까지 오셨는데 서로 얼굴도 못 보고 헤어지면 서운하잖아요."

"나야 좋긴 한데, 정말 가도 괜찮은 거야? 바쁜데 방해하는 거 아냐?"

"방해는 무슨요! 옆에서 도와줄 사람이 한 명이라도 있으면 좋겠어요. 혼자서 다 하려니까 너무 힘들어요."

도와줄 사람이 한 명이라도 있으면 좋겠다……. 혼자서 다 하려니까 너무 힘들다……. 윤하를 외면했던 지난날이 떠올라 부끄러워 목이 멨다.

"윤하야."

"네, 언니."

내 목소리에 눈물이 섞였다.

"고마워. 그리고 미안해. 늦었지만 너한테 그 말을 꼭 해주고 싶었어."

윤하가 잠시 머뭇거리더니 애써 밝은 목소리로 말했다.

"에이! 간지럽게 무슨! 이따가 봐요. 카톡으로 주소 찍어드릴게요."

나는 전화를 끊고 다시 젓가락을 집어 들었다. 윤하와 통화하는 사이에 면이 제법 불어나 있었다. 뺨을 타고 흘러내려 턱에 고인 눈물이 냉면 위로 떨어졌다. 나는 면을 입안에 가득 채우고 육수를 한 모금 마셨다. 넓은 냉면 그릇은 땀과 눈물로 범벅이 된 지저분한 얼굴을 잠시 숨기기에 좋았다. 적당히 퍼진 메밀면의 구수한 맛과 향은 간이 센 육수와 잘 어울렸다. 서울의 평양냉면과 다른 짙은 감칠맛이 매력적이었다. 평양냉면이라는 이름 대신 목포냉면이라고 불러도 괜찮지 않을까 싶었다. 왠지 앞으로 자주 먹게 될 것 같다는 예감이 들었다. 그땐 내 앞에 윤하가 함께 앉아 있길 바랐다.

동호회

○

○

'데이트 코스의 성지'라는 시내의 한 파스타 맛집에 남자 넷이 한 테이블에 모였다. 주문을 받으러 종업원이 다가왔다. 넷은 서로 어색한 눈빛을 교환하며 주문을 망설였다. 보다 못한 대혁이 종업원에게 일행이 있으니 나중에 주문하겠다고 말했다. 종업원은 코로나 때문에 5인 이상인 일행은 함께 식당에 입장할 수 없다며 고개를 숙였다. 대혁은 종업원에게 일행이 오면 인원을 나눠 테이블에 앉을 테니 양해해달라고 부탁했다. 종업원은 난감한 표정을 지었다. 대혁이 종업원에게 왜 이렇게 융통성이 없느냐며 목소리를 살짝 높이자 범우가 나서서 제지했다. 종업원이 억지로 미소를 지으며 물러나자 범우는 대혁에게 핀잔을 줬다.

"규정 어기면 너만 과태료를 무는 게 아니라 이 집도 작살난다."

기분이 상한 대혁이 뭐라고 대꾸하기도 전에 병희가 끼어들었다.

"그런 분이 이번 설날 가족 모임을 자기 펜션에서 하라고 회원들에게 광고하셨어요?"

범우는 허허 웃으며 창밖으로 시선을 돌렸다. 대균이 대혁에게 따지듯이 물었다.

"수연이 누나를 따로 만나는 이유가 뭐예요?"

휴대폰에서 카톡 수신음이 울렸다. 갑작스러운 폭설로 조금 늦어진다는 수연의 메시지였다.

실수인 척 동호회 단체 카톡방에 올린 메시지가 일을 키웠다. 코로나의 확산이 진정될 기미를 보이지 않자, 대혁은 지난 추석에 이어 설에도 가족 모임 없이 홀로 자취방에서 TV 리모컨이나 돌리는 신세가 됐다. 오전 내내 코로나 확진자 발생 소식만 실시간으로 알렸던 휴대폰에 카톡 메시지가 도착했다. 수연이었다.

혹시 설 연휴에 시간 괜찮으세요?

따로 만나 드릴 말씀이 있어서요.

무료하게 격리 아닌 격리 상태에 있던 대혁은 뜻밖의 연락에 흥분했다. 수연에게 보낼 메시지를 쓰던 대혁은 동호회 남자 회원들의 얼굴을 떠올리며 손가락을 멈췄다. 음악을 좋아하는 삼사십 대의 모임인 이 동호회는 남녀 회원 간 사적인 만남을 금지하고, 위반 시 모임에서 탈퇴해야 한다는 회칙을 뒀다. 회원 간 사적인 만남이 모임 분위기를 흐릴 수 있다는 게 동호회를 만든 병희의 주장이었다. 하지만 순수하게 음악이 좋아서 동호회에 참여하는 회원은 드물었다. 모 대기업 계열사 비서실 직원인 수연은 단아한 외모로 남성 회원들의 시선을 한 몸에 받았다. 회칙을 무시하고 수연에게 들이대는 남성 회원들이 많았다. 수연은 그때마다 차분하고 단호하게 단톡방에 신고했고, 병희는 회칙에 따라 그들을 쫓아냈다.

대혁은 5인 이상 집합 금지 조치 시행 직전에 열렸던 정기모임을 회상했다. 한 스터디카페에서 열린 그날 모임에서 대혁은 한국 인디 음악의 역사를 훑으며 음악적 의미를 짚는 강연을 펼쳤다. 그 어느 때보다 반응이 좋았던 모임이었다. 수연은 눈빛을 반짝이며 긴 시간 동안 대혁의 강연에 집중했다. 그런 수연의 모습에 고무된 대혁은 뒤풀이 자리가 마련된 노래방에서도 고음 위주의 록발라드를 선곡해 안정감 있게 불렀다. 수연은 대혁의 노래 실력이 정말 좋다며 감탄사를 연발했다. 대혁은 수연이 자신에게 호감을 느끼고 있는지 확인하고 싶었지만, 회칙 위반으로 쫓겨난 회원들을 떠올리며 주저했다. 수연이 먼저 보낸 카톡은 대혁에게 들이댈 용기를 줬다. 대혁은 동호회 퇴출을 각오하고 실수인 척 일부러 단톡방에 수연과 만날 시간과 장소를 흘렸다.

수연 씨. 12일 오후 6시에 시내 중앙로에 있는

'띠 볼리오'에서 뵈어요. 파스타 맛집으로 유명해요.

잠재적 경쟁자들을 견제하려는 심리에서 비롯된 치기였다. 성급한 행동 같아 잠시 후회했지만, 수연은 별다른 반응을 보이지 않았다. 수연의 마음도 나와 같은 게 아닐까. 대혁은 코로나가 잦아든 따뜻한 봄에 수연과 함께 벚꽃 길을 걷는 상상을 하자 마음이 설렜다. 약속 장소에 날파리처럼 몰려든 불청객들의 모습을 보기 전까지는 말이다.

"수연 씨가 내게 먼저 연락한 거야."

대혁은 무슨 문제라도 있느냐는 듯 대균을 바라보며 어깨를 으쓱거렸다. 대균이 자신의 자동차 스마트키를 테이블 위에 세게 내려놓았다.

"그러니까 둘은 아무 사이도 아닌 거네. 그렇죠?"

아무 사이도 아니다. 대혁은 대균의 지적이 은근히 아팠다. 마스크 위로 보이는 대균의 눈빛이 자신만만해 보였다. 범우가 대균의 스마트키를 집어 들어 살피며 피식 웃었다.

"젊고 얼굴 반반한 게 평생 갈 것 같지? 원룸에 월세로 살면서 중고로 뽑은 아우디 이자나 겨우 갚고 사는 놈이 허세는."

"이 형님 오늘따라 말이 좀 거치시네. 마스크나 똑바로 써요. 입에서 냄새나니까."

범우는 스마트키를 테이블 위에 도로 내려놓으며 손가락으로 병희를 가리켰다.

"회장도 솔직해지셔. 설마 이 자리에 회칙 따지자고 나왔겠어? 제일 음흉한 게 당신이야."

병희는 어이가 없다는 듯 헛웃음을 터트렸다.

"자칭 잘나가는 펜션 사업자면 모임에서 돈과 부동산 자랑 좀 그만하고 지갑이라도 한번 시원하게 여세요. 음악에는 관심도 없으면서. 앞으로 회원을 가려 받든지 해야지 원."

대균이 스마트키를 주머니에 도로 집어넣으며 비웃음을 흘렸다.

"회장님이라고 불러주니까 자기가 진짜 회장님인 줄 알아요. 그래봐야 월급쟁이인 주제에."

"우리 회사에 원서도 못 내밀 녀석에게 들을 말은 아닌 것 같은데?"

급기야 셋은 마스크까지 벗고 가시 돋친 말로 서로를 찔렀다. 주위에서 곱지 않은 시선을 보냈다. 수연이 식당 문을 열고 들어왔다. 수연과 눈빛이 마주친 대혁은 셋의 말다툼을 말리며 억지로 미소를 지었다. 셋도 말다툼을 멈추고 어색하게 웃었다. 당황한 수연에게 종업원이 다가와 대혁이 앉은 테이블을 가리키며 일행이냐고 물었다. 수연이 고개를 끄덕이자 종업원은 5인 이상 집합 금지 규정을 설명하며 곤란해했다. 네 남자가 서로 자리를 비우라며 눈빛으로 신경전을 벌였다.

"다른 분도 계신 줄 몰랐어요. 회칙은 아는데 중요한 일이어서. 죄송해요."

수연이 쭈뼛거리며 테이블로 다가와 가방에서 무언가를 꺼내 대혁에게 건넸다.

"5인 이상 모일 수 없다니까 용건만 간단히 전하고 갈게요. 실은 제가 5월에 결혼하거든요. 대혁 씨에게 축가를 부탁드리고 싶은데 괜찮으세요? 지금까지 가수 빼고 대혁 씨보다 노래를 잘 부르는 분을 못 봤거든요. 청첩장을 하나만 챙겨왔는데 어쩌죠?"

테이블에 순간 정적이 일었다. 대혁은 무거운 마음으로 청첩장과 수연의 얼굴을 번갈아 살폈다. 마스크 위로 보이는 수연의 눈이 반짝였다. 대혁은 마지못해 고개를 끄덕였다. 수연은 나중에 따로 밥을 사겠다는 말을 남기고 바로 떠났다. 병희가 대혁의 눈치를 보며 자리에서 일어났다. 남은 셋은 청첩장을 열어 수연의 옆에 있는 이름을 확인했다. 조금 전까지 서로 얼굴을 붉혔던 범우와 대균이 나란히 병희에게 험한 욕을 쏟아냈다. 대혁은 표정을 가리려고 마스크를 고쳐 쓰며 둘에게 말했다.

"이왕 모였으니 설 분위기나 내게 노래방이나 가죠? 지금 가면 영업시간 전까지는 신나게 놀 수 있겠네."

첫사랑

○

○

빈소가 마련된 지 다섯 시간이 넘었지만 단 한 사람의 조문객도 들지 않았다. 지난밤 세상을 떠난 큰외삼촌은 평생 독신으로 살았다. 그는 일본에서 불법체류자 신분으로 이십여 년의 세월을 보내다 강제추방을 당해 한국으로 돌아온 지 한 달도 되지 않아 세상을 떠났다. 그 때문에 국내에는 당신의 부고를 전할 만한 지인이 거의 없었다. 설사 있더라도 연락을 취할 방법이 없었다. 빈소를 찾아올 만한 사람은 몇 안 되는 친지들이 전부였다. 하지만 그들이 해가 뜨지도 않은 이른 새벽부터 졸린 눈을 비비며 찾아와 향을 살라주기를 기대하는 것은 무리였다. 밤새도록 텅 빈 빈소 안에서 나와 함께 소주를 맥주에 말아 마시던 막내 외삼촌은 술에 취해 한참을 울다 지쳐 잠들었다. 나는 바닥에 쓰러져 잠든 막내 외삼촌을 바르게 눕힌 뒤 자리에서 일어났다. 담배 연기로 자욱한 다른 빈소의 모습을 애써 외면하며 빠른 걸음으로 장례식장 건물을 빠져나왔다. 숙취를 떨쳐버리고자 기지개를 켜며 심호흡을 했다. 가을의 차갑게 가라앉은 짙푸른 새벽 공기가 목구멍을 간질이며 기침을 유발했다.

큰외삼촌은 자정 무렵 쉰다섯의 초라한 삶을 마감했다. 큰외삼촌이 위독해 오늘을 넘기기 힘들지도 모른다는 연락을 받은 것은 어제 오후 여섯 시쯤 학교 도서관 열람실에서였다. 전화기 너머로 들려오는 이모의 울음 섞인 목소리에 나는 주저 없이 토익 책을 덮고 가방을 챙겨 서울역으로 향했다. 큰외삼촌은 외가가 있는 대구의 한 대학병원에 입원 중이었다. 이미 이 주 전에 아버지를 모시고 한 번 다녀온 적이 있어서 다시 찾아가기는 어렵지 않았다. 서울역에 도착한 나는 바로 동대구행 KTX 열차표를 구입해 객실에 올랐다. 동대구역까지는 약 두 시간이 소요될 예정이었다. 객실 지붕에 설치된 모니터는 지금 달리고 있는 열차의 속도가 시속 302킬로미터임을 알려주고 있었다. 객실 내 소음은 속도에 비례했다. 나는 귀에 블루투스 이어폰을 꽂고 스마트폰으로 토익 앱을 실행했다. 강사의 목소리는 열차 소음과 뒤섞여 알아들을 수 없었다. 나는 신경질적으로 귀에서 이어폰을 뺐다.

평소 행동이 굼뜬 내가 지체 없이 움직여 열차를 잡아탄 가장 큰 이유는 무엇일까? 피붙이가 위독하다는 연락을 받았기 때문일까? 아니지. 솔직히 퀴퀴한 냄새를 풍기는 학교 도서관 지하열람실에서 빠져나오고 싶었기 때문이겠지. 게다가 내일은 졸업앨범 사진을 찍는 날이다. 당당히 취업에 성공해 효자, 효녀 소리를 듣고 있을 많은 예비 졸업생들 사이에서 제때 취업하지 못해 졸업까지 미루고 비굴하게 학교에 적을 둔 나이 든 예비 백수의 어색한 미소를 졸업앨범에 남기고 싶지는 않았다. 그렇게 졸업까지 미뤄가며 취업 준비에 매달린 보람도 없이 서류전형에서만 벌써 스무 번 넘게 미끄러진 상황이다. 없는 돈으로 한참을 고민해 산 면접용 정장은 구입 직후 옷장에 갇힌 뒤로 햇빛을 못 본 지 오래다. 그런데 남들 다 찍는 졸업사진이니 나도 찍어야 하는 것 아니냐는 쓸데없는 의무감이 끝까지 내게 귀찮게 달라붙었다. 그런 상황에서 걸려온 이모의 전화는 그 어느 것보다도 졸업사진 촬영을 피하기에 좋은 핑곗거리였다.

병원에는 막내 외삼촌 홀로 중환자실 바깥 복도를 지키고 있었다. 조금 전까지 함께 자리를 지키고 있었던 이모는 아이들에게 늦은 저녁밥을 차려주기 위해 잠시 자리를 비운 상태였다. 나는 키 작은 이모의 좁은 어깨 위에 짐처럼 얹어진 어린 이종사촌 동생 녀석들의 천진한 얼굴을 떠올렸다. 원치 않는 이혼을 한 후 홀로 중학생인 아들과 초등학생인 딸을 겨우겨우 키우는 이모의 삶은 제삼자인 내 눈에도 된밥처럼 퍽퍽했다.

어린 이종사촌 동생 녀석들은 큰외삼촌의 얼굴을 태어나서 단 한 번도 본 일이 없다. 혼자서는 먹이를 챙겨 먹지 못하는 어린 새처럼 입을 벌린 채 이모가 오기만을 기다리고 있을 녀석들에게 말없이 중환자실에서 사경을 헤매고 있는 큰외삼촌이라는 존재란 아마 뉴스에 잠시 스쳐 지나가는 사건 사고 소식의 주인공 정도에 불과할 것이다. 초등학생 시절에 마지막으로 만난 이후 이십여 년 만에 재회한 큰외삼촌의 모습은 내게도 너무 낯설었으니 말이다. 건장했던 체구는 반으로 줄어들어 있었다. 이야기를 나누면서도 지금 병상에 누워 있는 사람이 과연 내가 어렸을 때 보았던 큰외삼촌과 동일 인물인지 의심했을 정도다. 병상에서 힘겹게 일어나 짓무른 눈으로 나오지도 않는 마른 눈물을 흘리며 내 얼굴에서 돌아가신 어머니, 아니 여동생의 흔적을 더듬는 큰외삼촌의 눈길과, 그런 큰외삼촌의 얼굴에서 어머니의 흔적을 더듬는 나의 눈길이 한참 동안 교차하고 나서야 나는 겨우 피붙이라는 애틋한 감정을 되살릴 수 있었다. 그게 불과 이 주 전의 일이다. 이모에게서 전화가 왔다. 휴대폰을 열자 아이들에게 밥을 먹이고 다시 병원으로 돌아오는 중이라며 울먹이는 여린 목소리가 들려왔다. 나는 무심코 아이들에게 무엇을 먹였냐고 물었다. 이모는 염소탕을 끓여 아이들에게 먹이고 오는 중이니 걱정하지 말라고 했다. 나는 지난 주말에 등산하다 만난 새끼염소의 까만 눈망울을 떠올리며 몸을 떨었다. 나는 이모에게 나중에 아이들을 만나면 라면 끓이는 법이라도 가르쳐줘야겠다고 농담을 건네며 전화를 끊었다.

막내 외삼촌과 나는 중환자실에 들어갈 수 없었다. 자칫 임종을 지켜보지도 못하는 불상사가 벌어지지 않을까 하는 생각이 들어 따져보았지만, 병원 측의 입장은 완고했다. 혹시라도 무슨 일이 생기면 바로 연락을 취하겠으니 대기하고 있으라는 사무적인 대답만 돌아올 뿐이었다. 지금 상황에서는 무슨 일이 벌어져봐야 한 가지뿐인데 답답한 노릇이었다. 막내 외삼촌도 답답한지 바깥으로 나가 간단히 맥주나 한잔하자며 내게 만 원짜리 한 장을 건넸다. 나는 병원 바깥 슈퍼마켓에서 1.6리터 페트병 맥주와 육포를 사 왔다. 그리고 병원 건물 바깥에 마련돼 있는 빈 파라솔에 자리를 잡은 뒤 휴대폰으로 막내 외삼촌을 불렀다. 막내 외삼촌은 내 종이컵에 맥주를 따르며 바쁜데 뭐 하러 여기까지 왔느냐는 반가움이 섞인 질책을 했다. 나는 조심스럽게 큰외삼촌의 상태를 물었다. 그러자 막내 외삼촌은 오늘을 넘기기 힘들다며 말꼬리를 흐렸다. 하나 마나 한 질문을 했다는 생각에 민망해진 나는 고개를 숙였다. 강제추방을 당해 한국에 입국했을 당시에도 큰외삼촌의 상태는 이미 손을 쓸 수 없는 상황이었다. 몸속의 모든 장기를 포함해 뇌까지 암세포가 퍼질 대로 퍼진 상태라 항암치료는 아무 의미 없었다. 쉴 틈 없이 혈관을 타고 흘러야 할 혈액은 흐르기는커녕 거꾸로 혈소판 이상증식으로 응고돼가며 모세혈관들을 하나하나 가로막았다. 심장에서 먼 부위부터 서서히 조직괴사가 진행되기 시작했다. 당사자는 어떤 심정이었을지 모르지만 뒤늦게나마 발견해 고국으로 강제추방 시켜준 일본의 배려 아닌 배려가 고마웠다. 의도한 바는 아니겠지만 최소한 타국에서 객사하는 비극은 면하게 만들어주었으니 말이다.

휴대폰을 열어 시간을 확인해보았다. 시간은 오후 열 시를 넘어가고 있었다. 나는 설마 남아 있는 두 시간 동안에 무슨 일이 벌어지기야 하겠느냐는 근거 없는 낙관 속에서 잔에 담긴 맥주를 비웠다. 막내 외삼촌은 큰외삼촌이 정오 무렵에 의식을 잃기 직전까지 일본어로 한참 동안 횡설수설했는데 통 무슨 말인지 모르겠다며 답답해했다. 나는 그 알아들을 수 없는 일본어가 큰외삼촌이 세상에 남기는 마지막 말임을 직감했다. 막내 외삼촌이 알아들을 수 있었던 단어는 사다코가 유일했다. 의식을 잃기 직전까지 큰외삼촌은 계속 사다코를 불렀다고 했다. 막내 외삼촌과 나는 머리를 맞대고 과연 사다코가 누구일까 추리해보았다. 그래봤자 일본에서 큰외삼촌이 한때 인연을 맺었던 여인이 아닐까 하는 원론적인 수준이었지만 말이다.

나는 삼 년 전 교통사고로 돌아가신 어머니의 물건들을 정리하다 발견한 일기장을 떠올렸다. 그리 두껍지도 얇지도 않은 낡은 일기장 속에는 삼십여 년에 가까운 세월의 흔적이 담겨 있었다. 어머니의 일기에 적혀 있는 날짜는 특별한 규칙성이 없었다. 일주일 연속으로 쓰인 날도 있고 오 년 이상의 공백도 있는 등 날짜에서 규칙성을 찾는 것은 무의미했다. 그러나 내용상으로는 공통점이 두 가지가 있었다. 하나는 극도로 힘들고 지칠 때만 일기를 썼다는 점이다. 그리고 다른 하나는 새가 되어 훨훨 날아가고 싶다는 내용과 누군지 알 수 없는 이름을 가진 오빠를 보고 싶다는 내용이 일기의 마지막 부분마다 반복되고 있다는 점이었다. 나는 누렇게 산화된 종이 위에 볼펜으로 꾹꾹 눌러 쓰인 글씨의 요철을 검지에 박힌 지문 하나하나로 느끼며 지금은 새가 되어 하늘을 날아다니고 있을지 모를 어머니와 이름 모를 오빠의 흔적을 더듬었다. 그러나 흔적을 더듬으면 더듬을수록 그 실체는 점점 더 멀어져가며 만져지지 않았다. 막내 외삼촌은 그가 어떤 사람인지 알고 있을지도 모른다는 생각에 나는 그 이름을 혹시 아느냐고 조심스럽게 물었다. 그러자 막내 외삼촌은 상당히 놀라며 내게 그 이름을 어떻게 아느냐고 되물었다. 나는 예상외의 반응에 당황한 나머지 더듬거리는 목소리로 어머니의 일기장에 대해 털어놓았다. 막내 외삼촌은 한숨을 쉬며 담배를 피워 물더니 한동안 말이 없었다. 담배 한 개비가 다 타들어갈 무렵에서야 막내 외삼촌은 겨우 입을 열었다. 그 이름의 주인공은 오래전에 어머니와 같은 마을에서 살았던 두 살 연상의 동네 오빠였다. 어떤 관계였냐고 묻자 어머니의 첫사랑이었으며 결혼까지 약속했을 정도로 애틋한 사이였는데 군에서 불의의 사고로 죽고 말았다는 한숨 섞인 대답이 맥주와 함께 졸졸 흘러나왔다. 혹시 아버지는 그 사실을 알고 계시냐고 묻자 막내 외삼촌은 고개를 저었다. 나는 그에 대해 아버지에게 질문하지 않았던 것이 정말 다행이라는 생각에 가슴을 쓸어내렸다. 아버지에겐 죄송했지만, 지금은 새가 되어 하늘에서 함께 날아다니고 있을지 모를 두 사람의 행복을 마음속으로나마 잠시 빌었다. 막내 외삼촌의 휴대폰이 울렸다. 혹시 병원으로부터 연락이 온 게 아닌가 긴장했지만, 다행히 이모의 전화였다. 그러나 그 내용까지 다행은 아니었다. 병원으로 되돌아오는 길에 가벼운 자동차 접촉사고를 당해 보험처리를 하느라 조금 늦어질 것 같다는 내용이었기 때문이다. 슬픔에 울먹이는 오늘 같은 날에도 아이들 저녁밥으로 염소탕을 챙겨주어야 하고 겪지 않아도 될 접촉사고까지 겪어야 하는 이모의 처지가 무척 가여웠지만, 한편으로는 잘 짜인 블랙코미디 같아 우습기도 했다.

막내 외삼촌과 잔을 주거니 받거니 하며 이런저런 이야기를 나누던 나는 무심코 휴대폰을 열어 시간을 확인해보았다. 시간은 자정을 살짝 넘긴 상황이었다. 나는 무사히 하루가 넘어가지 않았느냐며 막내 외삼촌의 빈 잔을 채웠다. 막내 외삼촌은 애써 웃음 지으며 잔을 비웠다. 그때 막내 외삼촌의 휴대폰이 울렸다. 전화를 받은 막내 외삼촌은 뒷정리를 잘하고 오라며 중환자실로 뛰었다. 재빨리 자리를 정리한 나 역시 막내 외삼촌의 뒤를 따랐다. 간호사의 안내에 따라 초록색 가운을 급하게 걸쳐 입은 나는 중환자실 안으로 뛰어들어와 막내 외삼촌을 찾았다. 저 멀리 병실 한구석에서 어깨를 들썩이며 흐느끼고 있는 막내 외삼촌의 모습이 보였다. 중환자실 안은 특유의 냄새로 자욱했다. 응고돼 역한 냄새를 풍기는 오래된 동물성 기름의 냄새, '죽음의 냄새'는 큰외삼촌이 누워 있는 병상에 가까워질수록 더 짙어졌다. 병상에는 큰외삼촌이 입을 벌린 채 눈을 감고 누워 있었다. 그 옆에 있는 심장박동 모니터는 평행선을 그리며 기계음을 흘리고 있었다. 막내 외삼촌은 큰외삼촌의 손을 붙잡으며 주저앉아 오열했다. 언제부터인지 모르지만 이모 역시 내 옆에 서 있었다. 이모는 눈물을 흘리지 않았다. 그저 안타까운 표정으로 큰외삼촌의 이마를 쓰다듬으며 "잘해주고 싶었는데"라는 혼잣말만 되풀이할 뿐이었다. 큰외삼촌의 손과 발은 검붉은 반점으로 뒤덮여 있었다. 조직괴사의 흔적인 듯했다. 나는 악수를 하듯 큰외삼촌의 손을 잡아보았다. 이미 몇 시간 전에 사망한 사람처럼 손이 차가웠다. 간호사는 큰외삼촌의 혈관에 박힌 온갖 주삿바늘들을 하나하나 뽑기 시작했다. 그때 마침 옆자리에 누워 있던 노인의 심장박동 모니터가 평행선을 그리며 기계음을 울렸다. 몇몇 간호사들이 바쁘게 움직이기 시작했다. 나는 큰외삼촌 가는 길이 외롭지는 않겠다는 황당한 농담을 하려다 눌러 참았다.

큰외삼촌의 시신을 영안실로 옮긴 뒤 이모와 막내 외삼촌과 나는 병원 측의 장례지도사와 함께 장례절차에 관해 의논했다. 당신이 남긴 가족도 없는 데다 빈소에 찾아올 이도 많지 않아 삼일장 대신 간소하게 이틀 동안 가족장을 치르기로 했다. 돌봐줄 후손이 없으므로 매장 대신 화장하기로 의논을 모았다. 납골당에 안치를 하느냐 마느냐는 나중에 결정하기로 했다. 화장장의 화로 앞에서 '원 웨이 티켓'을 쥔 채 대기하고 있는 망자가 한둘이 아니었기 때문이다. 일단 그 줄에 큰외삼촌을 세워놓는 게 우선이었다. 빈소가 마련된 뒤 막내 외삼촌은 외할머니에게 전화로 큰외삼촌의 부고를 전했다. 외할머니는 아무런 말이 없었다. 빈소에 오시겠냐는 물음에 외할머니는 전화를 끊었다.

벌써 세 번째다. 칠 년 전, 셋째 외삼촌이 소식 끊긴 지 십 년 만에 객사해 집으로 되돌아왔다. 그때 외할머니는 빈소에서 오열하다 정신을 잃었다. 그로부터 일 년도 채 지나지 않아 외할머니의 머리에 만년설이 쌓였다. 삼 년 전, 어머니가 교통사고로 세상을 떠났을 때 외할머니는 빈소에 앉아 허탈한 표정으로 딸의 영정사진만 하염없이 바라보다 지쳐 하루 만에 집으로 돌아갔다. 그리고 오늘은 말없이 전화를 끊었다. 외할머니께 남아 있는 자식은 사남 이녀에서 조촐하게 이남 일녀로

추려졌다.

빈소가 마련된 지 얼마 지나지 않아 영정사진과 제단에 차릴 음식들이 도착했다. 영정사진 속 큰외삼촌은 어색한 미소를 지은 채 입을 약간 벌리고 있었다. 그 벌어진 입으로부터 알아듣지 못할 일본어가 금방이라도 쏟아져 나올 것만 같았다. 이모가 내게 다가와 일주일 전에 찍은 사진이라며 작은 목소리로 속삭였다. 이모는 사진이 예쁘게 잘 나오지 않았냐며 쓴웃음을 지었다. 의료보험 혜택을 받으려면 주민등록이 제대로 돼 있어야 하는데 큰외삼촌은 주민등록이 말소된 상태여서 의료보험 혜택을 받을 수가 없었다. 일주일 전 큰외삼촌은 이모의 손에 이끌려 병원 근처 사진관에서 새로 증명사진을 찍었다. 그 사진은 이십 년 만에 재발급된 큰외삼촌의 주민등록증과 영정사진을 겸하게 됐다. 이모는 아이들을 재우기 위해 집으로 되돌아갔다. 이모가 잠을 재우지 않으면 아이들은 밤새도록 컴퓨터로 게임을 하느라 늦잠을 자기 일쑤였다. 밥은 혼자 먹지 못해도 게임은 혼자서도 잘하는 기특한 아이들을 챙겨주기 위해 돌아가는 이모의 뒷모습에 입맛이 썼다. 막내 외삼촌은 빈소에 마련된 냉장고 안에서 소주와 맥주를 꺼내왔다. 그리고 새벽이 올 때까지 나와 막내 외삼촌은 텅 빈 빈소 안에서 단둘이 꽤 많은 술병을 비웠다.

새벽 여섯 시가 되자 육개장을 비롯해 조문객들을 대접할 음식들이 차례로 빈소에 도착했다. 찾아올 조문객들이 많지 않아 따로 주방에서 일을 맡을 아주머니를 쓸 필요는 없었다. 나는 쓰러져 잠든 막내 외삼촌이 깨어나지 않도록 조심스럽게 주방으로 음식을 옮겼다. 모두 옮긴 뒤 해장을 하기 위해 육개장에 밥을 몇 숟갈 말아 들이마시듯 먹었다. 육개장의 맛은 꽤 좋은 편이었다. 그렇게 해장을 하고 이빨 사이에 끼어 있는 고사리 줄기를 혓바닥 끝으로 훑어내며 시원하게 트림을 하는데 누군가가 빈소로 들어왔다. 아버지였다. 첫 번째 조문객이었다. 나는 막내 외삼촌을 깨웠다. 일어난 막내 외삼촌은 아버지의 모습이 눈에 들어오자 부리나케 일어나 달려 나갔다. 아버지는 막내 외삼촌의 손을 붙잡으며 말없이 고개를 숙였다. 막내 외삼촌의 눈에 눈물이 고였다.

향을 사른 아버지는 막내 외삼촌과 아직 결정하지 못한 납골당에 관한 문제에 대해 의견을 나누기 시작했다. 나는 잠시 두 사람 사이의 대화에 끼어들어 시에서 운영하는 납골당의 안치 비용은 십 년에 20만 원밖에 하지 않으니 안치를 하는 편이 좋지 않겠냐는 의견을 냈다. 그러나 아버지의 의견은 달랐다. 아무리 안치비용이 저렴해도 찾아보고 관리를 해줄 후손이 없다면 그게 더 비참하다는 게 아버지의 의견이었다. 막내 외삼촌도 말없이 고개를 끄덕이며 아버지의 의견에 동의했다. 결국 셋째 외삼촌이 세상을 떠났을 때 그랬던 것처럼 외할아버지의 산소 주위에 유골을 뿌리기로 했다. 나는 유골을 뿌리는 것이 법으로 금지돼 있어 조심해야 한다는 말을 하려다 우스꽝스러워 참았다. 날이 밝자 아버지와 막내 외삼촌은 화장에 필요한 서류를 준비하기 위해 동사무소로 향했다. 나는 홀로 빈소에 남아 혹시라도 찾아올지 모르는 조문객들을 맞이하기 위해 세수를 하고 머리를 감았다. 그러나 서류가 모두 구비돼 아버지와 막내 외삼촌이 다시 빈소로 돌아올 때까지 찾아온 조문객은 아무도 없었다.

나는 다 꺼져가는 향 옆에 새로운 향을 사르며 큰외삼촌의 영정사진을 바라보았다. 사진 속 큰외삼촌의 벌어진 입은 애타게 사다코를 부르는 것처럼 보였다. 나는 사다코가 어떤 모습의 여인인지 가늠해보고자 눈을 감고 잠시 상상에 빠져들었다. 기모노를 입고 짙은 화장을 한 일본 여인의 모습이 머릿속에 아른거렸다. 얼굴을 확인해보려고 한 걸음 앞으로 다가서자 여인은 고개를 숙인 채 종종걸음으로 멀어져갔다. 마치 흔적을 더듬으면 더듬을수록 점점 더 멀어져가며 만져지지 않던 어머니의 일기장 속 동네 오빠처럼 사다코는 희미했다. 조문객이 들어오는 소리가 들렸다. 나는 바쁘게 주방으로 들어가 한 상을 차려 내왔다. 막내 외삼촌과 같은 직장에서 일하는 동료들이었다. 오후가 되자 생각보다는 여기저기서 조문객들이 많이 들어 빈소에 마련된 자리가 조금씩 채워지기 시작했다.

두 분의 외숙모까지 주방에 자리를 잡은 터라 홀로 빈소 이곳 저곳을 뛰어다닐 필요는 없었다.

저녁이 되자 조금은 특별한 조문객이 찾아왔다. 큰외삼촌과 일본에서 가까이 지냈다는 중년의 남자였다. 큰외삼촌의 수첩에 적힌 지인들의 연락처는 대부분 불통이었다. 그는 연락이 됐던 몇 안 되는 지인 중 하나였다. 막내 외삼촌과 둘째 외삼촌은 큰외삼촌이 일본에서 어떤 생활을 했는지 조금이라도 더 이야기를 들으려고 그의 말에 귀를 기울였다. 나도 옆에 살짝 끼어들어 이야기를 들었지만 별로 특별한 이야기는 없었다. 나는 그에게 사다코가 누구인지 혹시 알고 있느냐고 물었다. 그는 고개를 끄덕였다. 그러자 나보다 막내 외삼촌이 더 몸이 단 듯 그에게 사다코에 대해 꼬치꼬치 캐물었다. 나와 막내 외삼촌의 예상대로 사다코는 큰외삼촌과 한때 인연을 맺었던 여인이었다. 놀라운 사실은 그녀가 일본인이 아니었다는 점이다. 그녀는 최정자라는 이름을 가진 한국인이었다. 그것도 큰외삼촌과 같은 불법체류자로, 그저 정자貞子라는 이름의 일본어 발음이 사다코였던 것뿐이었다. 그러나 몇 년 전 일본 경찰에 붙잡혀 강제추방을 당한 이후로는 자신도 별다른 소식을 듣지 못했다는 것이 그의 입으로부터 나온 사다코에 대한 이야기의 전부였다. 나는 자리에서 빠져나와 큰외삼촌의 낡은 수첩을 꼼꼼히 뒤졌다. 그 속에서 나는 최정자라는 이름과 이름 옆에 적힌 휴대전화 번호를 발견할 수 있었다. 나는 그 번호로 연락을 해보려 휴대전화 버튼을 누르다 멈칫했다. 조금 전 연락을 취해보았지만 불통이었던 많은 번호들 중 하나였음이 기억났기 때문이다. 그렇게 사다코, 아니 최정자라는 여인은 기모노를 벗어 던지며 점점 더 멀어져갔다. 그녀는 어떤 존재였기에 큰외삼촌이 마지막까지 애타게 불렀던 것일까. 쉽게 풀리지 않는 수수께끼를 붙잡고 있기에는 빈소에서 내가 해야 할 일이 너무 많았다.

나는 조문객들에게 음식을 나르며 첫 키스의 추억을 떠올렸다. 스무 살 여름에 아무도 없는 대학교 박물관 구석에서 첫사랑과 몰래 나누었던 수줍은 첫 키스에서 나는 달콤한 연유의 향기를 맡았다. 향기의 출처가 그녀의 입안인지 몸인지, 아니면 내 상상 속인지는 잘 모르겠지만 그때 분명히 나는 달콤한 연유의 향기를 맡았다. 어머니의 일기장 속 오빠와 사다코가 멀어져간 자리에도 그 달콤한 연유의 향기가 은은하게 남아 있었다.

이틀장의 마지막 날 오전, 큰외삼촌의 염습이 있었다. 염습에는 아버지와 둘째 외삼촌 그리고 이모와 막내 외삼촌과 내가 참여했다. 할아버지와 할머니 그리고 어머니 이후로 네 번째지만 염습은 늘 낯설다. 문득 사람은 누구나 언젠가는 이름 모를 장례지도사에게 차갑게 식은 자신의 알몸을 맡겨야 하는 공동의 운명을 지니고 있다는 생각이 머릿속을 스쳐 소름이 돋았다. 나는 곁에 있는 아버지와 둘째 외삼촌, 이모, 막내 외삼촌의 얼굴을 훑어보았다. 나를 포함해 염습을 지켜보고 있는 모두가 어제보다 하루만큼 더 큰외삼촌과 가까운 곳에 다가와 있었다. 장례지도사는 알코올이 묻은 솜으로 큰외삼촌의 얼굴과 몸 구석구석을 닦기 시작했다. 시신을 염포로 동여매기 전, 장례지도사는 고인에게 마지막으로 하고 싶은 말이 있으면 하라며 우리에게 손짓했다. 내 차례가 되었을 때 나는 큰외삼촌의 이마를 쓰다듬으며 얼굴을 살폈다. 큰외삼촌의 얼굴에는 먼저 떠난 어머니 얼굴의 일부가 담겨 있었다. 갑자기 눈물이 쏟아져 당황스러웠다. 그 순간 나는 이 자리에 어떻게든 사다코를 불러 세우고 싶었다. 주먹에 힘이 들어갔다. 손톱이 손바닥 살갗을 아프게 파고들었다.

입관 절차가 모두 끝나자 둘째 외삼촌과 이모는 빈소로 돌아와 상복을 걸쳤다. 화장은 오후 두 시로 예약돼 있었다. 나는 아버지와 함께 남아 있는 육개장으로 이른 점심을 때웠다. 이모와 막내 외삼촌이 병원 측에 장례비용을 지불하는 동안 나는 빈소에 남아 있는 온갖 잡동사니들을 챙겨 친지들과 함께 운구 버스에 몸을 실었다. 버스는 시 외곽에 있는 한 화장장으로 향했다. 연식이 오래된 버스는 기사가 기어를 바꿀 때마다 심하게 덜컹거렸다. 뒷좌석으로부터 나이 든 이들의 밭은기침

소리와 잔소리가 터져 나왔다. 기사는 대꾸하지 않았다.

화장장 주변의 풍경은 교외의 공원만큼이나 수려했다. 아직도 지지 않은 수많은 배롱나무 꽃들이 가지를 붉게 물들이고 있었다. 나는 고개를 들어 가지에 매달린 꽃들을 바라보았다. 푸른 가을 하늘에 점점이 떠 있는 구름 위로 붉은 꽃 몇 송이가 새겨졌다. 막내 외삼촌과 나는 공원 매점에 들러 유골함을 샀다. 나무로 만들어진 싸구려, 좋게 말하면 저렴한 유골함이었다. 나는 진열장에 즐비하게 늘어서 있는 값비싼 옥이나 자기로 만들어진 유골함들을 물끄러미 바라봤다. 재가 되어서도 저렴한 유골함에 담겨야 하는 큰외삼촌의 마지막이 조금 안쓰러웠다.

화장장 유족 대기실에 설치된 커다란 액정화면이 큰외삼촌의 순서가 멀지 않았음을 알려왔다. 이제 곧 큰외삼촌이 들어갈 화로로부터 누군가가 나올 예정이다. 나는 큰외삼촌에 앞서 화로 안으로 들어간 망자가 누구인지 궁금했다. 액정화면에 뜬 망자의 이름은 여자였다. 사다코, 아니 정자라는 이름보다 훨씬 세련된 이름을 가진 것으로 보아 젊은 여자인 듯했다. 나는 유족 대기실에서 빠져나와 화로가 설치된 건물 근처에서 어슬렁어슬렁하며 그녀가 나오기를 기다렸다. 문이 열리자 대성통곡에 가까운 흐느낌과 함께 유족들이 검은 물결을 이루며 바깥으로 쏟아져 나왔다. 내 예상대로 영정사진 속의 망자는 나보다 몇 살 어려 보이는 젊은 여자였다. 행렬의 맨 앞에서 그녀의 남동생인 듯한 사내가 영정사진과 유골함을 앞세우며 울먹였다. 그 옆에서 통곡하며 몸을 가누지 못하는 나이 든 중년의 남녀는 그녀의 부모로 보였다. 그 뒤로 그녀의 친구로 보이는 젊은 여자들 여럿이 울면서 영정을 따랐다. 검은 물결의 맨 뒤에서 조용히 눈물을 흘리며 뒤를 따르는 한 청년의 모습이 유독 눈에 띄었다. 나는 무언가에 홀린 듯 그 청년의 뒤를 먼발치에 떨어져 따라 걸었다. 갑자기 달콤한 연유의 향기가 코끝을 간질였다. 그 향기에 놀란 나는 몇 걸음 더 청년에게 가까이 다가가 코를 벌름거렸다. 그러나 더 이상의 향기는 느껴지지 않았다. 그때 곧 화장이 시작되니 돌아오라며 나를 부르는 막내 외삼촌의 목소리가 들렸다. 나는 잠시 주저하다가 유족대기실로 발걸음을 돌렸다.

큰외삼촌이 화로 안으로 들어갔다. 아무도 울지 않았다. 너무 많이 울어서 더 흘릴 눈물이 남아 있지 않아 울지 못하는 사람, 울 만큼의 슬픔을 느끼지 못하는 사람들이 뒤섞여 있었다. 나는 후자에 가까웠다. 조금 전 화로에서 빠져나간 망자의 유족들과 비교하면 민망할 정도로 조용했지만 나오지도 않는 눈물을 억지로 짜내는 일은 그보다 더 민망한 일이다. 화장은 넉넉잡아 두 시간 정도 시간이 필요했다. 대기시간을 견디기 어려워하던 몇몇 친지들이 화장장 건물 근처에 마련된 벤치에 앉아 빈소에서 챙겨온 음식과 청주로 술판을 벌였다.

큰외삼촌은 예정보다 빠른 한 시간 반 만에 바깥으로 나왔다. 화로에서 빠져나온 큰외삼촌은 생각보다 많이 덩어리져 있었다. 화장장 직원들이 함석 쓰레받기에 큰외삼촌을 싸리비로 쓸어 담아 분골기에 집어넣었다. 방앗간의 제분기보다 조금 작은 분골기는 요란한 소리를 내며 큰외삼촌을 빻았다. 큰외삼촌은 곧 몇 시간 전에 산 싸구려 나무 유골함에 담겨 바깥으로 나왔다. 나는 큰외삼촌의 영정과 유골함을 앞세우며 운구버스로 향했다. 내 뒤로 이모와 둘째 외삼촌, 막내 외삼촌이 따랐다. 그 뒤로 술에 취한 친지들이 딸꾹질하며 비틀거렸다. 아무도 울지 않았다. 버스에는 나와 아버지, 이모, 막내 외삼촌만이 올라탔다. 나머지는 모두 이런저런 사정으로 인해 각자 머물러 있어야 할 곳을 향해 흩어졌다. 25인승 버스에는 기사를 포함해 다섯 명만이 자리를 채웠다. 버스는 안동 병산서원 부근에 위치한 외할아버지 산소로 향했다. 기어가 바뀌는 소리는 아까보다 더 요란했다. 아무도 잔소리를 내지 않았다.

운구 버스는 약 한 시간 이십 분을 달려 외할아버지 산소 부근에 도착했다. 낙동강 상류의 맑은 물이 흐르는 병산서원 앞 비포장도로 위로 사륜 오토바이 몇 대가 내달렸다. 어린 시절에 보았던 시골 마을 대신 민박집들이 그 자리를 대신하고 있었다. 버스에서 내린 나는 낯설게 변한 마을의 풍경을 뒤로하며 유골함과 영정을 들고 막내 외삼촌의 뒤를 따라 외할아버지 산소로 향했다. 산소로 가는 길은 온갖 이름 모를 잡초로 가로막혀 있어 걸음을 옮기기 쉽지 않았다. 길 주변의 밭도 관리되고 있는 곳보다 방치된 곳이 더 많았다. 그나마 밭에 심은 고추와 방울토마토 같은 작물들도 수확되지 못한 채 가지에 매달려 썩어가고 있는 것들이 태반이었다. 그렇게 한참을 폐허와 다름없는 밭을 가로지르고 나서야 외할아버지 산소에 도착할 수 있었다. 외할아버지 산소도 큰외삼촌의 처지만큼이나 남루했다. 곳곳에 떼가 벗겨져 맨살이 드러난 무덤 위로 도마뱀 몇 마리가 기어다니고 있었다. 아버지는 막내 외삼촌에게 다가올 추석에는 벌초도 제대로 하고 벗겨진 떼도 잘 입히라는 당부를 하며 산소 앞에 음식 몇 가지를 차렸다. 아버지는 외할아버지 산소 앞에 머리를 숙이며 이제 그만 욕심내라고 혼잣말을 했다.

막내 외삼촌이 큰외삼촌의 유골함을 열었다. 먼저 아버지가 한 줌 쥐어 산소 앞 키 작은 소나무 주위에 골고루 뿌렸다. 이후 이모와 막내 외삼촌이 한 줌씩 쥐어 산소 주위 곳곳에 뿌렸다. 나도 큰외삼촌을 한 줌 쥐었다. 옅은 회색빛 재로 변한 큰외삼촌은 아직도 화로 속의 강한 열기를 머금고 있었다. 몇 시간 전 염습을 할 때 이마를 쓰다듬으며 느꼈던 끈적거리는 차가움은 이제 먼 옛날의 이야기처럼 느껴졌다. 몇 분 후 큰외삼촌은 칠 년 전 셋째 외삼촌이 그랬던 것처럼 외할아버지와 하나가 됐다. 나는 산소 옆 조금 떨어진 자리에서 큰외삼촌의 혼백과 몇 안 되는 옷가지 및 유골함에 불을 붙였다. 아버지는 남자가 셋이나 있으니 소방차는 필요 없다며 남은 불씨는 각자 소변으로 해결하자고 농담을 했다. 그 농담은 잠시 후 현실이 됐다. 그리고 다시 운구 버스로 되돌아와 대구로 향했다.

대구로 돌아오자마자 일 때문에 바빴던 아버지는 고속버스 터미널로 향하는 택시를 잡아탔다. 이모는 아이들의 저녁밥을 챙겨주기 위해, 막내 외삼촌은 야간근무를 위해 각자 가야 할 곳으로 몸을 움직였다. 홀로 남은 나는 외할머니에게 잠시 들르겠다고 연락했다. 외할머니는 바쁜데 뭐 하러 오냐며 퉁바리를 놓았다. 하지만 내가 외할머니댁 앞에 도착했을 때 가장 먼저 눈에 들어온 것은 진작부터 바깥에 나와 나를 기다리고 있던 외할머니의 뒷모습이었다. 나는 외할머니에게 힘들게 뭐 하러 나와 계셨냐며 송구한 표정을 지었지만, 혹시라도 집을 찾지 못할까 봐 나왔다는 퉁명스러운 경상도 사투리만이 되돌아왔다. 외할머니는 늘 표정과 말을 아껴 본심을 파악하기 쉽지 않은 사람이다. 그러나 그 표정과 말 아래에 담겨 있는 마음 씀씀이 또한 깊어 내 얕은 눈치로 그 마음을 파악하는 일 역시 쉬운 일이 아니다. 대문을 열던 외할머니가 갑자기 걸음을 멈추고 뒤돌아보며 내게 근처에 있는 공원에서 산책하려는데 같이 가지 않겠냐고 물었다. 나는 말없이 외할머니의 손을 붙잡았다. 십 분 정도를 걸어 근처에 있는 공원에 도착했다. 외할머니는 힘에 부친 듯 공원에 도착하자마자 구석에 마련된 벤치에 주저앉았다. 그리고 가쁜 숨을 내쉬며 혼잣말을 했다.

"오라바이……."

순간 출처를 알 수 없는 달콤한 연유의 향기가 은은하게 내 코를 자극했다. 나는 공원에 혹시 치자꽃이라도 피었는지 두리번거렸다. 다시 향기를 맡으려 숨을 들이쉬어 보았지만, 그 향기는 원래 없었던 것처럼 더 느껴지지 않았다. 외할머니는 말없이 붉게 물들어가는 노을을 바라보고 있었다. 오라바이는 과연 누굴까? 돌아가신 외할아버지? 그럴 리는 없다. 외할머니는 외할아버지보다 연상이라는 이야기를 들은 일이 있기 때문이다. 게다가 외할머니는 집안의 장녀여서 오라바이라고 부를 만한 사람이 없다. 그렇다면 오라바이는 누구라는 말인가? 나는 외할머니에게 오라바이가 누군지 묻고 싶었지만, 입이 떨어지지 않았다.

어딘가로부터 날아온 박새 한 쌍이 벤치 건너편에 서 있는 나무의 가지에 앉아 재잘거리기 시작했다. 재잘거림이 들리는 것과 동시에 달콤한 연유의 향기가 다시 내 코를 자극했다. 나는 새가 되어 훨훨 날아다니고 싶다던 일기장 속의 어머니와 군대에서 불의의 사고로 세상을 떠났다는 어머니의 첫사랑을 떠올렸다. 나는 자리에서 일어나 박새가 앉아 있는 나무로 발걸음을 옮겼다. 나무로 가까이 다가갈수록 연유의 향기는 더욱 짙어졌다. 그러나 내가 나무로 가까이 다가가자 박새는 노을 진 하늘 속으로 사라져버리고 말았다. 그와 동시에 연유의 향기 또한 자취를 감췄다. 실망한 나는 한숨을 쉬며 벤치로 되돌아와 앉았다. 갑자기 외할머니가 벤치에서 일어나 걷기 시작했다. 힘들지 않으시냐는 나의 물음에 외할머니는 아무런 대꾸도 하지 않았다. 붙잡거나 뒤따르고 싶었지만 그러면 안 될 것만 같은 기분이 들었다. 외할머니는 뒤뚱거리는 불안한 걸음으로 천천히 내게서 멀어져갔다. 외할머니는 노을 진 하늘 방향으로 뚫린 큰길 한가운데를 걷고 있었다. 다시 달콤한 연유의 향기가 내 코를 자극하기 시작했다. 외할머니가 나와 멀어지며 노을에 가까워져갈수록 그 향기는 더욱 짙어졌다. 하늘 속으로 사라졌던 박새 한 쌍이 어느새 돌아와 외할머니를 뒤쫓아 날고 있었다. 큰외삼촌도 노을 진 하늘 위에서 이 땅 어딘가에 살고 있을지도 모르는 사다코의 모습을 바라보며 미소 짓고 있을 것만 같았다. 나는 어두운 박물관 구석에서 첫 키스를 나눈 뒤 얼굴을 붉히며 수줍어했던 첫사랑을 떠올렸다. 그녀는 지금 어디에서 무엇을 하고 있을까……. 달콤한 연유의 향기는 주위의 공기를 가득 채우며 나를 황홀하게 만들었다.

땅과 노을 진 하늘이 만나는 자리에 소녀가 수줍은 모습으로 누군가를 기다리며 서성이고 있었다. 잠시 후 얼굴이 까만 소년이 달려와 하얀 이빨이 드러나도록 활짝 웃으며 소녀의 손을 맞잡았다. 소녀는 부끄러움에 고개를 돌리며 눈을 감았다. 바람이 불어왔다. 바람과 만난 큰 나무들이 춤을 추기 시작했다. 노을빛에 물든 햇살과 하나 된 소녀와 소년은 땅과 하늘 사이에 조그맣게 열린 그들만의 세상으로 몸을 감췄다.

작가의 말

○

소설가로 불린 지 십이 년 만에 내놓는 첫 소설집이다. 지난 2020년 2월부터 2023년 11월까지 다양한 지면을 통해 발표한 단편소설을 한곳에 모았다. 수록 지면 페이지에 밝힌 발표 시기를 보면 모두 근작이지만, 실제로 쓴 시기는 다채롭다. 2000년대 후반까지 거슬러 올라가는 「괴로운 밤, 우린 춤을 추네」와 「사랑의 유통기한」도 있고, 불과 몇 달 전에 쓴 「안부」와 「징검다리」도 있다. 내 이십 대 말부터 사십 대 초까지의 시간도 한곳에 모인 셈이다.

남들은 단편소설로 등단해 소설집을 몇 권 내고 장편소설을 쓰는데, 나는 장편소설만 여섯 편을 쓰고 뒤늦게 첫 소설집을 내 쑥스럽다. 누군가의 첫 소설집이 내게 주는 이미지는 '신인'이다. 내 첫 소설집을 보니 마치 신인으로 되돌아간 듯한 기분 좋은 착각이 든다. 내게 착각할 멍석을 깔아준 무블출판사, 원고를 꼼꼼하게 검토해준 아내 박준면 배우에게 감사하다.

김포 양촌에서 정진영

수록작품 발표지면

○

- 괴로운 밤, 우린 춤을 추네 : 『시인수첩』 2020년 봄호(발표 당시 제목 '처용무處容舞')
- 선물 : 『한국일보』 2021년 2월 12일자 14면
- 징검다리 : 『주종은 가리지 않습니다만』, 앤드, 2023
- 네버 엔딩 스토리 : 『문학수첩』 2022년 상반기호
- 숨바꼭질 : 『귀하의 노고에 감사드립니다-월급사실주의 2023』, 문학동네, 2023
- 시간을 되돌리면 : 『이달의 장르소설 3호』, 고즈넉이엔티, 2022
- 눈먼 자들의 우주 : 『이달의 장르소설 10호』, 고즈넉이엔티, 2023
- 사랑의 유통기한 : 『이달의 장르소설 1호』, 고즈넉이엔티, 2022
- 동상이몽 : 『악스트』 2023년 7/8월호
- 안부 : 『소설 목포』, 아르띠잔, 2023
- 동호회 : 『미디어붓』 2021년 2월 10일
- 첫사랑 : 대만 월간 『INK』 2020년 2월호(발표 당시 제목 '我的外婆, 她的初戀')

괴로운 밤, 우린 춤을 추네

1판 1쇄 인쇄 2024년 1월 3일
1판 1쇄 발행 2024년 1월 10일

지은이 정진영
펴낸이 이재유
디자인 오필민디자인

펴낸곳 무블출판사
출판등록 제2020-000047호 (2020년 2월 20일)
주소 서울시 강남구 언주로 647, 402호 (우 06105)
전화 02-514-0301
팩스 02-6499-8301
이메일 0301@hanmail.net
홈페이지 mobl.kr

ISBN 979-11-91433-64-7 (03810)